千年古韵·相逢今生

——中国古诗词鉴赏

乌一行　吕　雁　编著

中国铁道出版社有限公司
CHINA RAILWAY PUBLISHING HOUSE CO., LTD.

内 容 简 介

本书精选读者喜闻乐见、耳熟能详的古代诗词七十余篇，从新的角度引导读者去感受美，体会情，领悟其中的人文关怀。全书按情感的类别来划分章节，分别为：思乡念旧、怀古伤今、惺惺相惜、相思爱慕、羁旅之愁、怀才壮志、边塞征战、抒怀感慨、时令节气、风景生活。

本书适合作为诗词爱好者的课外读物和创作范本，又适合作为普通高等院校和高职院校学生的选修课或必修课教材。

图书在版编目（CIP）数据

千年古韵·相逢今生：中国古诗词鉴赏/乌一行，吕雁编著. —北京：中国铁道出版社，2016.8（2023.1 重印）
ISBN 978-7-113-22289-5

Ⅰ. ①千… Ⅱ. ①乌… ②吕… Ⅲ. ①古典诗歌－诗歌欣赏－中国
Ⅳ. ①I207.2

中国版本图书馆CIP数据核字（2016）第200112号

书　　名：千年古韵·相逢今生——中国古诗词鉴赏
作　　者：乌一行　吕雁

策　　划：潘星泉　　　　编辑部热线：（010）51873371
责任编辑：潘星泉
封面设计：段忠诚
封面制作：白　雪
责任校对：汤淑梅
责任印制：樊启鹏

出版发行：中国铁道出版社有限公司（100054，北京市西城区右安门西街 8 号）
网　　址：http://www.tdpress.com/51eds/
印　　刷：三河市兴达印务有限公司
版　　次：2016 年 8 月第 1 版　　2023年1月第4次印刷
开　　本：787 mm×1092 mm　1/16　印张：18.25　字数：344 千
书　　号：ISBN 978-7-113-22289-5
定　　价：39.80 元

“第三只老虎”或“笔下之竹”

——《千年古韵·相逢今生——中国古诗词鉴赏》序

马　林

创作的一个显在事实在于，书写者或描绘者一直在寻找他的“第三只老虎”或呈现他的“笔下之竹”。

“第一只老虎”行走在孟加拉的大地，之后在博尔赫斯大脑的一个丛林里变成“第二只老虎”，1977年布宜诺斯艾利斯的某个黄昏，博尔赫斯要“寻找第三只老虎。这一只像别的一样成为我梦幻的一个形式，人类词语的一种组合。”无独有偶，乾隆某年某月的某个江馆清秋，郑板桥晨起看竹，烟光、日影、露气，皆浮动于疏枝密叶之间。胸中勃勃遂有画意。其实胸中之竹，并不是眼中之竹。因而磨墨展纸，落笔倏作变相，手中之竹又不是胸中之竹也。

博尔赫斯的“第三只老虎”和郑板桥的“笔下之竹”，在“接受美学”者看来，提供的只是一个“文本”，“文本”是创作者同阅读者发生关系之前的一种自在状态，它以符号的形式储存着多种多样由创作者提供的审美信息，独立于接受主体的感知之外。随着接受主体的介入，“文本”开始突破先前孤立的存在，与阅读者发生关系，它变成了融入阅读者（审美主体）经验、情感和艺术品味的审美对象，与读者构成对象性关系的创作物此刻已由“文本”演变为“作品”。从“文本”到“作品”的演变，是审美感知的结果，换言之，“作品”是被审美主体感知、规定和创造的“文本”。

可以这样理解，松竹梅是“文本”，在尚志者心中成了“作品”岁寒三友；梅兰竹菊是“文本”，在隐逸者心中成了“作品”四君子；女人是“文本”，在有情者眼中成了“作品”西施；男人是“文本”，在痴绝者眼中成了“作品”潘安。更确切地理解，楚辞汉赋唐诗宋词元曲明清小说是“文本”，在阅读者心中成为异彩纷呈、各自不同的“作品”。正如有一千个读者，就会有一千个哈姆雷特。

严格意义上讲，一切艺术作品都不具有永恒性，只具有被不同时代、不同背景的阅读者不断接受的历史性。经典作品也只有当其被接受时才存在。经典之所以是经典，一是受作品自身所规定，二是受阅读者自身所规定，两者都必须经典且发生关系。一个艺术作品因其所储存的多种多样的审美信息而存在着某种程度的不确定性；阅读者因其个人经验、情感、趣味的不同也存在着某种个体的不确定性。这两种不确定性所产生的开放性，使作品能在不同阅读者的阅读过程中形成各种意象、意境、意义。阅读者个人有两条路径使不确定变为确定：以自己的标准衡量作品，或是修正自己的成见。

有趣的是，博尔赫斯的“第三只老虎”和郑板桥的“笔下之竹”，在一个阅读者的阅读过程中会变成他的“第二只老虎”和“胸中之竹”；如果这个阅读者本身又是一个创作者，他就可以继续将它改变成属于他的“第三只老虎”和“笔下之竹”。这是一个涟漪效应——一个涟漪激起另一个涟漪；从“文本”到“作品”，又从“作品”到“文本”，再次从“文本”到“作品”；如此荡漾开来，以至无穷。

本书的作者显然亦注意到这样的涟漪效应，其作为阅读者的水准通过作为创作者的实力彰显了出来，这仿佛是独自一个人扮演着两个角色。这不是一个普通的阅读者所能玩的“智力博弈”，因为需要很高的智商和情商。编撰此“智力博弈”的初衷是“强调某些特定的个体对文学的读解和认知，并希望由此转换成阅读者可以自行控制的一种方式——这种纯个体的再创作，我们相信有助于阅读者加以借鉴，从而开始进行真正属于自己的升华和创作。”

怎么 DIY?

用“唱和和再创作”的方式 DIY。

用何种技巧?

用“相同文本，不同解读”的技巧。

最重要的是，这里只是一个示范，本书作者最终的目的是要让每一个阅读者自己 DIY；在这个个性化、娱乐化和体验化的时代，谁愿意永远落坐台下成为听众，而不想成为创作者呢?

《千年古韵·相逢今生——中国古诗词鉴赏》，一琴一瑟，一唱一和，嘤嘤会鸣，悠悠我心。没有什么能替代艺术为我们开启的那一扇门，以及给予我们的安慰，它总是唤醒我们内心深处同样好听的声音。时光和弦，这一曲的鸣奏开启了一扇门，一扇寻找“第三只老虎”和“笔下之竹”的门。在时光挑拨的音色中，你也可以开始弹拨你的手指，演绎出自己的动人和声。

最后，再说几句关于文学艺术的话。评价一部文学艺术作品，不是看你做些什么，也不是问你为什么要做，我们只关心你是怎么做的。站在高处看，题材没有好坏，创作者却有好坏，因而一切都可以作为题材，一切必须从属于艺术。在文学艺术中，一切皆有公民权。我们当下正处于一场深刻的变革当中，但艺术坚持到底，艺术固执己见，艺术忠于自己。“诗歌面向的是人，全体的人类。——总是有孩子、母亲、少女、老人，还有男人，他们爱，他们高兴，他们痛苦，诗歌是走向他们的。人心像土地一样，在上面可以播种五谷，种植庄稼，可以建造房屋，可以随心所欲，但是人心并不因此不再长青草，开鲜花，结天然的果实。要毁灭艺术，先毁灭人心。”（雨果）

（马林　著名文化人、策划人、诗人）

前　言

在这本书里，我们想要做一些新的、有意思的尝试：以类似于唱和的方式来完成对古代诗词的鉴赏。

首先，在我国诗词传统表现形式中，对以原诗词为模本进行再创作交流的方式统称为唱和。这本书同样将以这样的方式，开启对原作品的再创作。这一部分我们把它命名为时光和弦。在古代唱和的形式多样，在严格意义上，我们这本书的时光和弦这一部分，并没有按照唱和的原有定义去写作，只是衍生出的一种形式，在唱和的过程中并不限于写作所用的体裁和形式。因此我们将这样的再创作看做是古代和现代的一次琴瑟和鸣，取时光和弦这样一个名字，就是将同一个故事、情节、背景、人物等，在古今的不同背景下加以呈现。这种方式更好地展示出思维和语言的多元化，也展示了在不同理解下诗词意境衍生的不同可能性，更展示了在诗词鉴赏中不同阅读者的个体特征。因为我们相信，没有人希望自己阅读和理解到的东西是千篇一律、一成不变的，我们尝试在时光和弦这一部分尽可能多地展现出同一背景下文学的变化感，借此呈现出诗歌不同的审美效应。

其次，时光和弦这个部分的出现，让阅读者不再是被动地学习，我们会设置不同的形式，让每一个阅读者能够去思考诗歌写作的价值和意义，加深对作品的认知和理解。我们这个时代有着一些最为显著的特征：电脑、互联网、智能手机、互动平台、大数据。诗词鉴赏在这样的大环境下也貌似变得简单，只要愿意，学生可以在互联网上找到绝大多数的诗歌自诞生以来几乎所有稍有名气的解读，也可能一不小心找到某个不知名人士对它的独到见解。然而在这信息泛滥的背后始终缺乏一样东西，那就是对于阅读者这个知识的被灌输者来说，这些可以被查阅到的体验、经验、态度和总结始终是属于他人的东西，而你自己，却始终没有开始。

所以我们希望能通过阅读者的再创作部分，点下属于自己的学习启动键。

马克·斯特兰德曾经说过：“我不相信那么多人能真正读懂诗歌，如果我有那么多读者，我会开始觉得我的诗哪儿出了问题了。”也许，这才是诗歌的本来面目。也正因为如此，很长时间以来诗歌一直是少部分人心爱的玩具，但它也从未阻止过普通人对它心向往之，并向它靠近。

还记得在20世纪的八九十年代，曾经被称为新中国诗歌最辉煌的年代，诗歌曾经开遍了几乎每一个角落，在中学，几乎每一个孩子都曾经读过那些令人或沸腾，或哀伤的诗句。在大学校园，处处可见踌躇满志的诗者。在工作中，小伙子们从不吝啬笔墨地为心爱的姑娘写下动人的情诗。处处有诗人，处处有歌者。而今天，诗歌似乎正在经历一个低谷，我们希望诗歌是随着时代的发展在不断演变的，本书从某种程度上说，正在进行这样的尝试。

所以诗歌也并不是只能高高在上的，被称为人类最高艺术形式，并不能要求它不能被普通大众阅读和喜爱，恰恰相反，这是诗歌被更多人加以肯定的原因之一。中国自古就是一个盛产诗歌的国度，因此我们更应该思考这些宝贵的精神财富要通过何种方式才能被更加广泛地认知并认同，我们努力做出这样的尝试：用一些更能与时代接轨的方式去迎合这个时代背景下人们对诗歌的需求。编写者将在对文学的读解和认知的基础上，凭借自己的经验进行再创作。这不是专家的权威看法或者意见领袖们的引导，这种融入了纯个体经验和情感的再创作，我们相信有助于阅读者加以借鉴，从而开始进行真正属于自己的升华和创作。

理解、借鉴、唱和是本书的阅读三部曲。你可以通过前人的总结加深对每一首诗词的理解。在这个基础上去阅读我们提供的个体创作部分，借鉴他人的思路和想法，最后完成属于你自己的再创作。

听，在高山之巅，在清风朗月之下，前人站在那里，白衣胜雪，以自己美妙的文字发出了动听的声音。我们能做的就是，整一整衣冠，隔着千年的时光，尽力去应和。如果古人是琴，我愿成瑟；古人是高山，我愿做流水。子期伯牙，隔着时光，也能奏出曼妙的和弦。

最后需要说明一下的是：尽管在这里我们谈论的话题始终围绕着诗歌展开，但在编著本书的过程中，就如何选篇我们还是尽可能地放宽。对于中国古代历史上的诗词曲都有所涉及，目的是在阅读中尽可能让不同的诗词或类诗词表现形式都有一个展示的舞台。

编　者

2016 年 3 月 19 日星期四

目 录

第三章　惺惺相惜　61

第四章　相思爱慕　91

第五章　羁旅之愁　127

第六章　怀才壮志　155

第七章　边塞征战　179

第八章　抒怀感慨　197

第九章　时令节气　225

第十章　风景生活　253

参考文献　276

第一章

思乡

念旧

001

沙漠的孤烟，挡不住报国的嘶吼

【作品】《渔家傲[1]·秋思》

【作者】宋·范仲淹

| 人物小传 |

范仲淹（989 — 1052），字希文，汉族，吴县（今江苏苏州）人，北宋著名政治家、文学家。范仲淹幼年丧父，母亲改嫁长山朱氏，遂更名朱说。大中祥符八年（1015）中进士，授广德军司理参军，迎母归养，改回本名。后历任兴化县令、秘阁校理、陈州通判、苏州知州等职，因秉公直言屡遭贬斥。仁宗时，累迁吏部员外郎，权知开封府。康定元年（1040）以龙图阁直学士，与韩琦并为陕西经略安抚副使，兼知延州，加强对西夏的防御。庆历三年（1043）任枢密副使、参知政事，上《答手诏条陈十事》《再进前所陈十事》，要求在原有法度的范围内做一些改革，庆历五年（1045），新政受挫，范仲淹被贬出京，历任邠州、邓州、杭州、青州知州。皇祐四年（1052），改知颍州，范仲淹扶疾上任，行至徐州，重病而卒，享年六十四，谥号文正，世称范文正公。

‖内容‖

塞[2]下秋来风景异，衡阳雁去[3]无留意。四面边声[4]连角起。千嶂[5]里，长烟落日孤城闭。

浊酒一杯家万里，燕然未勒[6]归无计。羌管[7]悠悠[8]霜满地。人不寐[9]，将军白发征夫泪。

‖注释‖

1. 渔家傲：又名《吴门柳》《忍辱仙人》《荆溪咏》《游仙关》。词牌名，北宋流行，有用以作“十二月鼓子词”者，也是曲牌名，南北曲均有。南曲较常见，属中吕宫。

2. 塞：边界要塞之地，这里指西北边疆。据考证，范仲淹写这首词大约是在宋康定元年（1040）至庆历三年（1043）间，当时他镇守西北边疆。

3. 衡阳雁去：这是雁去衡阳的倒装句。传说秋天北雁南飞，至湖南衡阳回雁峰而止，不再南飞。

4. 边声：这里指边塞一些具有明显识别特征的声音，如大风的呼啸声、号角声，少数民族乐曲如羌笛声，以及边塞最常听到的马啸声等声音。

5. 千嶂：嶂是指如同屏障一样的山峰，这里形容山峰连绵不绝，遮挡一切。

6. 燕然未勒：燕然即燕然山，今名杭爱山，在今蒙古国境内。据《后汉书·窦宪传》记载，东汉窦宪率兵追击匈奴单于，去塞三千余里，登燕然山，刻石勒功而还。故这里指战事未平，功名未立。

7. 羌管：即羌笛，出自古代西部羌族的一种乐器。

8. 悠悠：形容羌笛的声音悠扬而飘忽不定。

9. 寐：睡，不寐就是睡不着。

‖赏析‖

这首词作于北宋与西夏战争对峙时期。宋康定元年（1040）至庆历三年（1043）间，范仲淹任陕西经略副使兼延州知州，被朝廷派往西北前线，承担起北宋西北边疆防卫重任。此首《渔家傲·秋思》即写作于此期间。据史载，在范仲淹镇守西北边疆期间，朝廷腐败，败多胜少，只能坚守以稳定大局。范仲淹号令严明、爱抚士兵，并招徕诸羌推心接纳，深为西夏所惮服，称他“腹中有数万甲兵”。

范仲淹守边时，作《渔家傲》歌数阕，皆以“塞下秋来”为首句，颇述边镇之劳苦，欧阳修称为“穷塞主”之词云云。现仅存一首。起句“塞下秋来风景异”，“塞下”点明了延州所在的区域。当时延州为西北边地，是防止西夏进攻的军事重镇，故称“塞下”。“秋来”点明了季节。“风景异”概括地写出了延州秋季和内地大不相同的风光，同时这里还有惊异的意思，可见是作者才去塞外不久；而“异”在哪里，随之下文给出了答案。

“衡阳雁去无留意。”衡阳雁去是雁去衡阳的倒装；古人相传，北雁南飞，到衡阳而止。衡阳城南有回雁峰，样子很像回旋的雁。“秋来”，满目萧条；“风景”越发“异”得难忍，所以雁儿毫不留恋地非飞走不可。这里表面写的是雁，实在写人。即连大雁都不愿在这儿呆下去了，更何况人？但是，边塞军人毕竟不是候鸟，他们却坚守在边塞。

“四面边声连角起”，这是写声音的，这声音富有边塞地区的特色：风号、马鸣、羌笛构成了塞外与内地能够听见的不同。在这些声音之中，我们还可以听到“连角起”。角，是古代军队发号施令吹的乐器。四面八方的边声之中藏着军中吹响的号角，战争的萧杀近在眼前。联系上句，我们看到边地的“雁去”了，但是边地的驻军没去，不但没去，还吹响了号角，整个边塞的紧张气息由此表达出来。

“千嶂里，长烟落日孤城闭”是上阕的结句，突出地表现出边塞的安稳和牢固。“千嶂”，是写山势，层峦叠嶂，犹如巨大的屏风。“长烟”，则是由于边塞地区人烟稀少，旷野广阔，狂风缺少阻挡而卷起的沙尘所形成的一片雾气。由此我们看到的一副景象是：远处有“千嶂”

环绕，“长烟”笼罩；近处有“落日”照耀，一座“孤城”渐渐将城门关闭。然而，城的坚固与否，更重要的还在于把守它的驻军。因此，在词的下阕，作者就把边防军人推向画面中心，集中笔墨表现他们的思想感情。

“浊酒一杯家万里，燕然未勒归无计。”这句是全词的核心，是词的灵魂所在。随着太阳落下，夜晚来临，忙碌了一天，终于闲暇下来的边塞军人一边饮着浊酒，一边思念着家里的亲人和家乡的一草一木。这种思家、思乡的情感是这里的重点，边塞军人热爱家乡，所以他们才更热爱祖国，只有国土完整，才能保卫他们热爱的一切。也只有如此，我们才能理解接下来的“燕然未勒归无计”七个字。

“燕然”，指燕然山，就是今天的杭爱山。“勒”是刻的意思。据《后汉书·窦宪传》记载，公元 89 年，东汉将军窦宪打垮匈奴进犯，乘胜追击，“登燕然山去塞三千余里，刻石勒功”而还。所以“勒石燕然”就成了胜利的代名词。“燕然未勒归无计”，意思就是敌人未灭，功勋未建，战士都没有回家的打算。这个“计”字很重要，它是计议、打算的意思，可见边防军人是把抗敌放在第一位，不完成这件事是不会主动回家的。若是把它理解为计策的“计”，意思就变成了没有办法回家，这就成为被动的了。

“羌管悠悠霜满地”，是将前文的情绪做一次延续，再次用边塞的声音和景色相结合，描绘出入夜以后环境的荒凉，为最后一句做铺垫。

“人不寐，将军白发征夫泪。”是在上文将情绪沉淀到一定程度后，做的一次释放，说的是在这样的环境下，将士们无怨无悔的保卫祖国，但朝廷无人整顿武备，当局没有一个正确的方针政策，这些守卫边塞的军人不能得到公平的待遇，而生出愤愤不平的感叹。

此前，很少有人用词来写边塞生活。唐代韦应物的《调笑》虽有“边草无穷日暮”之句，但没有展开，且缺少真实的生活基础。范仲淹这首词第一次把西北边陲的羌管笳鼓声带进词坛，是边塞词的首创。其语气沉郁雄浑，风格苍凉悲壮，上下片之间情景相生，浑然一体。字里行间充满了作者的爱国主义英雄气概，气象开阔，开苏、辛豪放词之先河。

‖时光和弦‖

《秋　　思》

北国的寒风，
缓缓吹过了我的眼眸，
秋天来的时候，
又听见大雁南飞的低叩，
故乡的姑娘，
你是否还在为我等候，

我听见牧马的悲鸣里，
有你淡淡的哀愁。
来，让我饮一杯浊酒，
天边的落日，
是我那无尽的等候。

归去的燕子，
请带去我思念的问候，
那断续的羌笛，
安抚着霜雪漫天的枯枸，
此刻的我，
又梦回出征的回忆中，
你纤纤小手的掌心里，
画满相思的红豆。
去，男儿自当沙场死，
沙漠的孤烟，
挡不住报国的嘶吼。

‖说明‖

作者以一个个体作为特写对象，将原诗中表达的情绪加以放大，并适度地对思乡的内容进行想象，使其更加丰富。

‖延展练习‖

1．【时光和弦】中，范仲淹原作没有描写的情感有哪些？请加以描述。
2．试将范仲淹原作改写成一篇短文。

002

亲疏当得自家好

【作品】九月九日[1]忆[2]山东[3]兄弟

【作者】唐·王维

｜人物小传｜

王维（701 — 761，一说 699 — 761），字摩诘，号摩诘居士，汉族，河东蒲州（今山西运城）人，祖籍山西祁县，唐代著名诗人、画家，有“诗佛”之称。开元十九年（731），王维状元及第。历官右拾遗、监察御史、河西节度使。唐玄宗天宝年间，王维拜吏部郎中、给事中。安禄山攻陷长安时，王维被迫受伪职。长安收复后，被责授太子中允。唐肃宗乾元年间任尚书右丞，故世称“王右丞”。

王维参禅悟理，学庄信道，精通诗、书、画、音乐等，以诗名盛于开元、天宝间，尤长五言，多咏山水田园。今存诗 400 余首，重要诗作有《相思》《山居秋暝》等。书画造诣同样为世人推崇，后人称其为南宗山水画之祖。著作有《王右丞集》《画学秘诀》。王维是盛唐诗人的代表，王维精通佛学，受禅宗影响很大，佛教有一部《维摩诘经》，是王维名和字的由来。与孟浩然合称“王孟”。苏轼评价其：“味摩诘之诗，诗中有画；观摩诘之画，画中有诗。”

‖内容‖

独在异乡为异客[4]，
每逢佳节[5]倍思亲。
遥知兄弟登高[6]处，
遍插茱萸[7]少一人。

‖注释‖

1. 九月九日：我国古代把九定为阳数，农历九月九日，月日并阳，两阳相重，两九相叠，故名“重阳”，又名“重九”。

2. 忆：想念。

3. 山东：王维迁居于蒲县（今山西永济县），在函谷关与华山以东，所以称山东。

4. 异乡：他乡、外乡。为异客：作他乡的客人。

5. 佳节：美好的节日。

6. 登高：登高是重阳节的重要风俗。此俗由汉代汝南人桓景在九月九日登高以避灾故事而来。

7. 茱萸（zhū yú）：一种香草，即草决明。古时人们认为重阳节插戴茱萸可以避灾克邪。

‖赏析‖

此诗原注“时年十七。”说明这是王维十七岁的作品。王维少年时就与胞弟王缙离开家乡蒲州到西京长安和东都洛阳客游。在诗歌创作方面的久负盛名，使他成为王公、驸马、达官贵人的座上清客，也让他有机会大量接触上层社会的生活，对世态炎凉和统治阶级的腐败生活有了深刻认识，并且产生了深深的厌倦。久而久之，思乡怀亲之感不断袭扰他。特别是在他十七岁那年的“九·九”重阳佳节之日，达官贵人们都以家宴自娱，胞弟王缙也回蒲州去了，一种难以排遣的孤独感和思乡之情突然在举目无亲的诗人心中爆发，遂作。王维这首《九月九日忆山东兄弟》诗载于《全唐诗》卷一百二十八。

起句一个“独”字，造境突兀，点明诗人是一个人，身边举目无亲、孑然孤单，又传达出在诗人的内心里同样弥漫着寂寞凄凉的情绪。两个“异”字迭用，“异乡”“异客”深刻的表达了诗人对当下环境的不认同感，在令诗人的孤独情绪更加强烈的同时，更增添了凄楚悲凉的色彩。

第二句是全诗的诗眼和感情主线。“每逢”二字，指出了后文“倍思亲”的情绪不是在九月九这个特殊的时间才有的，而是长久以来一直如此。九月九日的情绪爆发只不过是碰到了重阳佳节这一导火索罢了，从而让这种思乡的情绪加倍了、更加强烈了。

诗人这种开篇即达到情绪高潮，不经任何铺垫直抒思乡情绪的写法，将异乡生活中的孤独凄然描绘到极致，一般来说，这样的情绪往往都集中在诗的后几句，以形成高潮。所以如果顺着“佳节倍思亲”的情绪，作直线式的延伸，后两句将难以为继，画蛇添足。这里诗人聪明地采取了另一种方式，就是放下对这种思念的描绘，一跃而写远在家乡的兄弟

在后面两句中，诗人转换角度，写亲人也在想念自己，这与前两句形成了呼应。诗人通过兄弟重阳佳节佩茱萸登高这一富有典型意义的生活细节，把自己的形象放入到亲人的思念之中，手法娴熟、立意巧妙，不仅强调了自己珍视手足之情、思念亲人的情绪，也表达出一种深深的遗憾。这种紧接上一波感情的激流，不是在平静的湖中丢下一块石头等待涟漪晕开，而是紧接着又丢了一块石头，从而让全诗出现一泓波澜交替荡漾的景象。这种转出的新意所形成的新高潮，在唐诗中虽然也有所见，但显然并不容易办到。

‖时光和弦‖

《日　　历》

我摸到，

风吹小路打散一地看上去很美的荒芜。

我看见，
云朵遮住风声捉弄满树喝醉的叶影在笑。
我听见，
秋阳照耀的影子下有东西开始生长。
我以为，
所有想念和逃跑都是他们强迫我的。
可是，
旧黄的日历又撕去一页了，
在九月九的重阳，
隐藏的思念已经慢慢登场。
我们在，
天涯的不同地方，
用同一株茱萸，
祭奠同一种曾经逝去的念想。
看着它，
如同春芽般在荒芜的山顶夺目生长，
是的，
所有的掩盖都是欲盖弥彰，
我的思念，
在九月的悲凉里，
穿过天际 回归故乡。

‖说明‖

作者以第一人称的形式描写内心的心理变化，通过描绘对思念从抗拒到萌芽再到生长的过程，表达了身处异乡的踌躇。

‖延展练习‖

1．原文的诗眼是哪一句？【时光和弦】以哪一句来点题？
2．列举【时光和弦】中你最喜欢哪一句。

003

天涯不等缓缓归

【作品】《泊船[1]瓜洲》

【作者】宋·王安石

| 人物小传 |

王安石（1021 — 1086），字介甫，号半山，汉族，临川（今江西抚州市临川区）人，北宋著名的思想家、政治家、文学家、改革家。庆历二年（1042），王安石进士及第。历任扬州签判、鄞县知县、舒州通判等职，政绩显著。熙宁二年（1069），任参知政事，次年拜相，主持变法。因守旧派反对，熙宁七年（1074）罢相。元祐元年（1086），保守派得势，新法皆废，王安石郁然病逝于钟山（今江苏南京），赠太傅。绍圣元年（1094），获谥“文”，故世称王文公。

王安石潜心研究经学，著书立说，被誉为“通儒”，创“荆公新学”，促进宋代变古学风的形成。哲学上，用“五行说”阐述宇宙生成，丰富和发展了中国古代朴素唯物主义思想；其哲学命题“新故相除”，把中国古代辩证法推到了一个新的高度。

王安石在文学中具有突出成就。其散文论点鲜明、逻辑严密，有很强的说服力，充分发挥了古文的实际功用；短文简洁峻切、短小精悍，名列“唐宋八大家”。其诗“学杜得其瘦硬”，擅长于说理与修辞，善于用典故，风格遒劲有力，警辟精绝，晚年诗风含蓄深沉、深婉不迫，以丰神远韵的风格在北宋诗坛自成一家，世称 “王荆公体”。著有《临川先生文集》，现有《王临川集》《临川集拾遗》，著名散文《游褒禅山记》。今传《临川先生文集》《王文公文集》。

‖内容‖

京口[2]瓜洲[3]一水[4]间[5]，
钟山[6]只隔数重山。
春风又绿[7]江南岸，
明月何时照我还[8]？

‖注释‖

1. 泊船：停船。泊，停泊，指停泊靠岸。

2. 京口：古城名。故址在江苏镇江市。

3. 瓜洲：镇名，在长江北岸，扬州南郊，即今扬州市南部长江边，京杭运河分支入江处。

4. 一水：一条河。古人除将黄河特称为“河”，长江特称为“江”之外，大多数情况下称河流为“水”，如汝水、汉水、浙水、湘水、澧水等。这里的“一水”指长江。一水间指一水相隔之间。

5. 间：根据平仄来认读应为 jiàn，四声。

6. 钟山：今南京市紫金山。

7. 绿：吹绿，拂绿。

8. 还：回。

‖赏析‖

宋景祐四年（1037），王安石随父王益定居江宁（今江苏南京）。王安石是在南京长大的，对那里有着很深的感情，而钟山就是这种感情中的一个标志物，可以看做王安石对南京所有记忆的一种承载。宋神宗熙宁三年（1069），王安石被任命为同平章事（宰相），开始推行变法。由于反对势力的攻击，在此之后的若干年里，他几次被迫辞去宰相的职务。

关于这首《泊船瓜洲》的写作时间，长期以来学术界都颇有争议，虽然都认为写于王安石晚期，但具体的说法主要有三种意见：一种是写于宋神宗熙宁元年（1068），王安石应召自江宁府赴京任翰林学士，途经瓜洲后所作；一种是写于宋神宗熙宁七年（1074），王安石第一次罢相后自京都回金陵，途经瓜洲时所作；还有一种是写于宋神宗熙宁八年（1075），王安石第二次拜相，自江宁赴京上任时途经瓜洲时所作。

不仅如此，对于这首诗要表达的含义以及诗人当时的情绪，一直以来也有很大的分歧：一种看法认为：诗人以愉快、轻快的笔调描写诗人从京口渡江，抵达瓜洲，并以依恋心情写他对钟山的回顾，通过对生机盎然的景色描绘来暗合奉召回京的心情，宋神宗下诏恢复王安石的相位，表明他决心要把新法推行下去。对此，诗人感到欣喜。他希望凭借这股温暖的春风驱散政治上的寒流，开创变法的新局面。所以诗人在写实的过程中，十分明显地也带有政治寓意。但对于变法所遇到的困境和艰难，诗人则希望早日辞官归家，这是两种情绪的对立和融合。

也有论者认为：“明月何时照我还”的恋乡情绪，不过是虚晃一枪的矫情之词，实际上诗人对此次复出还政，可谓春风得意，大喜过望。“春风又绿江南岸”，骨子里说的是对皇恩的感激，是对新法实施前景的乐观描绘，是诗人内心对还朝施政喜悦的移情于景，诗的感情基调是欢快的，乐观的。

上述两论，是历来解读《泊船瓜洲》论点中最具代表性的，但显然都把该诗作为政治抒情诗来解读。也有学者持第三种观点：诗人写作此诗时，已是五十五岁的老人，围绕着新法旧法，朝廷上无休止地争论和攻讦，致使新法的推行十分艰难。因而本来就有些消极思想的王安石，在经历了因推行新法而罢相的坎坷遭遇之后，心力交瘁，对从政产生了强烈的厌倦感。对于这次朝廷以“同平章事”的重任重新起用，王安石曾两次辞官而未获准。因而他这次上任，从心情上说，是十分勉强的。而在他上任以后，又多次请求解除宰相职务，并终于在复出后的第二年，如愿以偿地再度罢相，重回家乡江宁，过起了舒心适意的隐居生活。所以说这首诗是政治抒情，并不符合诗人作诗时特定的际遇和心境，也不切合诗作自身建构的艺术形象内蕴。这首诗应是一首纯粹的乡愁诗，它的感情基调应是忧郁伤感的，是毫无轻松、喜悦、乐观的色彩可言的。

首句“京口瓜洲一水间”写了诗人乘坐快舟在江中看见的景色。诗人站在长江北岸瓜洲渡口放眼南望，看到了南岸的“京口”与这边的“瓜洲”这么近，就一条江水的距离，不由地联想到家园所在的钟山也只隔几座山了，也不远了。次句“钟山只隔数重山”，由于诗人曾经在钟山生活，对这里的环境有着多重的情感，所以这句一方面是诗人对旧时光的回顾，一方面也暗示诗人归心似箭的心情。

后两句为千古名句，“春风又绿两江岸”再次写景，点出了时令已经是春天，描绘了长江南岸的景色。“绿”字是吹绿的意思，使动静结合，用得绝妙。传说王安石为用好这个字改动了十多次，从“到”“过”“入”“满”等十多个动词中最后选定了“绿”字。因为其他文字只表达春风的到来，却没有表现春天到来后千里江岸一片新绿的景物变化。结句“明月何时照我还”，诗人眺望已久，不觉皓月初上，诗人用疑问的句式，想象出一幅“明月照我还”的画面，进一步表现诗人思念家乡的心情，表达了诗人的思乡之情！正是有了前三句寓情于景的层层铺垫作势，结句的“明月何时照我还”的抒写乡愁的淋漓之笔，才水到渠成地直泻出来，把乡愁的抒写发挥到了极致。

‖时光和弦‖

《回　　家》

谁还记得陌上的青苗，
绿浪风低云高，
忽如一夜来春风，
穿过松林，

渡过溪峭，
吹拂梦里依依草。
谁在陇上锄禾，
只道瓜州春好，
钟山稻花未抽条，
结实还早，
归乡路如此遥遥。

谁能陪我看一路山峭，
江岸远摹近描，
归心似箭的船儿，
过了水月村，
越过镜花岭，
惹来湛湛菱角俏。
故里明月沟渠，
犹记旧居畔桥，
天涯不等缓缓归，
此心未老，
待我入梦寻花照。

‖说明‖

作者设想了船儿在江中航行的情景，并通过适度的想象，将眼前所见和心中所想联系起来，完成了这首唱和作品。

‖延展练习‖

1．找出【时光和弦】中化用的两句古诗。
2．试分析【时光和弦】与原作在情绪上的区别。

004

家是中华儿女不变的牵挂

【作品】《游子吟[1]》

【作者】唐·孟郊

| 人物小传 |

孟郊（751 — 815），字东野，湖州武康（今浙江德清县）人，祖籍平昌（今山东德州临邑县），唐代著名诗人。先世居汝州（今属河南汝州），后隐居嵩山。孟郊两试进士不第，四十六岁时才中进士，曾任溧阳县尉。由于不能舒展抱负，遂放迹林泉间，徘徊赋诗。以至公务多废，县令乃以假尉代之。后因河南尹郑余庆之荐，任职河南（河南府，今洛阳），晚年生活多在洛阳度过。宪宗元和九年，郑余庆再度招他往兴元府任参军，乃偕妻往赴，行至阌乡县(今河南灵宝)，暴疾而卒，葬洛阳东。

友人时称孟郊“平昌孟东野”。其生性孤直，一生潦倒，友人私谥贞曜先生。诗名甚籍，尤长五古，愤世嫉俗，但情绪低沉，语多苦涩，其诗作多写世态炎凉，民间苦难，故有“诗囚之称”苏轼将其与贾岛并称为“郊寒岛瘦”。有《孟东野诗集》。

‖内容‖

慈母手中线，
游子身上衣[2]。
临[3]行密密缝，
意恐[4]迟迟归[5]。
谁言[6]寸草心[7]，
报得[8]三春晖[9]。

‖注释‖

1. 游子：古代称远游旅居的人。吟：诗体名称。

2. 游子：一是指诗人自己，同时也泛指所有离乡的人。

3. 临：将要。

4. 意恐：担心。

5. 归：回来，回家。

6. 谁言：一作“难将”。言：说。

7. 寸草：小草。这里比喻子女。心：语义双关，既指草木的茎干，也指子女的心意。

8. 报得：报答。

9. 三春晖：三春：旧称农历正月为孟春，二月为仲春，三月为季春，合称三春。晖：阳光。直译为春天灿烂的阳光，指慈母之恩。形容母爱如春天温暖，和煦的阳光照耀着子女。

‖赏析‖

作者孟郊早年漂泊无依，一生贫困潦倒，直到五十岁时才得到了一个溧阳县尉的卑微之职，结束了长年的漂泊流离生活，便将母亲接来住。诗人仕途失意，饱尝了世态炎凉，此时愈觉亲情之可贵。这首《游子吟》发于肺腑，感人至深，此诗题下孟郊自注：“迎母溧上作”，正是他获得溧阳县尉之职时在溧阳所写。

开头两句“慈母手中线，游子身上衣”，用“线”与“衣”两件极常见的东西将“慈母”与“游子”紧紧联系在一起，写出母子相依为命的骨肉感情。三、四句“临行密密缝，意恐迟迟归”，通过慈母为游子赶制出门衣服的动作和心理的刻画，深化这种骨肉之情。母亲千针万线“密密缝”是因为怕儿子“迟迟”难归。伟大的母爱正是通过日常生活中的细节自然地流露出来。前面四句采用白描手法，不作任何修饰，但慈母的形象真切感人。

最后两句“谁言寸草心，报得三春晖”，是作者直抒胸臆，对母爱作尽情的讴歌。这两句采用传统的比兴手法：儿女像区区小草，母爱如春天阳光。儿女怎能报答母爱于万一呢？合适恰当的对比，形象的比喻，寄托着赤子对慈母发自肺腑的爱。

这是一首母爱的颂歌，在宦途失意的境况下，诗人饱尝世态炎凉，穷愁终身，故愈觉亲情之可贵。深挚的母爱，无时无刻不在沐浴着儿女们。然而对于孟郊这位常年颠沛流离、居无定所的游子来说，最令其难忘的，莫过于母子分离的痛苦时刻了。此诗描写的就是这种时候，慈母缝衣的普通场景，而表现的却是诗人深沉的内心情感。“诗从肺腑出，出辄愁肺腑”（苏轼《读孟郊诗》）。这首诗虽无藻绘与雕饰，然而清新流畅、淳朴素淡中正见其诗味的浓郁醇美。

这首诗艺术地再现了人所共感的平凡而又伟大的人性美，所以千百年来赢得了无数读者强烈的共鸣。到了清朝，溧阳有两位诗人又吟出了这样的诗句：“父书空满筐，母线萦我襦”（史骐生《写怀》），“向来多少泪，都染手缝衣”（彭桂《建初弟来都省亲喜极有感》），足见此诗给后人的深刻印象。

《在 哪 里》

小时候，
家是一盏豆大的油灯，
奶奶在灯下纳着鞋底，
我在饭桌边认真的学习，
那时候宠爱在哪里，
家就在哪里。

离家后，
家是一盒精致甜美的月饼，
母亲亲手细磨的豆沙，
我在异乡细细地品尝，
那时候亲情在哪里，
思念就在哪里。

再后来，
家是一桌精心制作的饭菜，
妻子日渐粗糙的手指，
我却慢慢发福的肚子，
那时候爱情在哪里，
珍惜就在哪里。

年老了，
家是一件温暖的羊毛衣，
儿女细心的挑选买来，
我固执地不愿脱下洗涤，
那时候关爱在哪里，
牵挂就在哪里。

我相信，
家是中华儿女不变的牵挂，
哪怕隔着千山万里，
纵有无穷相思寄语，

中国人在哪里，
明月就在哪里。

‖说明‖

这是原作的一首唱和作品，作者模仿了余光中作品的结构，将家的概念分别对应在人生的不同阶段，最后更将这种情感进行了放大，从个体的家到中国人心中的家，读来感人至深。

‖延展练习‖

1．【时光和弦】将原作表达的情感做了怎样的拓展？
2．试找出原作的诗眼。
3．【时光和弦】借鉴了余光中的哪一首作品？

005

异乡的温柔，难改我乡音一口

【作品】《回乡偶书[1]二首·其一》

【作者】唐·贺知章

| 人物小传 |

贺知章（约 659 —约 744），字季真，晚年自号四明狂客，汉族，越州永兴（今浙江萧山）人。唐代著名诗人、书法家。

少时就以诗文知名。武则天证圣元年（695）中乙未科状元，授予国子四门博士，迁太常博士。后历任礼部侍郎、秘书监、太子宾客等职。

为人旷达不羁，有“清谈风流”之誉，晚年尤纵，自号“四明狂客”“秘书外监”。八十六岁告老还乡，旋逝。属于盛唐前期诗人，又是著名书法家。与张若虚、张旭、包融并称“吴中四士”。

贺知章诗文以绝句见长，除祭神乐章、应制诗外，其写景、抒怀之作风格独特，清新潇洒，著名的《咏柳》《回乡偶书》两首脍炙人口，千古传诵，作品大多散佚，今尚存录入《全唐诗》共 19 首。

‖内容‖

少小离家[2]老大[3]回，
乡音[4]无改[5]鬓毛衰[6]。
儿童相见[7]不相识[8]，
笑问[9]客从何处来。

‖注释‖

1. 偶书：随便写的诗。偶：说明诗写作得很偶然，是随时有所见、有所感就写下来的。
2. 少小离家：贺知章三十七岁中进士，在此以前就离开家乡。

3. 老大：年纪大了。贺知章回乡时已年逾八十。

4. 乡音：家乡的口音。

5. 无改：没什么变化。一作“难改”。

6. 鬓毛衰：鬓毛是指额角边靠近耳朵的头发。一作“面毛”。衰在《辞海》中有两种读音和意义：一为shuāi，衰落、衰退，如年老力衰；二为cuī，依照一定的标准递减。此字亦通“缞”。指古时丧服，用粗麻布制成，披于胸前。从诗句语境来看，“衰”应作减少讲，即口音未变却已鬓发疏落、减少。而且，古人作诗讲究合辙压韵，“衰”应与首句尾字“回”压“ui”韵。故此句中“衰”读作“cuī”，一声。指老年人头发稀疏减少，显得疏落、衰败。

7. 相见：即看见我；相：带有指代性的副词。

8. 不相识：即不认识我。

9. 笑问：笑着问，也有不同版本指出此处一作“却问”，一作“借问”。

‖赏析‖

天宝三年（744），贺知章已八十六岁，辞去朝廷官职，告老返回故乡越州永兴（今浙江萧山），这时，距他中年离乡已有五十多个年头。刚刚回到故乡的贺知章觉得一切陌生而又熟悉，不禁生出世事沧桑的无限感慨。这首诗就作于刚刚回乡之时。还有一首《回乡偶书·其二》为续篇，内容为：“离别家乡岁月多，近来人事半消磨。唯有门前镜湖水，春风不改旧时波。”

作为一首久客异乡、缅怀故里的感怀诗，《回乡偶书》表达了作者复杂的归乡心情，一方面辞官回家后，对五十多年没回的家乡充满了初来乍到的陌生感，一方面自己未改的乡音又使这一切陌生而熟悉。在第一、二句中，诗人交代了此次回家的基本背景，当年“少小”离家，风华正茂；今日“老大”返归，鬓毛疏落，概括写出数十年久客他乡的事实，暗寓自伤“老大”之情。接下来诗人将自己置身于故乡熟悉而又陌生的环境之中，“乡音”没有改变，但曾经熟悉的一切已经模糊，自己也“鬓毛衰”，不禁心生感慨。

三、四句从充满感慨的一幅自画像，转而为富于戏剧性的儿童笑问的场面。面对一个站在街头，表情怪异的陌生老人，也就难怪“相见不相识”，从而要“笑问客从何处来”了。在儿童看来，这只是出于礼貌的一问，言尽而意止；但对于刚刚回乡的诗人来说，却直击心灵，瞬间为压抑的情绪打开一个宣泄的突破口，引出了十分复杂的情绪，自己的老迈衰颓与反主为宾的悲哀，尽都包含在这看似平淡的一问中。全诗就在这有问无答处悄然作结，而弦外之音却如空谷传响，哀婉备至，久久不绝。

就全诗来看，一、二句尚属平平，三四句却似峰回路转，别有境界。后两句的妙处在于背面敷粉，了无痕迹：虽写哀情，却借欢乐场面表现；虽为写己，却从儿童一面翻出。而所写儿童问话的场面又极富于生活的情趣，即使读者不为诗人久客伤老之情所感染，也不能不被这一饶有趣味的生活场景所打动。

‖时光和弦‖

《回乡偶书》

曾记否，
江南里烟波起舞的水袖，
合着来去天涯未尽的问候，
苍茫大地，
往何处且停且缓走。
请原谅我是晚来的归客，
异乡的温柔，
难改我乡音一口。

曾记否，
斜阳下浓墨淡彩的钟楼，
不知岁月蹉跎的牧童老牛，
回忆依旧，
步履处且行且回首。
谁记得我是远方的游子，
久违的笑问，
奈何我两鬓霜染眸。

‖说明‖

这是原作的一首意译诗，作者在原作诗意的基础上又加入了不同的景致和意象，使这首现代诗既有古诗的韵味，又有现代诗的朦胧。

‖延展练习‖

1. 列举出【时光和弦】中与原作不同的意象物。
2. 试以《回乡偶书》为题，写一首现代诗。

006

我不过偶尔，在酒坊里为他把盏

【作品】《菩萨蛮[1]·人人尽说江南好》

【作者】唐·韦庄

| 人物小传 |

韦庄（约836—约910），字端己，汉族，长安杜陵（今中国陕西省西安市附近）人，晚唐诗人、词人，五代时期前蜀宰相。玄宗朝宰相韦见素之后、苏州刺史韦应物四世孙。

韦庄早年屡试不第，直到乾宁元年(894)年近六十时方考取进士，任校书郎。天复元年(901)，韦庄入蜀为王建掌书记，自此终身仕蜀。天祐四年（907），韦庄劝王建称帝，任左散骑常侍，判中书门下事，定开国制度。官终吏部侍郎兼平章事，卒谥文靖。

韦庄工诗，其诗多以伤时、感旧、离情、怀古为主题。其律诗圆稳整赡、音调浏亮，绝句情致深婉、包蕴丰厚，发人深思；其词多写自身的生活体验和上层社会之冶游享乐生活及离情别绪，善用白描手法，词风清丽。与温庭筠同为"花间派"代表作家，并称"温韦"。所著长诗《秦妇吟》反映战乱中妇女的不幸遭遇，在当时颇负盛名，与《孔雀东南飞》《木兰诗》并称"乐府三绝"。有《浣花集》十卷，后人又辑其词作为《浣花词》。《全唐诗》录其诗三百一十六首。

‖内容‖

人人尽说江南好[2]，游人[3]只合[4]江南老[5]。春水碧于天，画船听雨眠。
垆边[6]人似月，皓腕凝霜雪[7]。未老莫[8]还乡，还乡须[9]断肠。

‖注释‖

1. 菩萨蛮：词牌名。本为唐教坊曲，后用为词牌，也用作曲牌。亦作《菩萨鬘》，又名《子夜歌》《重叠金》等。唐宣宗大中年间，女蛮国派遣使者进贡，她们身上披挂着珠宝，头上戴着金冠，梳着高高的发髻，让人感觉宛如菩萨，当时教坊就因此制成《菩萨蛮曲》，于是后来《菩萨蛮》成了词牌名。另有《菩萨蛮引》《菩萨蛮慢》。《菩萨蛮》为双调，四十四字，属小令，以五七言组成。下片后二句与上片后二句字数格式相同。上下片各四句，均为两仄韵，两平韵。

前后阕末句多用五言拗句“仄平平仄平”，亦可改用律句“平平仄仄平”。

2. 江南好：白居易《忆江南》词首句为“江南好”，作者以此入句。

3. 游人：这里指飘泊江南的人，即作者自谓。

4. 只合：只应，就应该。

5. 江南老：在江南老去。

6. 垆边：指酒家。《史记·司马相如列传》记载，“买一酒舍沽就，而令文君当垆。”垆，旧时酒店用土砌成酒瓮卖酒的地方。

7. 凝霜雪，像凝聚的霜雪那样洁白。此句形容双臂洁白如雪。

8. 莫，不要，不可。

9. 须：必定，肯定。

‖赏析‖

韦庄生在唐帝国由衰弱到灭亡、五代十国分裂混乱的时代，一生饱经乱离漂泊之苦。黄巢攻破长安，他逃往南方，到处流浪。直到59岁，才结束了这段漂泊流离的生活。而这首《菩萨蛮》，以及另外四首，并称《菩萨蛮五首》，则是在其晚年定居蜀地之后，为回忆江南旧游而作。

作为《菩萨蛮五首》中的第二首，“人人尽说江南好”，与第一首和第三首词有着相互关联的承接、对应关系，单纯地对其读解并不能完整地理解作者想要表达的思想。这里的赏析也是根据上下关联诗词做出的。

首句“人人尽说江南好”，这其间所隐藏的意思是自己并未曾认为江南好，只是大家都说江南好而已。下面的“游人只合江南老”，也是别人说远游的人就应该在江南终老，而不代表作者本人的态度。韦庄这两句词，似直而纡，把怀念故乡欲归不得的感情都委婉地蕴藏在这表面看来非常真率的话中。为了证明别人说的江南好，作者接下来用大幅的笔墨加以证明：你看江南的水如此碧绿，比天色的碧蓝更甚，美到了“春水碧于天”；在碧于天的江水上，卧在画船之中听那潇潇雨声，和中原的战乱比较起来，是何等的闲适自在，所以江南的生活是“画船听雨眠”。更进一步，江南的美人“垆边人似月，皓腕凝霜雪”，写出了江南酒垆卖酒女子的光彩照人，卖酒时攘袖举酒，露出的手腕白如霜雪。风景美、生活美，江南的人也美，这江南当然像别人说的一样是好的。只不过这种描绘对作者来说都是虚晃一枪，目的不在于赞美江南，而是为更深的下一层埋下伏笔，他下面的“未老莫还乡，还乡须断肠”，对故乡欲归不得的郁结的感情，才是作者真正想要表达的。

纵观全篇，作者以最后一句“还乡须断肠”来应答“游人只合江南老”，反应出一种迫不得已的言不由衷，陈廷焯赞美韦庄词“似直而纡，似达而郁”，这首词便是一个非常好的例证。

《那一年，一袭青衣终难忘》

那一年，我十六，生在江南，自然就是江南的女子。

也许江南的烟雨是如此惹人艳慕，西子湖畔哪怕一只渔船，都值得文人才子们纷纷远道而来，见惯了无数衣着光鲜的富家弟子和文人骚客的我，从来不曾想过那个一身麻布青衣的男子，用一种很奇特的方式，就这样走进我的眼里。

也许只是一个偶然，又也许只是因为一把滴落着晨曦朝露的纸油伞，清波荡漾，一席阳光从淼淼烟波里穿透而来，他就沐浴着阳光，干净而寂寞地站在江南贡院前，一袭青衣，诗画秦淮，两袖垂立，书香满地，桃花渡口在他阳光照耀的影子下显得修长，紧锁的双眉锁不住低落的愁绪。

这一袭青衣，是在叹岁月如水潺潺流，还是在回忆竹马青梅小西楼，那一刻其实都已不再重要，也许这个清瘦的男子，只不过因为小孤山四周还笼罩在阳光慵散的薄雾之中，而发出仿佛梦呓一般的赞美，就让这个普通得无法再普通的西湖的早晨，被泼洒成一幅充满写意和回忆意境的水墨画。

穿行在静如处子的西湖中，华丽而透着胭脂香气的画舫，红裳绿袖，人影川流，他的眼神虽然被牢牢地吸引，却看不见半分的庸俗，那神态，哪里是在欣赏莺歌燕舞们的绿肥红瘦，分明像个坐定老僧一般在听禅房雨漏，也许这就是我眼中他的与众不同吧，他闪烁着睿智和沧桑的黑色眸子，有意无意地扫过酒坊，莫名地激起我好一阵的心跳。他一定看见我了，虽然柴门半掩，核桃枝撑起的茅草凉蓬遮住了我大半的身影，但此时此刻我是如此地确定，他看见我了。

整理了一下并不紊乱的发髻，稍稍有些慌乱的我忽然开始在意今天穿着的衣裙，只是江南女子很寻常的装束，长袖罗裙，一水淡绿，衣襟上绣着两只粉红的蝴蝶，挑金的绣线在阳光下闪烁着亮晶晶的光亮，惹得蝴蝶仿佛要翩翩起舞，我最满意的裙摆自然而然地紧贴着我健康有力的足踝，里面有柔软的娟绸，裹着我的玉足，青葱雪白。江南的女子本就应该如此好吧，瘦比西湖水，柔媚如扬州，腰是西湖柳，一步踏莲藕。我隐隐有些期待他会过来搭讪，哪怕讨要一杯水酒也好，我十分好奇这个把精练与萎靡两种不同神情在同一时刻写在脸上的清秀书生，究竟有着怎样的故事，可是当现实无限接近想象的时候，我还是第一时间忍不住地脸红了，一定如满月一般，我这样想。

他把整个身体都埋在无尽的回忆里，我甚至不怀疑他会就这样坐着，把整整一个白天都融进他的回忆，我家的小酒坊不大，四五张桌子，胜在位置绝妙，堪堪把西湖的美景都尽收眼底，他远远地看着苏堤，手里握着半杯残酒，远处游人如织，桃红柳绿，温润的风吹过女孩子们的纱裙，捎带过来一阵清脆的甜笑，还有他自言自语断断续续的低吟："人人尽说江南好，江南只合游人老。春水碧于天……未老莫还乡，还乡须断肠……"

一直到很多很多年以后，我才知道那段低到几乎听不清的唱吟里还有两句："垆边人似月，皓腕凝霜雪。"那一刻一定有红霞飞过我脸颊，尽管我终于还是不知道他的故事，就连韦庄这个名字，也是我处心积虑之下，多方打听而来。我不知道究竟为何要这样做，也许是他思乡的情愫在那个鸟儿歌唱的早晨打动了我，听他吟句，我的心有些许的颤抖，眼眶里有一些东西莫名涌动，胀得我隐隐发痛。只是他终究不过是这二十四桥明月下的过客，不会停留，也不曾停留，江南三月天，草长花红，暖回春风，他背着双手，勾着腰离去的时候，那憔悴的容颜，颓废的身影，我不忍看。

虽然知道在他那一首菩萨蛮中，我也不过是一个过客，但我仍然感激他的随意，让我永远地栖息在江南的妩媚里，在他的眼中，我也是这千年江南的景色，悠然而来，悄然而去。可他不知道的是，江南宛若春水碧如天的好风景，早已将他软化在我倾情的眼神中。都说江南好，风景旧曾谙，春来江水绿如兰，我不过偶尔在酒坊里为他把盏，谁曾想，竟留下了一席倩影，在悠悠岁月里，乍寒还暖。

‖说明‖

这一篇小文是作者通过想象，为原作描绘的江南设定了一个故事，并通过女主角的视角将韦庄的形象进行了勾勒，试图将原作中韦庄的心境进行描绘。

‖延展练习‖

1. 为【时光和弦】短文中的女主角取一个你认为符合意境的名字，并阐述理由。
2. 【时光和弦】的作者臆想出来的这一段情节你喜欢吗？为什么？

007

玉笛声下影孤单

【作品】《鹧鸪天[1]·楼上谁将玉笛吹》

【作者】宋·张炎

| 人物小传 |

张炎(1248—1320)，字叔夏，号玉田，又号乐笑翁，祖籍秦州成纪(今甘肃天水)，寓居临安(今浙江杭州)，南宋最后一位著名词人。1276年元兵攻破临安，南宋亡，张炎祖父张濡被元人磔杀，家财被抄没，当时张炎29岁。三年后，南宋覆灭，之后张炎隐居浙东西之间。此后，家道中落，贫难自给，曾北游燕赵谋官，失意南归，长期寓居临安，落魄而终。

张炎是南宋著名的格律派词人，早年词学周邦彦，又深受姜夔词风的影响。值得注意的是，张炎是宋词的最后一位重要作者，一般选宋词的书，选到最后，就得选张炎，讲到最后，也得讲张炎。他热衷于词学研究，著有《词源》两卷。有词集《山中白云词》八卷传世，存词约三百首。

‖内容‖

楼上谁将玉笛吹？山前水阔暝云[2]低。劳劳[3]燕子人千里，落落梨花雨一枝。
修禊[4]近，卖饧[5]时。故乡惟有梦相随。夜来折得江头柳，不是苏堤[6]也皱眉。

‖注释‖

1. 鹧鸪天：词牌名，又名《思佳客》《思越人》《醉梅花》《半死梧》《剪朝霞》《骊歌一叠》。双调，五十五字，押平声韵。前后片各三平韵，前片第三、四句与过片三言两句多作对偶。全词实由七绝两首合并而成；惟后阕换头，改第一句为三字两句。同时也是曲牌名，南曲仙吕宫、北曲大石调都有。字句格律都与词牌相同。北曲用作小令，或用于套曲。南曲列为“引子”，多用于传奇剧的结尾处。

2. 暝（míng）云：阴云。

3. 劳劳：遥远。

4. 修禊（xì）：是古代中原民族消灾祈福礼仪，古人每年三月初三日，有在水边祓除不祥的风俗，并且用浸泡了香草的水沐浴，认为这样可以拔除疾病和不祥。

5. 卖饧（xíng）：清明前后卖糖粥。饧，用麦芽或谷芽熬成的饴糖。

6. 苏堤：作者家乡杭州的名胜，以柳闻名。

‖赏析‖

南宋末年，由于战争导致了百姓流离失所，许多文人也随之开始了逃亡生涯，作者在南宋灭亡以后隐居浙江，晚年回到临安。从全文最后一句看，这首词不应写于作者回到临安以后，而是写于流亡在外期间的一个暮春时节，因正好恰逢三月初三修禊日，看见祭祀的人群，作者不免触景生情，对已经亡国的宋朝生出思念之情，遂作。

这首小令表面上写的是身在异乡，思念故乡，但实际上又是一首表达故国之思的作品。

上片起句“楼上谁将玉笛吹”，是说作者在忽然之间听见笛声，被深深地吸引，作为引子，这句一是起到开篇的作用，二是这笛声引发了作者的思绪，是什么思绪呢？接着作者在后面有所交代。

次句“山前水阔暝云低”，是说作者听着笛声，不由得思绪万千，抬头向远处眺望，只见一片低沉的阴云和茫茫的江水。这里依然没有交代是怎样一种情绪主导了作者此时此刻的心情，但在这笛声之下，看着江水和阴云，已经给了我们一种低沉、压抑的感觉，这种画面背后，我们可以判断这种情绪是负面、消极的，我们隐隐可以窥见此刻的作者一定十分压抑不平。

三四句继续写眼前所见之景，“劳劳燕子人千里，落落梨花雨一枝”的出现，让我们明白了作者原来是在被思乡的情结所困扰。所谓燕子千里，而自己也远在千里；所谓雨中一枝梨花，而自己也是孤零零一个人。联系上面两句我们终于明白作者愁绪为何，而这里的巧妙之处在于，作者在整个上片全是写景的情况下，景中含情，不言愁而愁自现，巧妙地道出了自己的所思所想。

下片头两句同样还是写景，不过与上片不同，“修禊近，卖饧时”描绘的还是场景，只不过联系下文我们可以看出这是作者臆想出来的场景，而这个场景的出现显然与作者写作这首词的时节有关，“修禊”“卖饧”均为古代民俗，而后一句“故乡唯有梦相随”则点明了这两个节日即将来临，思念中的故乡却只能在梦中相见，“唯有”二字道尽了内心的失落不甘。而正是这种失落不甘带来的愁绪，引出了接下来的一个行为：“夜来折得江头柳”。愁得睡不着，跑去江边漫步，顺手折得一枝新柳。这个行为分析起来倒也合情合理：愁绪无法排遣，漫步江边想想故乡，谁知道顺手折下的柳枝又引起更深的思念，“不是苏堤也皱眉”中的苏堤，正是作者故乡所在，而苏堤也是以柳树而闻名。虽然折下的柳枝不是苏堤上的，也足以让作者皱眉感怀了，这个无意识的举动与作者有意识地漫步江边形成了鲜明的对比，可见作者对故乡的思念已经蔓延到身边的一草一木，无法自抑了。

这首词从写景自然过渡到抒情，全文不见一个愁字，可作者的所思所想通过眼前的寻常之物以及一个无意的小动作，就得到了深切的渲染，没有丝毫的做作与矫饰。显示了作者非凡的写作功底和捕捉意境的敏锐能力。

‖时光和弦‖

《三 月 三》

三月三，
絮飞南屏山，
断桥裙腰一道斜，
玉笛声下影孤单。

三月三，
春风独松关，
前朝往事泪云满，
燕行千里梨花沾。

三月三，
旧愁吹眉弯，
苏堤暮春折醉柳，
水边旅人为谁还。

三月三，
张炎落临安，
饮饧重忆故乡事，
引我千年泪滴穿。

‖说明‖

这一首《三月三》借用了原词中提到的古代民俗节日“修禊”，通过景色的描绘展现了原作中一些没有详细提及的背景故事。

第一段讲作者张炎的前半生是在富贵荣华中生活，当时张炎居住的临安（今杭州）风景宜人，还可以去南屏苏堤观柳，断桥边赏雪，但是随着南宋的灭亡，家道中落，被迫流亡，所以玉笛声下影孤单。

第二段回忆了张炎家道中落的原因，其祖父张濡在抗元时守卫独松山，被元军所杀，这些前朝往事提起来让张炎“泪云满”，也是他不得不孤单在外，离家千里的原因。

第三段则是应和张炎的这首原词，说他独自在外想念家乡，苏堤上的每一根柳枝都是他的旧愁。

第四段将场景拉入现实，说的是《三月三》的作者在千年之后读到张炎飘零的一生，最后在临安落魄而终，不禁心感悲凉，黯然落泪。

‖延展练习‖

1．【时光和弦】提到的“三月三”在古代是一个什么节日。

2．【时光和弦】的第四段与前面三段有什么不同?

008

也许一二月，也许半载后

【作品】《匪[1]风》

【作者】佚名

‖内容‖

匪风发[2]兮，匪车偈[3]兮。顾瞻周道[4]，中心怛[5]兮。
匪风飘兮，匪车嘌[6]兮。顾瞻周道，中心吊[7]兮。
谁能亨[8]鱼？溉之釜鬵[9]。谁将西归[10]？怀[11]之好音。

‖注释‖

1. 匪：读为“彼”，“彼风”即“那风”。
2. 发：即“发发”，风声。
3. 偈：即“偈偈”，驰驱貌。
4. 周道：大道或官路。
5. 怛（达 dá）：忧伤。
6. 嘌（漂 piāo）：又作“票”。轻疾貌。
7. 吊：即“怛”。
8. 亨：同“烹”字，煮。
9. 溉：应依《说文》所引作“摡（盖 gài）”，有洗涤、擦拭的意思。鬵（寻 xún）：大釜。
10. 西归：指回到西方的故乡去，这是桧国人客游东方者的口气，“西”指桧。
11. 怀：意“遗”，送给。以上四句是说如有人能煮鱼我就给他锅子请他煮，如有人西归我就请他向家里送个消息。

‖赏析‖

《匪风》选自诗经，是一首描写思乡的作品，内容主要描写游子家住西方，而远游东土，久滞不归，对家乡十分思念。前两章字句略同，意思重复，写法也一样，均是前两句写所见之景，后两句抒发胸中思念。游子滞留在东方的异乡土地之上，伫立在通往远方的大道之旁，看见身边有车马急驰而过，思乡之情由此迸发，其心也随着急驰的车马飞向故乡所在的西方。但是，车马渐渐远去，不见踪影，空空荡荡的大道依然只有游子孤身一人，车去心去而人未去，留下一地思念。

前两章运用了对比的手法，以风、车和游子内心的动，对比游子身体的不动，从而形成了多重的对比，将游子彷徨无奈的情状描绘得传神真切。最后以“中心怛兮”“中心吊兮”两句来吐露游子的心声，反映出游子思乡的迫切心态。

第三章陡然一转，写作手法忽变，以“谁能”二句起兴，在迫切思乡的情绪中向每个人发出呼声，希望能为自己捎回一封信，带上平安的消息。但这种希望仍旧是没有着落的希翼，未必能够实现。

全诗兴中有比，情深意切，将希望寄托在虚无缥缈的询问之上，更显出游子的无可奈何和绝望，用情感人至深。

‖时光和弦‖

《在这荒凉的土地上》

听说　你就要回到故乡，
驾着大车　带着姑娘，
传说中的衣锦还乡，
我攀着你的车辕，
一步一步跟着你，
在这　荒凉的土地上。

在这　荒凉的土地上，
生不出家乡的飘飘杨柳，
只好折一枝路边的荆棘予你，
愿你一切顺利　旅途安良。
在这 荒凉的土地上，
苦涩的湖水酿不了家乡的米酒，
只好以这辣嘴的烧刀子与你对饮，
患难一场　愿你幸福安康。

在这　荒凉的土地上，
我还依稀记得，
邻家小妹的眼波和春水一样，
曾经每个春天我都会为她歌唱，
可是，
在这　荒凉的土地上，
信天游却成了江南小调，

一张口就吐出悠长的闲凉。
请你，
不要为她带上我的念想，
在这　荒凉的土地上。

你说　不如你也跟我走？
我怅然放开你的车辕，
泪水往下流，
你回去时，
且说天外天穹野苍苍，
夜里星星亮如芒，
莫提我相思人消瘦，
也不说人到中年，不成不就，
说我即将归来，
也许一二月，
也许半载后。

大风起　你的车疾驰而去，
车里的姑娘，
看着车后，
眼里是故土难离的彷徨。
大风起　在铺天盖地的沙尘里，
我渺小得如一颗砂砾，
匍匐，
在这荒凉的土地上，
心里是身不由己的惆怅。

‖说明‖

这是一首唱和诗，作者用想象去还原原作中的故事，将主角对于归乡的复杂心境，通过新增加的故事情节和意象表达出来，阅读起来有着很强的画面感。

‖延展练习‖

1．阅读【时光和弦】中最打动你的一句，然后以此为诗眼，写一首古体诗。
2．试论述【时光和弦】中增加的“姑娘”的意向，想要表达什么样的情绪？

第二章

怀古伤今

001

只因男儿从不伤离别

【作品】《念奴娇[1]·赤壁[2]怀古》

【作者】宋·苏轼

| 人物小传 |

苏轼（1037—1101），字子瞻，又字和仲，号东坡居士，故世人常称其苏东坡、苏仙，汉族。眉州眉山（今属四川省眉山市）人，祖籍河北栾城。嘉祐二年（1057），进士及第。元丰三年（1080），因"乌台诗案"受诬陷被贬黄州任团练副使。宋哲宗即位后，曾任翰林学士、侍读学士、礼部尚书等职，晚年因新党执政被贬惠州、儋州。宋徽宗时获大赦北还，途中于常州病逝。宋高宗时追赠太师，谥号文忠。

苏轼是宋代文学最高成就的代表，是北宋著名文学家、书法家、画家，其诗题材广阔，清新豪健，善用夸张比喻，独具风格，与黄庭坚并称"苏黄"。其词开豪放一派，与辛弃疾同是豪放派代表，并称"苏辛"；其散文著述宏富，豪放自如，与欧阳修并称"欧苏"，为"唐宋八大家"之一；苏轼亦善书，为"宋四家"之一；工于画，尤擅墨竹、怪石、枯木等。有《东坡七集》《东坡易传》《东坡乐府》等传世。

‖内容‖

大江东去[3]，浪淘[4]尽，千古风流人物[5]。故垒[6]西边，人道是，三国周郎[7]赤壁。乱石穿空，惊涛拍岸，卷起千堆雪[8]。江山如画，一时多少豪杰。

遥想[9]公瑾当年，小乔初嫁了[10]，雄姿英发[11]。羽扇纶巾[12]，谈笑间，樯橹[13]灰飞烟灭。故国神游[14]，多情应笑我[15]，早生华发。人生如梦，一尊还酹江月[16]。

‖注释‖

1. 念奴娇：词牌名。念奴是唐天宝年间著名歌妓。此调有平仄韵二体。《词谱》以苏轼"凭空跳远"词为仄体正格。此词共一百字。前片四十九字；后片五十一字，各十句四仄韵。此令宜于抒写豪迈感情。东坡赤壁词，句读[①]与各家词微有出入，是变格。另有平韵格，以陈允平词为正体，用者较少。本词牌又名《百字令》《酹江月》《大江东去》等。

2. 赤壁：此指黄州赤壁，一名“赤鼻矶”，在今湖北黄冈西。而三国古战场的赤壁，文化界认为在今湖北赤壁市蒲圻县西北。

3. 大江：指长江。

4. 淘：冲洗，冲刷。

5. 风流人物：指杰出的历史名人。

6. 故垒：过去遗留下来的营垒。

7. 周郎：指三国时吴国名将周瑜，字公瑾，少年得志，二十四岁为中郎将，掌管东吴重兵，吴中皆呼为“周郎”。下文中的“公瑾”，即指周瑜。

8. 雪：根据上文，此处是比喻浪花。

9. 遥想：回忆。

10. 小乔初嫁了（liǎo）：《三国志·吴志·周瑜传》载，周瑜从孙策攻皖，“得桥公两女，皆国色也。策自纳大桥，瑜纳小桥。”，二人皆是三国时期有名的美女。乔，本作“桥”。周瑜迎娶小乔时已经距赤壁之战十年，此处言“初嫁”，是为了在文中表现周瑜少年得志，倜傥风流而故意将时间差忽略，并非作者不明。

11. 雄姿英发：比喻周瑜娶了小乔后的精神状态，体貌不凡，言谈卓绝。

12. 羽扇纶（guān）巾：古代儒将的便装打扮。羽扇，羽毛制成的扇子。纶巾，青丝制成的头巾。

13. 樯橹（qiánglǔ）：樯，挂帆的桅杆。橹，一种摇船的桨。这里代指曹操的水军战船。原词有多个版本流传：“樯橹”一词，有作“强虏”，又作“樯虏”，或作“狂虏”。其中有据可查的权威版本做“强虏”。强虏：强大之敌，指曹军。虏：对敌人的蔑称。

14. 故国神游：此为神游故国的倒装句。故国：这里指旧地，即当年的赤壁战场。神游：于想象中游历。

15. 多情应笑我：为此应笑我多情的倒装句。

16. 一尊还（huán）酹（lèi）江月：古人祭奠以酒浇在地上祭奠。这里指洒酒酬月，寄托自己的感情。尊：通“樽”，古代饮酒的酒杯。

‖赏析‖

1080年（宋神宗元丰三年），苏轼由于用诗文讽喻新法，被新派官僚罗织论罪而被贬，心中郁结，便四处游山玩水聊以散心。两年后，因“乌台诗案”被贬的苏轼四十七岁，谪居

[①] 句读是休止与停顿的合称，也包括阴阳顿挫的不同，类似于现在的顿号、句号和起伏，这里指东坡词的读法不同，但解释为标点符号不同显然没有完全表述清楚，故只能用句读二字。

黄州，来到黄州城外的赤鼻矶，见此处风景壮丽，不由感触良多，追忆起三国时期的赤壁之战，感叹周瑜年轻得志、无限风光的同时，也感叹时光易逝，而自己却郁郁不得志。因此写下此首千古名词。

上片咏赤壁，着重写景，前两句描绘气势磅礴的长江，为引出第三句千古风流人物做足铺垫，接下来假借“人道是”将想说的这个风流人物讲出来：就是“周瑜”。通过用“乱”“穿”“惊”“拍”“卷”等词对赤壁战场的描绘，勾勒出在如此险峻的形势之下，这位千古英雄人物的绝绝风采，从而表达出作者自己对英雄的向往之情。

下片怀周瑜，并怀古伤今，着重写人，借着周瑜这位人物取得的人生成绩，抒发自己功业无成的感慨。先是说周瑜娶得三国美人，“小乔初嫁了”，人生意气风发，接着写周瑜一派儒将风范，“谈笑间，樯橹灰飞烟灭”，战绩旷古烁今，这些让心生神往的作者也暗叹自己的年老无为。“多情应笑我”等后几句虽表达了伤感之情，但这种感情其实正是作者不甘沉沦，积极进取，奋发向上的表现，仍不失英雄豪迈本色。

词作虽然书写失意，然而格调是豪壮的，跟失意文人的同主题作品显然不同。词作中的豪壮情调首先表现在对赤壁景物的描写上。长江的非凡气象，古战场的险要形势都给人以豪壮之感。周瑜的英姿与功业无不让人艳羡。由此可见作者是个旷达之人，尽管政治上失意，却从未对生活失去信心。这首词就是他这种复杂心情的集中反映。

‖时光和弦‖

《烟花易冷·小乔吟》（根据《烟花易冷》曲填词）

折铁戟沉沙江山染满了伤疼，
看马蹄扬尘敝目遮住了缘分，
巴丘夜雨　秋风共枕，
问天下谁家英雄值得等。

念曾经吴宫夕下铜雀锁旧城，
现如今姊妹花残佩环留新恨，
一梦荒凉　千年旅人，
问天涯痴心为谁断成寸。

红头绳　此生只为君等，
千尺雪　素妆香帕掩门，

只斟一杯酒　与你长饮风尘，
明朝金戈铁马踏征程。
空悲愤　乱世愁了青灯，
残月冷　你襟怀好暖人，
黄陵青草芬　我千年也会等，
哪怕相思冢前悲枯坟。

赤壁前万军奔腾黑云欲摧城，
罗帐中芳心意乱期盼着归程，
深闺相思　英雄不问，
煮茶青锋帐前拭刀痕，

蒲草枯浦圻寒雨催落叶纷纷，
寒铁剑剑折沙场看天下三分，
铁甲殷红　怒目圆睁，
只想与你并肩走过这一生。

镜花月　一世英名浴血，
手中扇　指点江山残缺，
多少断肠事 瞬间灰飞烟灭，
只因男儿从不伤离别。

不思量　你眉间的眷恋，
自难忘　我初见的喜悦，
三生的执念　不论缘浅情深，
化做青丝素笺负红唇。

这一等　盼君披星戴月，
早归程　莫让华发早生，
数英雄豪杰　浪淘消泯一切，
穿过千年守候你眼神。

‖说明‖

这篇作品是根据周杰伦演唱的《烟花易冷》重新填写的词，以小乔的口吻，从一个女性的角度去看待战争与爱情，因此抒发的情感与原作的差异又是十分巨大的，可以看做是原创的唱和作品。

‖延展练习‖

1．你认为【时光和弦】的创作原点是根据原作中的哪一句？为什么？
2．你认为【时光和弦】是以什么人的口吻所写的？
3．原文和【时光和弦】描写的情感是不同的，但请试描述两者在情感上的关联点。
4．如果你会唱《烟花易冷》，请尝试将【时光和弦】演唱出来。

002

秦淮烟火倒影青石路

【作品】《泊[1]秦淮[2]》

【作者】唐 · 杜牧

| 人物小传 |

杜牧（803—约852），字牧之，号樊川居士，汉族，京兆万年（今陕西西安）人。唐文宗大和二年中进士，时年26岁，授弘文馆校书郎。约唐宣宗大中六年（852）冬天，病重逝世。

杜牧是唐代杰出的诗人、散文家，是宰相杜佑之孙，杜从郁之子。文学创作有多方面的成就，诗、赋、古文都身趁名家。因晚年居长安南樊川别墅，故后世称“杜樊川”，著有《樊川文集》。杜牧的诗歌以七言绝句著称，内容以咏史抒怀为主，其诗英发俊爽，多切经世之物，在晚唐成就颇高。杜牧人称“小杜”，以别于杜甫“大杜”。与李商隐并称“小李杜”。现存题为杜牧诗者共有486题524首。

‖内容‖

烟[3]笼寒水月笼沙，
夜泊秦淮近酒家。
商女[4]不知亡国恨[5]，
隔江犹唱后庭花[6]。

‖注释‖

1. 泊：停泊。

2. 秦淮：即秦淮河，发源于江苏句容大茅山与溧水东庐山两山间，经南京流入长江。相传为秦始皇南巡会稽时开凿的，用来疏通淮水，故称秦淮河。历代均为繁华的游赏之地。

3. 烟：这里指秦淮河上水汽聚拢形成的水雾。

4. 商女：卖唱为生的歌女。

5. 亡国恨：这里指南北朝时期陈朝最后一位皇帝陈叔宝（史称陈后主），在位时大建宫室，生活奢侈，不理朝政，日夜与妃嫔、文臣游宴，作艳词。隋军南下时，自恃长江天险，不以为然，祯明三年 (589)，隋军攻入建康，陈朝灭亡的旧事。

6. 后庭花：指陈朝陈后主所做的《玉树后庭花》，后世把此曲作为亡国之音的代表。

‖赏析‖

这首诗写于杜牧入仕早期，当时的他还比较关心政治，所以当他在秦淮河——这个两岸皆是繁华之地，到处都有权贵富豪、墨客骚人纵情声色、寻欢作乐的场所停泊时，看见河边酒家里还在唱着《玉树后庭花》这样的亡国之音，而听者皆纸醉金迷，不由对百孔千疮的唐王朝的未来十分忧虑。这首诗正是在这样的背景下所作。《泊秦淮》是杜牧的代表作之一，载于《全唐诗》卷五百二十三。

这首诗是即景感怀的，金陵曾是六朝都城，秦淮河两岸从来都是繁华一时。诗人夜泊秦淮，首句就显示出非凡的文学功底和高超运笔技巧，“烟笼寒水月笼沙”将烟、水、月、沙四大景物用两个“笼”字就完整的概括了，而其中我们还能看见一种缓慢的动态画面和巨大的画面背景，这种时间和空间在一句之中精准描述的功底，可见杜牧不愧为唐大家。

次句与第一句是一个承接关系，写的是在第一句这样的画面下，船儿靠岸了，又看见了近处的酒家。“夜泊秦淮近酒家”看似平平，却很值得玩味。首先是点出了时间是夜晚，其次说明了行为是停泊，这两个条件是后文的必备条件，缺一不可，而“近酒家”则是引出下文的引子，这一句看似过渡，实则是必须。

第三和第四句描写的是酒家中的场景，歌女在唱着《玉树后庭花》这样的亡国之音，而歌女是无权选择的，她唱什么基本是由听者来决定，所以这里的“商女不知亡国恨”实际上是指那些达官贵人，迷恋于靡靡之音，不以国事为重，根本不在乎国家已经千疮百孔，到了十分危急的关头。

这首诗既反映了当时的社会现状，又表达了诗人内心无比的悲痛，于婉曲清丽的格调之中，表现出对社会统治阶层辛辣的讽刺，堪称绝妙。

‖时光和弦‖

《商 女 舞》

轻数 寒水河畔几鸥鹭，
皱目 红颜抚琴隔岸罩江雾，

低首　明月舟侧红灯孤，
六朝金陵台　伊人舞。

回眸　蓦然妖姬花含露，
经年　秦淮烟火倒影青石路，
难忆　前尘贵妃画玉树，
玉面含羞出　娇娘舞。

曾似白衣清如初，
故国长如故，
曾似红颜相思误，
他乡遇踌躇，
曾似百转千回处，
一江后庭赋，
商女应犹在　独自舞。

如初　芳林高阁倚君渡，
如今　倾城笑靥 却已半点无，
任它 一池岁月写秋书，
朱砂轻莲步 为谁舞。

是谁衣衫白如初，
谁相思如故，
谁人抚琴罩江雾，
谁又隔岸舞，
谁人笑我忘荣辱，
贪恋半城富，
花开不长久　花落舞。

‖说明‖

这是一首以杜牧原诗中的《玉树后庭花》为参照，以陈朝陈后主为视角所写的追和作品。

本作将早已作古的陈后主穿越时空放在杜牧所处的环境中，通过《泊秦淮》描述的场景与《玉树后庭花》描述的场景相互交织，营造了一个具有穿越情节的小故事。

第一段先是陈后主看见了《泊秦淮》中的寒水、舟船、明月、江雾以及看似繁华的金陵城中一个舞蹈的女子。

接着第二段是陈后主在看着对岸女子舞蹈，恍然间回忆起自己作《玉树后庭花》的场景，回忆起当年宫中为他起舞的贵妃。

而第三段则是陈后主自己的遭遇，从“故国长如故”的国家灭亡，到“他乡遇踌躇”的百般耻辱，再到“百转千回”之后忽然醒来，发现对岸的商女仍在跳舞，自己又回到《泊秦淮》的场景中。

第四段则是陈后主清醒以后的哀叹，说曾经和美人之间的承诺已经消泯，倾城的容颜再也看不见，岁月如书，就连舞步的痕迹都找不到了。

第五段是对前文所呈现的情怀的一种追问，交织了现实和幻觉，责怪自己贪图享受，忘记家国荣辱，最后落得像落花一样不能长久，只能惨淡收场。

全篇以一个舞字进行贯穿，不同人物和景物的舞相互交织，读起来颇有画面感。

‖延展练习‖

1．【时光和弦】主要以什么人的视觉所见进行的描写？

2．找出【时光和弦】中化用的陈后主的诗句。并描述这首化用作品的主要意思。

003

凤凰台上无凤凰

【作品】《登金陵凤凰台[1]》

【作者】唐·李白

| 人物小传 |

李白（701－762），字太白，号青莲居士，又号“谪仙人”，汉族，绵州昌隆县（今四川省江油市）人，是唐代伟大的浪漫主义诗人，被后人誉为“诗仙”，与杜甫并称为“李杜”。为了与另两位诗人李商隐与杜牧即“小李杜”区别，李白与杜甫又合称“大李杜”。其人爽朗大方，爱饮酒作诗，喜交友。李白深受黄老列庄思想影响，有《李太白集》传世。李白所作词赋，宋人已有传记，就其开创意义及艺术成就而言，“李白词”享有极为崇高的地位。

‖内容‖

凤凰台上凤凰游，凤去台空江自流[2]。
吴宫[3]花草埋幽径，晋代[4]衣冠[5]成古丘[6]。
三山[7]半落青天外[8]，二水[9]中分白鹭洲[10]。
总为浮云能蔽日[11]，长安[12]不见使人愁。

‖注释‖

1. 凤凰台：据《江南通志》载：“凤凰台在江宁府城内之西南隅，犹有陂陀，尚可登览。宋元嘉十六年，有三鸟翔集山间，文彩五色，状如孔雀，音声谐和，众鸟群附，时人谓之凤凰。起台于山，谓之凤凰山，里曰凤凰里。”

2. 江：指长江。

3. 吴宫：三国时期，孙吴政权定都金陵，并于此筑造皇宫。

4. 晋代：这里是指东晋，西晋灭亡后，由西晋皇室后裔司马睿在南方建立起来的政权，史称东晋，建都于建康，即金陵。

5. 衣冠：指士大夫的穿戴，借指士大夫、官绅，这里指的是当时豪门世族；由于衣冠一词也指衣冠冢，因此也有人认为此处是指东晋文学家郭璞的衣冠冢，现今仍在南京玄武湖公园内。

6. 成古丘：晋明帝当年曾经为郭璞修建衣冠冢，在当时十分奢华，引起一时轰动，然而到了作者来看时，已经成为一个丘壑。现代这里称郭璞墩，位于南京玄武湖公园内。

7. 三山：据《景定建康志》载："其山积石森郁，滨于大江，三峰并列，南北相连，故号三山"。明初朱元璋筑城时，将金陵城南的三座无名小山也围在了城中。这三座山正好挡住了从城北通向南门——聚宝门的去路，恰逢当时正在城东燕雀湖修筑宫城，于是将这三座山填进了燕雀湖。三山挖平后，在山基修了一条街道，取名为三山街。今三山街为其旧址。

8. 半落青天外：形容极为遥远。

9. 二水：有版本作"一水"。秦淮河流经南京后，汇入长江，被横截其间的白鹭洲一分为二。

10. 白鹭洲：古代长江中的沙洲，洲上多集白鹭，故名。现在已与陆地相连，位于今南京市江东门外。

11. 浮云能蔽日：陆贾《新语·慎微篇》："邪臣之蔽贤，犹浮云之障日月也。"，故浮云是比喻奸邪小人。日：双关语，古代把太阳看作是帝王的象征。这句是比喻谗臣当道障蔽贤良。

12. 长安：这里用京城指代朝廷和皇帝。

‖赏析‖

关于本诗的写作背景有多个版本，一说是作者奉命"赐金还山"，被排挤离开长安，南游金陵，写于天宝（742 – 756）年间；另一说是作者流放夜郎，后被赦罪，在路过金陵时所作；还有一说是李白游览黄鹤楼，并留下"眼前有景道不得，崔颢题诗在上头"后，作者想与崔颢的《黄鹤楼》争胜而作。

此诗是李白作品中为数不多的七言律诗之一，是唐代律诗中脍炙人口的杰作。开篇两句写凤凰台的传说，相传南朝宋元嘉十六年，有三鸟翔集山间，文彩五色，状如孔雀，音声谐和，众鸟群附，时人谓之凤凰。李白在这里用十四字就将这件传说故事包含其中，而且连用了三个凤字，但阅读起来韵律格调皆十分完美，没有突兀重复之感。不仅如此，他在描绘故事时也将自己的情绪放入其中，用"凤去台空"感叹时光变迁，六朝繁华一去不返。

这种情绪在第三、第四句中得到最大程度的宣扬，诗人用三国时期的吴国和晋朝一代风流人物做例子，感叹曾经在金陵建都的吴国"花草埋幽径"，而晋朝一代文学家郭璞的衣冠冢也"成古丘"。历史上曾经烜赫一时的东西，到后来都没有留下什么痕迹。写到这里作者感叹往事的目的此刻还不明朗，下文诗人回转另起，不再沿着这个思路发挥，而是把目光放到了金陵的自然风景上："三山半落青天外，二水中分白鹭洲。" 据陆游的《入蜀记》载："三山自石头及凤凰台望之，杳杳有无中耳，及过其下，则距金陵才五十余里。"陆游所说的"杳杳有无中"正好解释了为什么李白在凤凰台看三山是"半落青天外"的视觉效果。位于凤凰台的位置，三山半隐半现、远在天边，这种位置也只有李白的"半落"二字形容得准确到位。"二水中分白鹭洲"，则是说长江中的沙洲白鹭洲，把秦淮河分割成两道。这两句诗看似写景，且都是远景，其实不然，李白写这两句的意思其实是为了描写更远的东西，也就是后文的"总为浮云能蔽日，长安不见使人愁"。从意境上讲，李白是从六朝的帝都金陵看到唐的都城长安，目之所及远远超过上面两句的三山和二水，从现实层面跨入了精神层面，陆贾《新语·慎微篇》曰："邪臣之蔽贤，犹浮云之障日月也。"李白这两句诗暗示皇帝被奸邪包围，而"长安不见"包含了两层意思：一是诗人自己离统治中心越来越远，看不见自己的未来；二是统治中心被邪臣包围，看不到客观公正。这些让诗人心里忧愁，十分沉痛。

‖时光和弦‖

《也登凤凰台》

登上，
这风雨飘摇的凤凰台，
涅槃的凤凰随风入怀，
眼前，
一片青天下山水皆入梦，
奔流的秦淮河，
卷着沉重的历史迎面而来。
看那，
金碧辉煌的王城长满了青草，
风流的文人呐，
任由岁月的荒丘侵蚀了绝世的风采。
苍天，
这朗朗乾坤为何乌云密布，
将我心中的长安深深地掩埋。

‖说明‖

这首诗是原作的韵译诗，作品将原作用现代语言表达出来，在含义方面并未做大的调整和修改，但根据需要调整了原作语义的先后顺序。

‖延展练习‖

1.【时光和弦】以原作中哪一句为创作题引?

2.【时光和弦】使用的是哪个韵部? 。

004

世人闲话语当疏

【作品】《西施[1]》

【作者】唐·罗隐

| 人物小传 |

罗隐(833—909)，字昭谏，汉族，新城(今浙江富阳市新登镇)人，唐代诗人。大中十三年(859)底至京师，应进士试，历七年不第。咸通八年(867)乃自编其文为《谗书》，益为统治阶级所憎恶，所以罗衮赠诗说："谗书虽胜一名休"。后来又断断续续考了几年，总共考了十多次，自称"十二三年就试期"，最终还是铩羽而归，史称"十上不第"。黄巢起义后，避乱隐居九华山，光启三年(887)55岁时归乡依吴越王钱镠，历任钱塘令、司勋郎中、给事中等职。五代后梁开平三年(909)去世，享年77岁。

‖内容‖

家国兴亡自有时，
吴人[2]何苦怨西施。
西施若解[3]倾吴国，
越国亡来又是谁。

‖注释‖

1. 西施：本名施夷光，越国美女。春秋末期出生于浙江诸暨苎萝村。天生丽质，是美的化身和代名词。西施与王昭君、貂蝉、杨玉环并称为中国古代四大美女，其中西施居首。

2. 吴人：字面指吴国百姓，但这里是指吴国当权者和权贵。

3. 若解：如果解释为。

‖赏析‖

封建社会将一些莫须有的亡国之罪归结到妇女身上。作者罗隐是这种论调的坚决反对者，唐僖宗广明年间(880－881),黄巢起义军攻入长安,唐僖宗仓皇出逃四川,至光启元年(885)才返回京城。罗隐就作有《帝幸蜀》一首，借杨贵妃之死讽刺这种诿过于人的言论，这首《西施》异曲同工，是罗隐社会观念的真实反映。

这首小诗在众多写西施的诗词中别具一格，大多数写西施的诗词都将亡国之因归结为红颜祸水，而作者开篇即鲜明地提出了完全不同的论调，说国家的兴亡有其自己的内在原因，不能归结在红颜美人身上，吴国亡国有着各种复杂的因素，不是一句西施误国可以遮盖的。这里的“何苦”二字有着讽刺的意味:吴国自己误了国家大事,却归罪一个女子,这是何必呢!当然，讽刺的对象是吴国统治者及其帮闲。

接下来的第三、四句运用了逻辑推论：如果说吴国灭亡的原因解释为西施祸国，那么越王并不迷恋女色，它的灭亡又应该怪谁呢?

这首小诗读起来条理分明、逻辑清晰，锋芒尖锐但不咄咄逼人。更因其与众不同的观点而受到关注。

‖时光和弦‖

《无　　题》

你活该，
自误朝堂江山改，
恬不知耻怨西施，
以邻为壑上刑台。
你活该，
人云亦云耍无赖，
偏信诬言误故国，
却说都是西施坏。
太无奈，
西施不过一女子，
祸国殃民从何来?
不是堂君迷于色，
红颜怎引祸水来?
太无奈，
天下愚民呆脑袋，
不辨是非将国败，
若是西施如狐媚，
古越灭国怪谁来?

‖说明‖

这是一首原作的意译作品，从风格上作者更是使用了打油诗的语言风格。尽管打油诗一向不被认为是正式的诗歌作品，但作者根据原作意思，将内容进一步细述，以泼辣、直接、贴近原作的辛辣嘲讽风格的要求来说，并能还原原作含义，其写作形式，还非打油诗莫属。

‖延展练习‖

1．试分别描述原作和【时光和弦】的内在寓意，找出两者的关联。
2．试讲述【时光和弦】中提到的传说故事

005

深爱着落花的蝴蝶，彻夜不眠

【作品】《双调[1]·折桂令[2]·九日[3]》

【作者】元·张可久

| 人物小传 |

张可久（约 1270 —约 1350），字小山（一说名伯远，字可久，号小山；一说名可久，字伯远，号小山；又一说字仲远，号小山），浙江庆元（治所在今浙江宁波鄞县）人，元朝著名散曲家，剧作家，与乔吉并称“双璧”，与张养浩合为“二张”。一生怀才不遇，时官时隐，曾漫游江南之名胜古迹，足迹遍及江苏、浙江、安徽、湖南一带，晚年隐居在杭州一带。现存小令 800 余首，为元曲作家作品最多者，数量之冠。

‖内容‖

对青山强整乌纱[4]。归雁横秋[5]，倦客思家。翠袖殷勤[6]，金杯错落[7]，玉手琵琶[8]。人老去西风白发，蝶愁来明日黄花。回首天涯，一抹斜阳，数点寒鸦。

‖注释‖

1. 双调：宫调名。词之由前后两阕相叠而成者，谓之“双调”。
2. 折桂令：曲牌名，属北曲双调。也是昆曲里一支用途极广的北曲曲牌。
3. 九日：农历九月初九，为重阳节，中国人素有登高怀乡习俗。
4. 对青山强整乌纱：这里暗合孟嘉落帽的典故：东晋桓温于九月九日在龙山宴客，风吹孟嘉帽落，他泰然自若，不以为意。
5. 归雁横秋：南归的大雁在秋天的空中横排飞行。
6. 翠袖殷勤：宋晏几道《鹧鸪天》有句“彩袖殷勤捧玉钟”。这里借用为歌女殷勤劝酒。翠袖：此处借指女子。
7. 金杯错落：金杯，黄金酒杯。错落，参差相杂，一说酒器名。此句解释为各自举起酒杯。
8. 玉手琵琶：指歌女弹奏琵琶。

‖赏析‖

这首小令借重阳写乡愁，秋天的美景引发了思乡愁绪，回想自己多年的所作所为，反衬出内心的愁苦。综观全曲，由眼前实景触景生情，到忆往昔旧事引愁思交织，再到最后以景结情垂暮思归，一个“思”字贯穿始终。其语言清新，对仗工整，更巧妙地化用、引入了前人诗词，堪称元散曲中的精品。

第一句起手突兀，没有任何铺垫就用“强整乌纱”将整个氛围代入到一个严肃的语境中，到第三句才给出这样做的理由，原来是“倦客思家”，第一句的突兀感瞬间消失。这种倒装的手法让读者快速进入角色，也反映出作者处理文字的技法高超。

后三句描绘的是作者回忆昔年种种，其中“翠袖”“金杯”“玉手”就是诗人忆往昔欢乐生活时浓缩而成的意象，这里化用了宋代词人晏几道《鹧鸪天》中的“彩袖殷勤捧玉钟，当年拼却醉颜红”，写尽了宴客场景的繁华热闹。这种官场生活的描绘是以乐景写哀的反衬之法，与前三句形成强烈的对比，更显示出作者内心孤寂。

“人老去西风白发，蝶愁来明日黄花”是苏轼的诗句“相逢不用忙归去，明日黄花蝶也愁。”的化用，我们注意到这首曲在多处化用了名家作品，且在意境上都显示出自有的特色，这里添加了“西风白发”这一意象，在意境上更胜一筹；倒装加对偶的句式，韵律和谐，也可以看出诗人的匠心。这也是这首曲中的名句。

最后三句，作者在此以景结情，写出眼前的凄凉景象：回首茫茫天涯，只见一抹斜阳，几只远飞的寒鸦。这是写景，又是写情，既是实景，又是作者情绪，总结了作者大半生人生路途。这里又化用了宋代秦观《满庭芳》中的名句：“斜阳外，寒鸦数点，流水绕孤村”，功底极为深厚。

‖时光和弦‖

《蝶　　愁》

夕阳来了，彩霞满天的昆山，
只有青峰山峦看见我的惆怅。
那一串南行的归雁，
叫声嘶哑，飞过秋霜肆虐的残花，
带走我抱眠了一夜的故乡，
那上面，泪痕茫茫。

夕阳来了，爬满枯藤的树上，

只有呜咽的寒鸦听见我的感伤。
止不住的白发，迎着西风生长，
像只深秋的蝴蝶，眷恋傍晚的昏黄。

夕阳来了，扶冠而立，我听见自己的低笑，
笑翠袖金杯不过天涯云烟，
笑琵琶声里故曲断人肠。
那只深爱着落花的蝴蝶，彻夜不眠，
只不过是被乡愁占满回忆，
似如今，难回少年郎。

‖说明‖

这是一篇原作的意译作品，作者根据原作中的蝶愁二字，以蝴蝶这个意向入题，将原作中表达的含义以蝴蝶的角度进行演绎。

‖延展练习‖

1．找出【时光和弦】中“扶冠而立”对应的原作句子。
2．【时光和弦】中的蝴蝶，是由原作哪一句延伸出来的?

006

明月依稀如旧，便是我心

【作品】《人月圆[1]·伤心莫问前朝事》

【作者】元·倪瓒

| 人物小传 |

倪瓒（1301 — 1374），初名珽，字泰宇，后字元镇，号云林子、荆蛮民、幻霞子等，江苏无锡人，元末明初画家、诗人。倪瓒擅画山水、墨竹，师法董源，受赵孟頫影响。早年画风清润，晚年有变化，平淡天真。疏林坡岸，幽秀旷逸，笔简意远，惜墨如金。以侧锋干笔作皴，名为“折带皴”。墨竹偃仰有姿，寥寥数笔，逸气横生。书法从隶入，有晋人风度，亦擅诗文。与黄公望、王蒙、吴镇合称“元四家”。存世作品有《渔庄秋霁图》《六君子图》《容膝斋图》等。著有《清閟阁集》。

倪瓒家富，博学好古，四方名士常至其门。元顺帝时期散尽家财，浪迹太湖一带。

‖内容‖

伤心莫问前朝[2]事，重上越王台[3]。鹧鸪啼处，东风草绿，残照花开。
怅然孤啸，青山故国，乔木苍苔[4]。当时明月，依依素影[5]，何处飞来？

‖注释‖

1. 人月圆：词牌名，亦为曲牌名。此调始于王诜，因词中“人月圆时”句，取以为名。吴激（宋、金时期作家和书画家）词有“青衫泪湿”句，又名“青衫湿”。双调四十八字，前片五句两平韵，后片六句两平韵。

2. 前朝：指宋朝。

3. 越王台：《越绝书》载，越王台在勾践小城内。后渐不存。南宋嘉定年间以近民亭遗址重建，现存于浙江绍兴城府山南麓。

4. 青山故国，乔木苍苔：南朝宋颜延之《还至梁城作》中有“故国多乔木，空城凝寒云”句，此处化用其句意。

5. 素影：素白的月光。

‖赏析‖

此曲是作者登绍兴越王台时所作，包括江浙广大地区在内的“越地”，既有越王勾践报仇雪耻的历史，又是南宋政治经济的中心，作者生活在元朝末年，但是他始终不能忘记元兵南下、宋朝灭亡那段悲惨的历史。因此，在登临当年越王勾践点兵复仇的越王台时，激发起亡国的惨痛和恢复河山的愿望，缅怀故国，抒写愁思，故有此作品。

中唐诗人窦巩有《南游感兴》七绝云：“伤心欲问前朝事，唯见江流去不回。日暮东风青草绿，鹧鸪飞上越王台。”而窦诗显然又源于李白的《越中览古》：“越王勾践破吴归，义士还家尽锦衣。宫女如花满春殿，只今唯有鹧鸪飞。”本曲的前五句，显然是由此化来，首句的“伤心莫问前朝事”较之窦巩的“伤心欲问前朝事”，虽然只是一字之差，却更加的绝望和无奈。其中的“前朝事”一句，有学者认为倪瓒生活在元末，不存在前朝遗民思想，故这个前朝囊括了越以后所有的朝代。倪瓒一生都没有在元政权下做官，据考证他具有很重的民族思想，因此对元朝取代宋朝应该心怀芥蒂，所以笔者更倾向于这里专指宋朝这一说法。

下阕前三句作者再次化用了南朝宋颜延之《还至梁城作》中“故国多乔木，空城凝寒云”的语意，这是作者登越王台的所见，较之前片的“东风草绿，残照花开”更增加了悲凉的色彩。将对故国的怀思推向一个高潮。最后三句诗人独发一问：“何处飞来？”问得似乎突兀，但含意是十分显明的：“当时”的江山久已换主，那么“当时”的明月怎么又会飞来重临呢?

这首小令除了善于从古人诗句中化出新意外，在景物的描写上也深得唐诗风韵。亘古恒在的景物如东风、残照、青山、明月，与时过境迁的绿草、野花、乔木、苍苔交织在一起，在特定的空间中导入了苍茫的时间感，表现出了作者对故国山河的倦倦深情。

‖时光和弦‖

《伤心莫忘前朝事》

会稽越王台

荒山枯草空寂寥，寒露夜风撩新袍。

流萤黯淡催花瘦，明月满袖怀旧朝。

写这些句子的时候，恰好一缕月光从层层峦峦的云雾里探出头来，隐约照在我的身上，把一身清洗得发白的衣衫映得更加雪白，极目远眺，远山孤韧，清魂寂寥，绵延不绝的山峰嵴线，都隐约笼罩了一层寒霜。远处鹧鸪的叫声，回荡在山涧深处，让这满是沧桑的越王遗台，多少一丝生气尚存。

轻轻地，叹了一口气。

夜里的寒风瞬间将那呼出的白气吹散，有些寒意从背脊上一阵阵地向上涌来。一国亡，一国兴，谁把新朝换，谁叹旧国难。有些事，想不明白就不用想了，顺着自己的本心，无愧就是好的。

“先生名列元四家，满腹才华，得之我幸。”前日里，来自大都的圣旨，依旧回想在耳边。这抗旨也不是第一次了，我暗笑：得之如何？不得又如何？才华满腹，却也不是为这天下帝王家所学，国破山河在，终究还是需要一些骨气的。

崖山一战，血海浮尸十万，那都是我朝的好儿男，国亡一君，复立一君，又立又亡，堂堂大宋断绝江山，然我这前朝的遗子，却只能望洋而叹。故国多难，国事至此，不可再辱！这元朝的天下，早已复国无望，就算如此，却也不能亦不可入朝为官，前朝至此，又岂可再由我辱！

这荒芜的越王台啊，你历经了千年风雨，有着多少血雨腥风往复还来，是一滴鸩毒摄文种，还是遍游五湖寻范蠡，是西施楚楚的泪，还是勾践薪上的等待。等这一切都在历史中泯灭了，谁还记得我等是大宋的子民呢？

“往日种种，先生还是忘了罢。”

隔着帐纱，那宦官的声音仿佛从几千年前传来，满是难闻的腥臭与腐败，“皇上圣旨，岂可违抗，一入朝纲，先生前程大光啊！”

是啊，前程大光，那就忘了罢。

忘了襄樊六载拉锯战，漫天血雨隔江染。忘了鲁港精锐十三万，全军魂亡尽忠胆。忘了千帆战船连横渡，十万军民共复难。那就忘罢，忘了那一年，陆忠烈公负帝投海，忘了张太傅船沉亡故，忘了征衣染血的将士，忘了悲目带恨的妇孺。

那就忘罢，忘了山河破碎风飘絮，忘了身世浮沉雨打萍。忘了惶恐滩头说惶恐，忘了零丁洋里叹零丁。忘了人生自古谁无死，忘了留取丹心照汗青。那一天，些许宦臣嬉笑盈盈，谁人见，飞扬的马蹄下，隐匿了多少家国流散的凄冷。

是啊，是该忘了。

金戈铁马，沙场笼纱。刀光剑影，泣血如花。待到来年东风起，这一切，又会花开旧红，青草遍地。故国的旧人已逝，故国河山还在，你看那青山绿水，乔木苍荣，该来的终究会来，该去的早已离去，什么江山易主，什么顺天应意，什么前途无量，什么富贵荣华，我倪瓒生来磊落，虽未尝随先故去，却也不拜新朝堂，你看那天上明月，依稀如旧，便是我心。

‖说明‖

这是一篇以倪瓒的角度，描写他登临越王台时的内心独白。文章回忆了南宋灭亡的最后一战——崖山海战的沉痛历史，并用写实手法虚构了倪瓒不肯做官的小故事，从侧面补足了这首作品的历史背景。

‖延展练习‖

1.【时光和弦】中提到了哪一个著名的历史事件?
2.【时光和弦】中引用了哪一位抗元名将的诗?这首诗的原文是什么?
3.【时光和弦】主要表现了倪瓒什么样的思想?

007

情到深处不自禁

【作品】《临江仙[1] · 寒柳》

【作者】清 · 纳兰性德

| 人物小传 |

纳兰性德（1655 — 1685），叶赫那拉氏，字容若，满洲正黄旗人，原名成德，避太子保成讳改名为性德，一年后太子更名胤礽，于是纳兰又恢复本名纳兰成德，号楞伽山人，清朝著名词人。自幼饱读诗书，文武兼修，十七岁入国子监，被祭酒徐文元赏识，推荐给内阁学士徐乾学。十八岁参加顺天府乡试，考中举人。十九岁参加会试中第，成为贡士。康熙十二年因病错过殿试。康熙十五年补殿试，考中第二甲第七名，赐进士出身。

纳兰性德于康熙二十四年（1685）暮春抱病与好友一聚，一醉一咏三叹，而后一病不起。七日后，于康熙二十四年五月三十日（公元 1685 年 7 月 1 日）溘然而逝，年仅三十岁。他的词以“真”取胜：写景逼真传神。词风“清丽婉约，哀感顽艳，格高韵远，独具特色”。著有《通志堂集》《侧帽集》《饮水词》等。

‖内容‖

飞絮飞花何处是，层冰[2]积雪摧残，疏疏一树五更寒。爱他明月好，憔悴[3]也相关[4]。

最是[5]繁丝[6]摇落后，转教人忆春山[7]。湔裙梦断[8]续应难。西风[9]多少恨，吹不散眉弯。

‖注释‖

1. 临江仙：临江仙，唐教坊曲，后用作词牌，为双调小令。又名《谢新恩》《雁后归》《画屏春》《庭院深深》《采莲回》《想娉婷》《瑞鹤仙令》《鸳鸯梦》《玉连环》。

格律俱为平韵格，字数有五十二字、五十四字、五十八字、五十九字、六十字、六十二字六种。全词分两片，上下片各五句，三平韵。另外宋代词人柳永将《临江仙》演为慢曲，如《临江仙慢》、《临江仙引》等，字数为九十三字，此是别格。

2. 层冰：厚厚之冰。

3. 憔悴：瘦弱无力脸色难看的样子，颜色憔悴，形容枯槁。

4. 关：这里是关切、关怀之意。

5. 最是：特别是。

6. 繁丝：指柳丝的繁茂。这两句里的“柳丝”和“春山”，都暗喻女子的眉毛。

7. 春山：春日之山。又春山山色如黛，故借喻女子之眉，或代指女子，这里指代亡妻。

8. 湔（jiān）裙梦断：李商隐在《柳枝词序》中说：一男子偶遇柳枝姑娘，柳枝表示三天后将涉水湔裙来会。此词咏柳，故用此典故。意思是涉水相会的梦断了。湔裙，溅湿了衣裙，见《淡黄柳·咏柳》。此谓亡妻已逝，即使梦里相见，可慰相思，但好梦易断，断梦难续。

9. 西风：从西方吹来的风。

‖赏析‖

这首纳兰性德的词是一首借咏物思人的难得佳作，不但多种选集纳入，陈廷焯甚至作出“言之有物，几令人感激涕零”之“压卷之作”的崇高评价。这首小词在“层冰积雪摧残”“爱他明月好，憔悴也相关”等句刻画出那婀娜杨柳的“寒意”之外，词人更着重“摧残”“憔悴”“梦断”“西风多少恨，吹不散眉弯”的情感的抒写，从抒情这个角度来看，这首词无论借物还是抒情，都将纳兰性德复杂凄咽的内心感受准确地传递出来。

这是一首纳兰性德写给亡妻的悼念词，清康熙十六年五月三十日，纳兰性德的发妻，汉军旗人两广总督卢兴祖之女卢氏因难产夭亡，卢氏死后，纳兰性德追念不已，尽管两人的结合不过短短的三年，却相濡以沫，甜蜜恩爱。卢氏的去世对纳兰性德是一次极大的打击，究其原因，是因为卢氏的偶然出现，让纳兰性德从对表妹雪梅思念的痛苦中走出来，表妹雪梅是纳兰性德的初恋，也许是情窦初开的固执，在纳兰性德心中，始终是一个无解的方程，卢氏的温柔贤淑，知性体贴，唤起了纳兰性德对未来的憧憬和希望，但同样因为卢氏的去世，让纳兰性德悲痛欲绝、无法自拔，他的《青衫湿·悼亡》《金缕曲·亡妇女忌日有感》等无不是字字如血，催人泪下，直到一年之后的冬季，这首《临江仙·寒柳》的诞生，更是将这种悲痛和思念推向了高潮，在一个层冰峨峨，积雪千里的冬天凌晨，一夜未眠的纳兰性德看着院中枯枝萧条的柳树，想起亡妻生前的音容笑貌，如今已如柳絮般不知随风消散到哪里，不由得悲从中来，尽管逝者已逝，但心中如水的爱依然像明月一般照抚着曾经的一点一滴。哪怕是伊人的柳眉渐远渐离，也抹不去曾经一起的浓情约定，曾经的山盟海誓如今不可追寻，难再相续。这淤积于胸的爱在纳兰性德心中久久无法宣泄，哪怕是西边吹来的风中，也夹杂着纳兰性德的失落和悲痛，让他不能自已，无法释怀。自责与思念完全不随时间的流逝而慢慢淡漠，反而愈演愈烈，缠绕全身，这个孤独的凌晨，疲惫而憔悴的纳兰性德触景生情，穿过时光的隧道，远远地击碎了我们每个人的心灵。

‖时光和弦‖

《湔裙梦难断》

你去若飞絮，
我静如雪寒。
你羁我今生，
我绊你来世。
你渐行渐远渐无书，
我依稀憔悴心无骨。
在这清冷的凌晨，
我做明月，
你在何瞰?

你黛眉舒展，
我反侧辗转。
你如梦溪前，
我旧情难断。
你三载悠悠魂杳杳，
我怀柳遥寄双鱼盼。
看这西风凋碧树，
你的湔裙，
我的眉弯。

‖说明‖

这首作品是原作的唱和诗，作者挑选原作中的几个细节意向，通过对男和女的不同描写，试图以现代诗的方式描写和还原原作的思想情感。

‖延展练习‖

1．如果你和情侣分手了，最想把【时光和弦】里的哪一句送给对方？又会把哪一句送给自己？

2．找出【时光和弦】中化用的另一首纳兰性德词的句子，并指出是哪一首作品。

惺惺相惜

001

碧空故人影子

【作品】《黄鹤楼[1]送孟浩然之[2]广陵[3]》

【作者】唐·李白

| 人物小传 |

李白（701—762），字太白，号青莲居士，又号“谪仙人”，汉族，绵州昌隆县（今四川省江油市）人，是唐代伟大的浪漫主义诗人，被后人誉为“诗仙”，与杜甫并称为“李杜”。为了与另两位诗人李商隐与杜牧即“小李杜”区别，李白与杜甫又合称“大李杜”。其人爽朗大方，爱饮酒作诗，喜交友。李白深受黄老列庄思想影响，有《李太白集》传世。李白所作词赋，宋人已有传记，就其开创意义及艺术成就而言，“李白词”享有极为崇高的地位。

‖内容‖

故人[4]西辞[5]黄鹤楼，
烟花[6]三月[7]下扬州。
孤帆远影碧空尽[8]，
唯见[9]长江天际流[10]。

‖注释‖

1. 黄鹤楼：中国著名的名胜古迹。故址在今湖北省武汉市武昌蛇山的黄鹄矶，传说三国时期的费祎于此登仙乘黄鹤而去，故称黄鹤楼。原楼已毁，现存黄鹤楼为1985年重建。
2. 之：往、到达。
3. 广陵：扬州古称。
4. 故人：指孟浩然。孟浩然为唐代著名诗人。与李白关系深厚，因此称之为“故人”。
5. 辞：辞别，离去。
6. 烟花：形容柳絮如烟，古诗词中多代之春天。

7. 下：顺流而下。这里指明了孟浩然乘船所行的方向。

8. 碧空尽：碧空，碧蓝的天际。一作“碧山”。尽，尽头、消失了。此句解释为在碧蓝的天际消失了。

9. 唯见：只看见。

10. 天际流：天际，天边、天边的尽头。解读为在天边流淌。

‖赏析‖

唐玄宗开元十五年（727），李白年二十七岁，东游归来，至湖北安陆寓居。在此期间，李白结识了长他十二岁的孟浩然。孟浩然对李白非常赞赏，两人很快成了挚友。开元十八年（730）三月，李白得知孟浩然要去广陵（今江苏扬州），便与孟浩然相约在江夏（今武汉市武昌区）相会。几天后，孟浩然乘船东下，李白亲自送到江边。送别时写下了这首《黄鹤楼送孟浩然之广陵》。

起句“故人西辞黄鹤楼”，点明了此诗的主题是一首送别诗，也点明了送别的地点在黄鹤楼。而黄鹤楼本身，也是富有传说色彩的名胜，是仙人飞升的地方，这和李白心目中的这次送别又构成一种遐想，增加了丰富的情感色彩。

次句“烟花三月下扬州”则点明了送别的时间是在“三月”，其上的“烟花”二字，则描写了周边的景色，柳絮纷飞，江雾缭绕，呈现出大片的阳春美景。三月是烟花之时，而开元时代繁华的长江下游，又正是烟花之地。“烟花三月”，不仅再现了暮春时节的美景，也臆想了繁华之地的迷人，将李白的向往之情含蓄地表达出来。此句意境优美动人，文字多义绮丽，清人孙洙将其誉为“千古丽句”。

最后两句则是以景结情的名句，字面上看起来是写景之句，描绘孟浩然乘坐的船逐渐远去，消失在天边，整个世界似乎只剩下长江之水还在流淌，但仔细阅读这两句都会发现其在字面之下包含着充满诗意的细节。

“孤帆远影碧空尽”的后面是李白一个人独自站在送别处很长时间，帆影已经消逝了，然而李白还在翘首凝望，这才注意到一江春水，在浩浩荡荡地流向远远的水天交接之处。这个景色只有在孟浩然离开很久以后才会看到，所以反应了李白内心的失落和惜别之情，其依依不舍又无可奈何的心态跃然出现。

“唯见长江天际流”的后面则是李白活动剧烈的内心，当送别的一切恢复平静，还剩下江水在翻滚流动时，李白心潮起伏，正是通过这一句得以呈现。这一场站在唐代诗歌巅峰的诗人之间的离别，瞬间变得与众不同，这种惺惺相惜和向往之情的交织，被诗人用绚烂的烟花三月，放舟长江的画面和目送孤帆远影的细节，传神地表现出来。

‖时光和弦‖

《烟 花 别》

新春又三月，
敬侯踏鹤别，
昔人已乘白云去，
空留孤帆一叶。

故人去匆匆，
烟花一江涅，
浪涛东去浪淘尽，
万里人踪泯灭。

何时论经年？
莫道烟花谢，
隔江犹唱酹江月，
碧空故人影孑。

‖说明‖

这是一首原作的唱和作品，在尊崇原作思想感情的基础上，作者尝试化用不同的经典名句来表现原作中描绘的意向。

‖延展练习‖

1．【时光和弦】中化用了四首名作的名句意境，试将它们找出来，并指出出处。

2．这是一首原作的同义追和作品，描述的故事和情结与李白相同，手法上选择了现代诗的体格，而用词则偏向古体诗意韵。文中第一段的“敬侯”指踏鹤飞升的三国人物费祎。并在其中化用了“昔人已乘黄鹤去”“大江东去浪淘尽”“万径人踪灭”“隔江犹唱后庭花”等名句。

002

若有缘，千里比邻始终将

【作品】《送杜少府[1]之[2]任蜀州[3]》

【作者】唐 · 王勃

| 人物小传 |

王勃（约 650 — 约 676），字子安，汉族，古绛州龙门（今山西河津）人，唐代诗人。十六岁时，应幽素科试及第，授职朝散郎。因做《斗鸡檄》被赶出沛王府。之后，王勃历时三年游览巴蜀山川景物，创作了大量诗文。返回长安后，求补得虢州参军。在参军任上，因私杀官奴二次被贬。上元三年（676）八月，自交趾探望父亲返回时，不幸渡海溺水，惊悸而死。

王勃出身儒学世家，与杨炯、卢照邻、骆宾王并称为“初唐四杰”，王勃为四杰之首。其自幼聪敏好学，据《旧唐书》记载，他六岁即能写文章，文笔流畅，被赞为“神童”。九岁读颜师古注《汉书》，作《指瑕》十卷以纠正其错。王勃在诗歌体裁上擅长五律和五绝，主要文学成就是骈文，无论在数量上还是质量上，都是上乘之作，代表作品有《滕王阁序》等。原有集，已散佚，明人辑有《王子安集》。

‖内容‖

城阙[4]辅三秦[5]，风烟[6]望五津[7]。
与君[8]离别意，同[9]是宦游[10]人。
海内[11]存知己，天涯[12]若比[13]邻。
无为[14]在歧路[15]，儿女共沾巾[16]。

‖注释‖

1. 少府：官名，始于战国。秦汉相沿，为九卿之一。在唐代此官职指县尉。
2. 之：到、往。
3. 蜀州：今四川崇州。
4. 城阙（què）：城阙，即城楼，指唐代京师长安城。

5. 辅三秦：一作“俯西秦”。护卫着三秦。辅，护卫。三秦，指长安城附近的关中之地，即今陕西省潼关以西一带。秦朝末年，项羽破秦，把关中分为三区，分别封给三个秦国的降将，所以称三秦。这句是倒装句，意思是京师长安由三秦作保护。

6. 风烟：风烟两字为名词用作状语，表示行为。本句的意思是说在风烟迷茫之中，遥望蜀州。

7. 五津：指岷江的五个渡口白华津、万里津、江首津、涉头津、江南津。这里泛指蜀川。

8. 君：对对方的尊称。

9. 同：一作“俱”。

10. 宦（huàn）游：出外做官。

11. 海内：四海之内，古代认为我国疆土四周环海，所以称天下为四海之内。这里泛指所有地方。

12. 天涯：天边，天下。这里比喻极远的地方。

13. 比邻：并邻，近邻。

14. 无为：无须，不必。

15. 歧（qí）路：岔路。古人送行常在大路分岔处告别。

16. 沾巾：泪水打湿衣襟。意为挥泪告别。

‖赏析‖

这首诗是作者在长安时所写。“少府”是唐朝对县尉的通称。一位姓杜的少府将到四川去上任，而王勃在长安与之相别，临别时送给他这首送别诗。

这首诗堪称送别诗中的佳作，意义非凡。全诗对仗工整，虚实互转，无论写实还是务虚都十分辽阔广袤，在内涵立意上更是独树一帜，意境旷达、跌宕起伏，特别是其中的“海内存知己，天涯若比邻”更是千百年来深为民间传诵，影响力之大可见一斑。

首两句“城阙辅三秦，风烟望五津”短短十个字即在我们面前拉开一幅波澜壮阔的画卷，从京城长安到蜀州，超越目力所及，作者用想象的眼睛将两个相隔数千里的地方联系在一起。和一般送别诗着眼小处不同，这幅气势恢宏的画卷一推开，我们自然而然地想到了送别，而此时关于送别诗人还一字未提。

下文的“与君离别意，同是宦游人”则从大入小，把一幅鸟瞰图的镜头拉回了近处，诗人与杜少府依依惜别，互道珍重，诗人特别强调两人都是外出做官的人，背井离乡本就格外愁，而身在客居送君去异乡的现实，更加深这种愁绪，显得无限凄恻。而第一二句高昂的画面格调，更让这两句低回婉转显得落寞。

第五、六两句，诗人的描写由实转虚，意境上又从小入大，同时情绪从凄恻转为豪迈，格调从低回再转高昂。“海内存知己，天涯若比邻。”如同誓言和承诺一般，告诉对方远离分不开知己，无论是四海之内，还是天涯海角，人不在一起，但心都在一起，一秦一蜀两地远隔，根本算不得什么距离。这两句表现友谊不受时间的限制和空间的阻隔，所谓的知己就应该是永恒的，抒发出乐观豁达的情感，也让这两句因此成为远隔千山万水的朋友之间表达深厚情谊的不朽名句。

最后两句“无为在歧路，儿女共沾巾。”是完整的一句话，在画面和格调的处理上，诗人再次进行了逆转，是说“我俩在这岔路口相互道别，可别像那小儿女一般挥泪。”可在这从小处入手，看似低回婉转的一句道别话里，又隐藏着诗人的大情绪，那就是劝慰杜少府豪迈豁达一些，凡事看远一些，不就是分别嘛，咱们在哪里都一样。从而将全诗的整体情绪从离别之愁引入到开朗豪放的意境里。

‖时光和弦‖

《相望潼关》

策马回望　夜色凄凉，
城阙前潼关断人肠。
与君惜别　语薄义长，
风烟里岷江两相望。
此将去，
愿君壮志未忘，
千里行，
单影对苍凉。

晨霜蜀道　驿路漫长，
莫在歧路泪洒两行。
半杯屠苏　一梦黄粱，
离人聚别生死茫茫。
天涯路，
愿君豪情万丈，
两相忆，
知己情谊常。
若有缘，
千里比邻始终将，
若无缘，
尺素越海皆相忘。
从今后，

各背行囊　各自奔忙，
却但愿，
悲欢离合　共记文章。

‖说明‖

这篇作品是原作的意译诗，作者希望通过更加详细丰富的内心描绘，展现原作的思想感情。从还原翻译的角度上看，这首作品有其自己的韵律特色。

‖延展练习‖

1. 【时光和弦】描写和抒发的是什么样的感情?
2. 【时光和弦】中，“千里比邻始终将”应该作何解释?

003

挥挥手，远山芳草渐重叠

【作品】《送友人[1]》

【作者】唐·李白

| 人物小传 |

李白（701 — 762），字太白，号青莲居士，又号“谪仙人”，汉族，绵州昌隆县（今四川省江油市）人，是唐代伟大的浪漫主义诗人，被后人誉为“诗仙”，与杜甫并称为“李杜”。为了与另两位诗人李商隐与杜牧即“小李杜”区别，李白与杜甫又合称“大李杜”。其人爽朗大方，爱饮酒作诗，喜交友。李白深受黄老列庄思想影响，有《李太白集》传世。李白所作词赋，宋人已有传记，就其开创意义及艺术成就而言，“李白词”享有极为崇高的地位。

‖内容‖

青山横北郭[2]，白水[3]绕东城。
此地一[4]为别[5]，孤蓬[6]万里征[7]。
浮云游子意[8]，落日故人情。
挥手自兹[9]去，萧萧[10]班马鸣[11]。

‖注释‖

1. 友人：作者未表明这首诗是写给谁。
2. 郭：古代在城外修筑的外墙。
3. 白水：清澈干净的水。
4. 一：做状语，当助词用，用于加强语气。也有人认为是“为一别”的倒装。
5. 别：告别，分别。
6. 蓬：古书上说的一种植物，干枯后根株断开，遇风飞旋，也称“飞蓬”。诗人此处用“孤蓬”比喻朋友的远行之旅。

7. 征：到很远的地方去，远行。

8. 浮云游子意：浮云，飘动的云。游子，离家远游的人。曹丕《杂诗》："西北有浮云，亭亭如车盖。惜哉时不遇，适与飘风会。吹我东南行，行行至吴会。"后世用为典实，以浮云喻游子四方漂游。也有人认为，杜甫有"浮云终日行，游子久不至"之句，二人关系极好，李白此句应该是化用杜甫之句。

9. 兹：拟声词，表示声音。

10. 萧萧：马的嘶叫声。

11. 班马：班，分别；离别，一作"斑"。班马即离群的马，这里指友人所乘骑的马。

‖赏析‖

此诗创作时间、地点、所送何人不明。历来有众多学术研究，如安旗在《李白全诗编年注释》认为此诗："诗题疑为后人妄加……其城别之池当在南阳。"并将此诗创作时间定为唐玄宗开元二十六年（738）。另有郁贤皓认为此诗疑为在唐玄宗天宝六载（747）于金陵所作。对于写给何人也没有定论，但有人从杜甫的"浮云终日行，游子久不至"之句分析本诗的"浮云游子意"，认为是送给杜甫的，但也缺乏其他证据。

尽管如此，仍不妨碍这首情深意长的送别诗成为千年来最出色的作品，受到广泛的好评和喜爱，首句"青山横北郭，白水绕东城"描绘出一幅广阔的远景图，点出了告别的地点是在城外，而周边的景物也十分优美，青山、城墙，清水环绕，一派寥廓秀丽的图景。而且作为一首五言律诗，此二句对仗工整、准确传神。

后两句写人，借"孤蓬"来比喻友人的漂泊征途，从语意上看应该是一句叮嘱之语，"此地一为别"带着悲沧的情感，体现出诗人情感上的依依惜别，"孤蓬"两字的承接则在这种情感之下附加沉重的不忍之情，其情感流露之自然、真挚，充分地体现出李白"天然去修饰"的诗风。

第三、四句"浮云游子意，落日故人情"将前四句描绘的场景人景交织，交融一体，用"浮云"双关了景色和人，这种关联放到"落日"所代表的眷恋之情下显得分外落寞，不由得叫人去感叹"故人情"。太白集王琦注云："浮云一往而无定迹，故以比游子之意；落日衔山而不遽去，故以比故人之情。"故人之情在这里的自然流露，从前句表达的游子将行未行的恋旧情意，欲行未行、身行心留之复杂意绪；到后句诗人表现眷恋，联想到"浮云""孤蓬"的漂泊不定，在一轮"落日"里缓缓飘向远方，而背景里剩下的青山绿水，仿佛不忍这样的依依惜别，这些正是此刻诗人的心情写照。

最后两句，"挥手自兹去，萧萧班马鸣。"描写了最终分别的情景，两人挥手作别，游子策马而去，诗人站在原地听着奔马的嘶鸣。这一"挥手"，是相互致意，也代表故事的终章，诗人不去说内心的感受，只用了“自兹去”表示终了，仿佛一个休止符戛然而止，送别的场景仿佛并未余音未了，而是表达了一种“就这样了，也只能这样了”的情绪，更将诗人的心情推到一个瞬间空旷的境地。而在这样的空旷之中传来的“斑马鸣”仿佛空寂之中突然出现的空鸣，再次击碎诗人的心灵。

这首送别诗新颖别致，情景交融，不落俗套。诗中青山、白水、落日、浮云、相互映衬，一派水墨风范，加上斑马长鸣，故人策马，可谓画面鲜活，有声有色。而诗人别具一格的内心描写，更是与景与人相互交织，平添生动，画面中流露出真挚情谊，自然热烈，感人肺腑。

‖时光和弦‖

《兄弟，你我在此一别》

兄弟，你我在此一别，
夕阳暮照青山阶，
唯恐一叹惊雀。
有道是云卷云舒花开谢，
游子故旧谁人觉，
看那马嘶清冽，
挥手，
远山芳草渐重叠。

兄弟，你我在此一别，
远山寺鼓已早歇，
一江春水鱼跃。
祝愿你一路平安常梦蝶，
长亭折柳定遥约，
虽有难舍情结，
却有，
更多祝福难书写。

‖说明‖

这篇作品是原作的意译诗，但在情感的表达上更加直接，称谓也更亲近，这种加入了现代称谓的古诗词翻译作品，表现出书生也有豪情万丈的一面。

‖延展练习‖

1. 【时光和弦】中，“长亭折柳定遥约”的“折柳”在古诗词中代表什么样的寓意?
2. 原作中提到的意象，在【时光和弦】中哪些没有提到?

004

喝上一坛辣嘴的包谷酒

【作品】《过故人庄[1]》

【作者】唐·孟浩然

|作者小传|

孟浩然（689—740），名浩，字浩然，号孟山人，襄州襄阳（现湖北襄阳）人，世称孟襄阳。孟浩然生于盛唐，早年有志用世，在仕途困顿、痛苦失望后，隐居鹿门山，生了六子。但这段隐居并没有打消孟浩然的入仕志向，四十岁后孟浩然再次应进士举不第，直到开元二十五年张九龄招致幕府，后隐居。

孟浩然在长安游历期间，曾在太学赋诗，名动公卿，一座倾服，为之搁笔。因他未曾入仕，又称之为孟山人，是唐代著名的山水田园派诗人。其诗在艺术上有独特的造诣，清雅淡泊，长于写景，绝大部分为五言短篇，以描绘山水田园和隐居以及羁旅行役的心情为主。后人把孟浩然与王维并称为“王孟”，有《孟浩然集》三卷传世，今编诗二卷。

‖内容‖

故人具[2]鸡黍[3]，邀[4]我至田家。
绿树村边合[5]，青山郭[6]外斜[7]。
开轩[8]面场圃[9]，把酒[10]话桑麻[11]。
待到重阳日[12]，还来[13]就菊花[14]。

‖注释‖

1. 过：拜访。故人庄：朋友的田庄。庄，田庄。
2. 具：准备，置办。
3. 鸡黍：黍（shǔ），黄米。鸡黍在这里指农家饭食。
4. 邀：邀请。
5. 合：围绕，围合，这里是环绕的意思。

6. 郭：古代城墙有内外两重，内为城，外为郭。这里指友人田庄的外墙。

7. 斜（xiá）：倾斜。

8. 开轩：打开窗户。开，打开，开启。轩，窗户。

9. 面场圃：面对菜园。面，面对。场圃，场，打谷场、稻场；圃，菜园。

10. 把酒：端着酒具，指饮酒。把，拿起，端起。

11. 话桑麻：闲谈农事。桑麻，桑树和麻，这里泛指庄稼。

12. 重阳日：指九月初九重阳节。古人在这一天有登高、饮菊花酒的习俗。

13. 还（huán）来：返回来。

14. 就菊花：指饮菊花酒，一说赏菊。就，靠近，这里是指去做某事。

‖赏析‖

这首诗写于作者早年。孟浩然在25岁左右曾经隐居在鹿门山，诗人对田园生活有着极大的热情和向往，这首诗就是其在隐居期间，去一位朋友家中做客时所作。

孟浩然是盛唐有名的田园诗人，这首《过故人庄》是其作品中十分具有代表性的作品。全诗开篇交代了做客的原因是出于朋友相邀，去的目的是吃饭。当然这个吃饭只是一种形式，其实质内容还是在于朋友之间的情感交流。这种白描的写法开门见山，招之即来，看似简单随意，其实也表现出诗人与好友之间的关系亲密，没有客套。这种白描写法也使得这首诗直白有趣，读起来颇为亲近。

三、四句交代做客地点的景色，“绿树村边合，青山郭外斜。”一派青山绿水共为邻的田园水墨风光，上句是近景，下句为远景，展开看来就将好友的田庄镶嵌其间，显得自成一统，别有天地。五、六句主题是与主人把酒言欢，“开轩面场圃，把酒话桑麻。”描写两人临窗举杯共饮的场面，屋外是打谷场和菜园的无限风光，屋里是两人聊着农家的话题，这里的“开轩”二字用的别开生面，表现出酒喝得酣畅淋漓，不禁微微出汗，本是为了开窗通风，却引来一片农家春色。“把酒”二字也有一番内涵，一般来说，喝酒喝到拿着酒而不饮的状态，一定是有着大家都感兴趣的话题，所以这里不是单纯的饮酒，重点在拿着酒“话桑麻”。这两句为我们表现出强烈的农村气息，仿佛可以嗅到场圃上的泥土味，看到庄稼的成长和收获，乃至地区和季节的特征。结合前面两句来看，绿树、青山、村舍、场圃、桑麻组成的画面，和谐而自然，构成一幅优美宁静的田园风景画。

最后两句则是主宾尽欢以后的约定，有着意犹未尽的语义在其中。“待到重阳日，还来就菊花。”这是热情的主人对诗人发出的邀约，不但表示两人关系密切，也表达出主人期待下一次的见面，所以约定在重阳节再相聚。而在诗人的角度看，这两句入诗，则是表现出诗人对田园生活的无限向往，希望更多地贴近自然，融入田园，两人不约而同地表现出相同的意向，瞬间将整个作品的格调上升到精神共鸣的层次上。一个普通的农庄，一顿普通的鸡黍饭，一次普通的把酒言欢，被诗人表现得这样富有诗意，这在其他诗人的作品中是不多见的。

‖时光和弦‖

《做客农家》

老弟，你千万别着急，
等我烧好这只鸡，
洗个手就来陪着你。
要是觉得口渴，
院子里有套茶具，
旁边的树上，
可以现摘新鲜的鸭梨。
村头的青山养眼不错，
待会我陪你去看看小溪。

老弟，山里就是安静，
你若等得无趣，
看会儿书也可以。
等我蒸上黄澄澄的小米，
摆上大碗的酒具，
喝上一坛辣嘴的包谷酒，
咱哥俩可要好好叨叙叨叙。

山里的生活清苦，
菜寡你别在意。
市面见得少些，
话糙你别生气。
说的都是农家话题，
你就当我宣泄下意气。
好些日子没见，
哥哥我还真是想你。
咱可说好了啊，
今年庄稼长势喜，
等到重阳节，
你得来我这儿赏菊。

‖说明‖

这篇作品是一首唱和诗，作者以农庄主人的角度，再现了原作中描绘的场景，一主一宾，相互呼应。在用语和语气上，也注意到了主人和宾客描述同一件事的区别，比较有田园人家的豪放和大气，让作品充满乡村气息。

‖延展练习‖

1. 试浅评【时光和弦】的写作风格。
2. 【时光和弦】是以什么人的口吻写的？你认为这个人会有什么样的性格特征？

005

一事精致能动人，矢志方得绕梁音

【作品】《别董大[1]·其一》

【作者】唐·高适

| 人物小传 |

高适（700 — 765），字达夫、仲武，汉族，景县（今河北景县）人，后迁居宋州（今河南商丘）。20岁西游长安（今陕西西安），功名未就而返。唐玄宗开元二十年（732）去蓟北，体验了边塞生活。唐玄宗天宝八年（749），应举中第，授封丘尉。安史之乱后，曾任淮南节度使、彭州刺史、蜀州刺史、剑南节度使等职，官至渤海县侯终散常侍，世称“高常侍”。永泰元年（765）卒，终年65岁，赠礼部尚书，谥号忠。

高适是唐代著名的边塞诗人，年轻时期生活贫寒，但为人热忱，爱交友，喜游历，其诗笔力雄健，气势奔放，洋溢着盛唐时期所特有的奋发进取、蓬勃向上的时代精神。后人把高适、岑参、王昌龄、王之涣合称“边塞四诗人”。与岑参并称“高岑”，有《高常侍集》等传世。

‖内容‖

千里黄云[2]白日曛[3]，
北风吹雁雪纷纷。
莫愁前路无知己[4]，
天下谁人[5]不识君[6]。

‖注释‖

1. 董大：指董庭兰，唐玄宗时期著名的琴师。在其兄弟中排名第一，故称“董大”。
2. 黄云：天上的乌云。在阳光下，乌云是暗黄色，所以叫黄云。
3. 曛（xūn）：昏暗的日光。
4. 知己：相互了解的人互称。
5. 谁人：没有人，哪个人。

6. 君：古人使用的尊称，这里指董大。

‖赏析‖

唐玄宗天宝六年（747）春，吏部尚书房琯被贬出朝，门客董庭兰也离开长安。是年冬，诗人高适与董大会于睢阳（今河南省商丘县南），遂写了《别董大二首》。董庭兰是盛唐开元、天宝时期的著名琴师，善吹古乐器筚篥和弹奏七弦琴。早年贫困潦倒，到中年以后才略有好转，诗人写这首诗时，董庭兰也颇不宽裕，所以在《别董大·其二》中还有“丈夫贫贱应未足，今日相逢无酒钱。”的句子。

这首《别董大·其一》与其他送别诗完全不同，它没有凄清缠绵、低徊留连的情感倾诉，也没有慷慨悲歌、荡气回肠的豪迈，而是以一种发自肺腑的坚定信念，鼓舞奋发，为送别诗涂上一种健康、乐观、积极、向上的色彩。在写作这首诗时，高适与董庭兰一样，情况也并不乐观，四处不得志，时常处于贫贱的境遇之中。但在这首送别诗中，高适面对时常窘迫的董庭兰，却以开朗的胸襟，豪迈的语调把临别赠言说得慷慨激昂，鼓舞人心。

在第一二句的开篇中，直抒两人见面时的景观“千里黄云白日曛，北风吹雁雪纷纷”，恶劣的天气不仅是当时客观存在的实景，也是两人现实际遇的真实写照，都郁郁不得志，人生走到了一个低谷，犹如黑云压顶、寒雪入骨，显得凄凉无比。诗人以乌云、暗日、北风、寒雪叙景，可见其内心同样是十分郁积，这种“抑”的写法，为下文的“扬”打下了基础，所以后两句才不觉突兀，反而更显高明。

三四句“莫愁前路无知己，天下谁人不识君。”一下将前文低沉、悲凉的情绪一扫而空，对朋友进行了真挚的劝慰和鼓励：此去不要担心天下没有知己，四海之内谁不知道你董庭兰啊！这一句于慰藉中充满着盈盈期盼，是激励朋友抖擞精神，向着更远更高的目标去奋斗、去拼搏。这种说法常见于亲朋好友之间，用词朴质而豪爽，充满了力量和信任。

诗人在离别之际，不写离愁别绪，不写百般情谊，而是满怀激情地说出鼓励之词，可见情真意切，句句皆是肺腑之言。殷璠在《河岳英灵集》评论高适“多胸臆语，兼有气骨”，此诗可见其风格。

‖时光和弦‖

《天涯别言》

南行的大雁，

昏黄的天，
温热的酒杯里装着万语千言，
在这大雪纷飞的寒冬里，
道别的话一如春风拂面：
请坚信最好的才会笑到最后，
最美的总是距离最远。
饮完这一盏就走吧，
不必担心天涯远处难寻友缘，
泰山的高处总有巨石冲破天，
北方的寒冷，
掩盖不了烈焰的炽热，
遥远的路途，
阻挡不了英雄向前。

‖说明‖

这是一篇原诗的意译作品。作者根据原作情感，直抒内心，将“是金子总会发光”的道理描述得更加具体，并延续原作励志的情感，在送别之外添加了一分豪迈的情怀。

‖延展练习‖

【时光和弦】中没有直接意译“海内存知己，天涯若比邻”，而是将这两句的含义分解开，用大量语言进行解读，试找出包含了这两句原诗含义的句子。

006

看完漫天的花雨，一个人静静离去

【作品】《玉楼春[1]·尊前拟把归期说》

【作者】宋·欧阳修

| 人物小传 |

欧阳修（1007 — 1072），字永叔，号醉翁、晚号六一居士，汉族，吉州永丰（今江西省吉安市永丰县）人，因吉州原属庐陵郡，以“庐陵欧阳修”自居，谥号文忠，世称欧阳文忠公，累赠太师、楚国公。天圣元年（1023）和天圣四年（1026）两次参加科举都意外落榜，天圣七年（1029年）到八年，欧阳修连中三元，授任将仕郎，试秘书省校书郎，充任西京（洛阳）留守推官，后官至翰林学士、枢密副使、参知政事。

欧阳修是在宋代文学史上最早开创一代文风的文坛领袖，且在政治上负有盛名。后人将其与韩愈、柳宗元和苏轼合称“千古文章四大家”。与韩愈、柳宗元、苏轼、苏洵、苏辙、王安石、曾巩合称“唐宋散文八大家”。其散文逻辑严密、文理畅达；其诗自然流畅，长于抑扬；其词风格婉约清丽，和散文相似，承袭南唐余风。曾与宋祁合修《新唐书》，并独撰《新五代史》。又喜收集金石文字，编为《集古录》，对宋代金石学颇有影响。有《欧阳文忠集》。

‖内容‖

尊前[2]拟把归期说。欲语春容[3]先惨咽。人生自是有情痴，此恨不关风与月。
离歌[4]且莫翻新阕[5]。一曲能教肠寸结。直须看尽洛城花[6]，始共春风容易别。

‖注释‖

1. 玉楼春：词牌名。词谱谓五代后蜀顾夐词起句有“月照玉楼春漏促”“柳映玉楼春欲晚”句；欧阳炯起句有“日照玉楼花似锦”“春早玉楼烟雨夜”句，因取以调名（或加字令）亦称《木兰花》《春晓曲》《西湖曲》《惜春容》《归朝欢令》《呈纤手》《归风便》《东邻妙》《梦乡亲》《续渔歌》等。双调五十六字，前后阕格式相同，各三仄韵，一韵到底。

2. 尊前：即樽前，樽是古代饮酒的器具，这里指饯行的酒席前。

3. 春容：如春风妩媚的颜容，此指别离的佳人。

4. 离歌：指送别的乐曲。

5. 翻新阕：按旧曲填新词。白居易《杨柳枝》："古歌旧曲君莫听，听取新翻杨柳枝。"阙，乐曲终止。

6. 洛城花：指洛阳牡丹。

‖赏析‖

景祐元年（1034）春，欧阳修西京留守推官任满，即将离开洛阳所作。此首玉楼春是欧阳修为数不多写离情的作品。

上片"尊前拟把归期说，欲语春容先惨咽。"，开篇即事，不做任何铺垫直入主题，虽是怡情小令，但也有欧阳修一贯的豪迈之风，此句表现的重点在于"惨咽"二字，为将这个结果体现得到位，前面的文字下足了功夫，先是场景的选择"尊前"，一个众人饮酒作乐的环境，在氛围上应该是十分热烈的。接着是人物的选择"春容"，即有着姣好面容的女子，呈现出所谓英雄美人的场景，此时眼前的景象被作者做足了铺垫，接下来，作者又连续用了两个模棱两可的词"拟把""欲语"来形容能说未说，欲言未言的状态，这样的描写让最终的"惨咽"变得凄楚无比，饱含不忍念及和不忍道的婉转深情。

后两句"人生自是有情痴，此恨不关风与月。"是对前两句描写的总结，将眼前正在发生的这件情事的感受，延伸到理性层面，总结出一个普世道理。这种理性的深情之见，和上文纯感性的情感流露形成鲜明的对比，也就是我们常说的道理大家都懂，但是情感上接受不了，反应出作者此刻内心极度的矛盾，感性和理性相互交织，难以取舍。究竟应该怎样选择？这样的情绪随着下片推出逐渐明朗。

下片起句拉回现实，"离歌且莫翻新阕，一曲能教肠寸结"，再由理念中的情痴重新返回到上片的樽前话别的场景，"离歌"指樽前所演唱的离别的歌曲，所谓"翻新阕"者，欧阳修《西湖念语》亦云"因翻旧阕之词，写以新声之调"。这时作者的情绪已然被眼前所感所景感染，再加上"离歌"的推波助澜，使整个人的情绪已达到了不能自已的状态，所谓肝肠寸断正是此时的写照。

最末两句一改前面低落的情绪，在全文中突然扬起，豪情万丈的要"直须看尽洛城花，始共春风容易别"，这首词分明蕴含离别的哀伤与春归的惆怅，却以如此豪情来结尾，所用的"直须"和"始共"这样斩钉截铁的口吻，将上文中关于感性与理性交织的结果交代得清楚明白，这是在复杂的天人交战之后作者得出的答案，要把"洛城花"完全"看尽"，享受完"春风"才"容易别"，但是这豪情的背后却藏着作者内心无比的苦楚悲慨，须知落花终有"尽"，"始共"终须"别"，最后依然是要天各一方的。王国维在《人间词话》中论及这几句词时，谓其"于豪放之中有沉着之致，所以尤高"，这首词的上、下两收拍，堪称千古传诵的名句。

‖时光和弦‖

《别　　语》

你问我何时才能再相聚，
我把着酒杯默默无语，
一遍遍听着离歌，
想起你最爱的相思句，
如果时间允许，
我愿陪着你，
看洛阳城漫天的花雨，
在春风柔和的诉说中，
一个人静静离去。

你曾说难忘月下的旧忆，
关于风月我从未细语，
却懂得你的伤心，
是因我把新词填旧曲，
不如相邀归期，
我愿许下你，
不忘我们最初的美丽，
在互道珍重的思念中，
期待下一次相遇。

‖说明‖

这是原作的一首唱和作品，但意境和内容还是依托原作。作品以男主角的角度描述了洛阳花雨后的一场离别，用语和原作的刚中带柔相比，更注重表达男性内心细腻的一面。

‖延展练习‖

1．试分析原作与【时光和弦】在抒发的情绪感上有什么差异。
2．试以“离歌”为题，结合【时光和弦】的描述，写一篇短文。

007

横舟停，举樽遥敬已成奢

【作品】《淮上[1]与友人别》

【作者】唐·郑谷

|人物小传|

郑谷（约851—约910）字守愚，袁州宜春（今江西宜春）人。唐僖宗光启进士，官都官郎中，人称郑都官。又以《鹧鸪诗》得名，人称郑鹧鸪，唐末诗人。其诗风格清新通俗，但流于浅率，多是写景咏物之作，表现士大夫的闲情逸致。曾与许棠、张乔等唱和往还，号“芳林十哲”。原有集已散佚，存《云台编》。

‖内容‖

扬子江[2]头杨柳[3]春，
杨花[4]愁杀[5]渡江人。
数声风笛[6]离亭[7]晚，
君向潇湘[8]我向秦[9]。

‖注释‖

1. 淮（huái）上：淮水之上。这里指扬州。

2. 扬子江：长江在江苏镇江、扬州一带的干流，古称扬子江。

3. 杨柳：《诗经》有“昔我往矣，杨柳依依”，古代杨柳专指柳树。这里还有一层意思：“柳”与“留”谐音，表示挽留之意。

4. 杨花：柳絮。

5. 愁杀：比愁煞更甚的说法，表达愁绪满怀。杀，形容愁的程度之深。

6. 风笛：风中传来的笛声。

7. 离亭：驿亭。亭是古代路旁供人休息的地方，人们常在此送别，所以称为“离亭”。

8. 潇湘（xiāo xiāng）：今湖南一带。

9. 秦：代指今陕西境内的古秦地，这里专指当时的都城长安。

‖赏析‖

这首诗是诗人在扬州和友人分手时所作。和通常的送行不同，这次分别是二人都要远行，各赴前程的握别。诗人向北去往长安，而友人则渡江向南去往潇湘。

第一、第二两句是即景抒情，点明主题是别离，并潇洒不着力，自然而然地提点出送别时周边的景色和诗人离别的情绪，这里的“扬子江头杨柳春”巧妙地谐音出“杨留春”，表达出多层含义：一是杨柳青绿，一派春色；二是杨柳想要留住渐渐逝去的春色；三是杨柳也想留住即将离开的人，从而自然过渡出下句“杨花愁杀渡江人”，把杨柳的飞絮融入到情感之中。悲沧之意在这漫天柳絮中似乎浓得化不开，一时成为千古名句。

下两句诗人从江头景色转到离亭之中，正面直抒相别：“数声风笛离亭晚，君向潇湘我向秦。”在满江柳絮的风中诗人加入了声音，于是在苍穹之下，我们似乎看见一片水色渺茫的水域，岸边杨柳间隐约一座小亭，诗人与友坐于其间，此时春风吹起漫天柳絮，诗人吹着笛子，共同享受这最后的相聚时光。这笛声正倾诉出彼此的离衷，使两位即将分手的友人耳接神驰，默默相对，思绪萦绕，随风远扬。良久之后，两位知己好友在渐渐落下的夕阳里互道珍重，各自奔向自己的路，一南一北，终究背道而驰——“君向潇湘我向秦”。诗到这里，嘎然而此，只在风中留下余音绕梁的笛声和分别时的依依不舍，令人回味。

这首诗在古代送别诗中能够占有一席之地，正是在于其别开生面的描绘和回味无穷的结尾，它没有对景色做过专门的描写，每一个出现的景物，都显得是在诗中不得不出现的，因此毫无矫揉造作之感。它也没有一唱三叹的抒情，唯一一句“愁杀人”还是因景而生，没有半点勉强，这种自然中渲染出的离景离情，因为两个“向”字的运用而让每一个阅读的人都在心里生出浓浓的挽意。

‖时光和弦‖

《一　江　别》

蓑衣渡江过，
欲回头，淮水安澜皆春色。
送尽江中千帆没，
离亭晚，笛声薄。

只此一别，
红尘又多两倦客。

江岸柳絮落，
横舟停，举樽遥敬已成奢，
潇湘长安两相隔，
欲再别，水曲折，
无处可说，
未语在喉愁煞我。

‖说明‖

这是原作的一首意译作品，手法偏现代诗，用语方面则倾向于古风韵。

‖延展练习‖

1．【时光和弦】中用到“离亭晚”，试在古诗词中再找出一首同时描写“离亭”和“暮色”的作品。

2．【时光和弦】中“红尘又多两倦客”是化用原作哪一句的句意？

008

但愿汉水的清晨，不再如此凄凉

【作品】《别宋常侍[1]》

【作者】隋·尹式

| 人物小传 |

尹式（？—604）隋代河间（现属河北）人。博学能诗，任汉王杨谅记室。仁寿四年（604），文帝死，杨谅起兵反对杨广失败，尹式自杀。尹式原有文集已失传，今存诗二首。

‖内容‖

游人[2]杜陵北，送客[3]汉川东。
无论去与住，俱是一飘蓬[4]。
秋鬓[5]含霜白，衰颜倚[6]酒红。
别[7]有相思处，啼鸟杂夜风。

‖注释‖

1. 常侍：官职名称，中常侍或散骑常侍的简称。
2. 游人：指题中的宋常侍。
3. 送客：这里指作者本人。
4. 蓬：蓬草，植物名，遇干旱会断根随风飘荡。自古常以此比喻游子。
5. 秋鬓：秋代指中年，秋鬓指中年人的双鬓。
6. 倚：依靠。
7. 别：此处另有解释，不可解释为另外的。

‖赏析‖

此诗是诗人离开长安前往汉中时，写给前来送行的宋常侍的作品。

首二句开篇即入题说送行之事，“游人”与“客”双方以及“杜陵北”与“汉川东”两地。“游人”，诗中指宋常侍。“客”，诗人自谓。这里需要注意的是，作为记叙送别这件事情本身，宋常侍是主体，诗人是客体，而这首诗是客体写给主体的，所以这里用“送客”表达送别的主客之分。宋常侍在长安附近的“杜陵北”为作者尹式送别饯行，而尹式要前往“汉川东”。

三四句是抒情句。“去”者，说自己；“住”者，指宋常侍。在此分手之际，无论是走的那个人还是留下的那个人，都象飘零的蓬草一样。此句写法直白，情感直抒，这是基于双方彼此共同的流寓者的身份，也是唐朝之前律诗的一个显著风格。

由于在三四句中作者暗示了两人的关系特征和身份特征，所以五六句转入说人，就显得非常自然，老朋友之间相互提及年龄并不突兀，这里说两人都是人到中年，双鬓开始斑白，就连潮红的脸色都要依靠喝酒来撑着，这是感叹岁月无常，时光流逝，也是两人之间的互相打趣。到了中年的人很少直接表达自己的情绪，往往用一些人事加以掩盖，这里把这样的状态描写得非常入微，但显然这种掩饰的背后依然是斩不断的离愁，而这样的表现方式更显落寞。

最后两句描绘的是相思之意，和一般送别诗不同的妙处也在这里，许多作品往往在写完分别后就结束了，而作者在这里又增加了分别之后的拟想描绘，说今日此地之别离情景固然令人难忘，但异日又将会有新的情景触动自己的离情，自己将因念友而失眠，由失眠而得以听到静夜里的啼乌声、风声。

‖时光和弦‖

《古道惜唱》

风苍苍，夜荒荒，
饮一杯老酒驱散寒凉，
拱手相望，
互祝平安古道旁，
北出杜陵是谁的家乡，
也许对你我来说，
都一样，
都一样。

心惶惶，野茫茫，
你我两鬓已写满风霜，
怎会相忘，
互道珍重来去往，

蓬草飘飞人生多彷徨，
我会将你的叮嘱，
放心上，
放心上。
但愿汉水的清晨，
不再如此凄凉。

‖说明‖

作为原作的一首唱和诗，这篇作品在写作手法和遣词造句上并没有十分突出的优点，但现代诗中叠加、重复短语的手法加强了作者想要表达的思想情感，读起来似乎令文字的情绪感染力也随之增强。

‖延展练习‖

1．【时光和弦】中，作者为什么两次重复“都一样”和“放心上”，你认为分别表达出什么样的思想感情？

2．【时光和弦】中，“怎会相忘”一句对应的是原作中哪一句表达的思想感情？

第四章

相思

爱慕

001

三寸距离，却千年时光

【作品】《蒹葭[1]》

【作者】先秦·佚名

‖内容‖

蒹葭苍苍[2]，白露为[3]霜。所谓[4]伊人[5]，在水一方[6]。
溯洄从之[7]，道阻[8]且长。溯游[9]从之，宛[10]在水中央。
蒹葭萋萋[11]，白露未晞[12]。所谓伊人，在水之湄[13]。
溯洄从之，道阻且跻[14]。溯游从之，宛在水中坻[15]。
蒹葭采采[16]，白露未已[17]。所谓伊人，在水之涘[18]。
溯洄从之，道阻且右[19]。溯游从之，宛在水中沚[20]。

‖注释‖

1. 选自《诗经·秦风》。蒹葭（jiān jiā）：芦荻，芦苇。蒹，没有长穗的芦苇。葭，初生的芦苇。
2. 苍苍：深青色，形容茂盛的样子。下文“萋萋”“采采”义同。
3. 为：凝结成。
4. 所谓：所说，这里指所怀念的。
5. 伊人：那人。
6. 在水一方：在河的另一边，指对岸。
7. 溯洄（sùhuí）从之：意思是沿着河道向上游去寻找她。溯洄，逆流而上。从，就，此处是接近之意。
8. 阻：险阻，难走。
9. 溯游：逆流而涉。溯，本意是逆流。游，通“流”，指直流。
10. 宛：仿佛，好像。
11. 萋萋（qī qī）：茂盛的样子，文中指芦苇长的茂盛。一作“凄凄”。

12. 晞（xī）：晒干。

13. 湄（méi）：水和草交接之处，指岸边。

14. 跻（jī）：升高，这里形容道路又陡又高。

15. 坻（chí）：水中的小洲或高地。

16. 采采：茂盛众多。

17. 已：止。

18. 涘（sì）：水边。

19. 右：弯曲。《康熙字典》："又叶羽轨切，音以。……溯徊从之，道阻且右。"

20. 沚（zhǐ）：水中的小块陆地。

‖赏析‖

这首诗的内容历来有多种不同的读解，归纳起来，主要有三种：其一是"刺襄公"说。《毛诗序》云："蒹葭，刺襄公也。未能用周礼，将无以固其国焉。"今人苏东天在《诗经》辨义中阐（chǎn）析说："'在水一方'的'所谓伊人'，隐喻周王朝礼制。如果逆周礼而治国，那就'道阻且长''且跻''且右'，意思是走不通、治不好。如果顺从周礼，那就'宛在水中央''水中坻''水中沚'，意思是治国有希望。"其二是"招贤"说。姚际恒的《诗经通论》和方玉润的《诗经原始》都说这是一首招贤诗，"伊人"即"贤才"："贤人隐居水滨，而人慕而思见之。"或谓："征求逸隐不以其道，隐者避而不见。"三是"爱情"说。今人蓝菊有、杨任之、樊树云、高亭、吕恢文等均持这一说。如吕恢文说："这是一首恋歌，由于所追求的心上人，可望而不可及，诗人陷入烦恼。说河水阻隔，是含蓄的隐喻。"

《诗经》的历代注家往往是求之愈深，却得到失之愈远的相反结果。所以追溯这篇诗作究竟为哪一种，在缺乏足够的文献和证据之前，我们很难给出准确的定义。但作品所反映出的真挚情感却是非常难得的，现代大多数学者都把本作看成是一首爱情诗，先以苍苍的蒹葭起兴，再写男子追求意中人，所追的人在何方？在茂密的蒹葭丛里，似见非见，时隐时现。这首诗用反复重章来表现这种寻寻觅觅，反反复复，寻而不得，似得非得的茫然。其中"苍苍""萋萋""采采"近义；白露"为霜""未晞""未已"，内容也有近似。每一节阅读起来都显得整齐、浅显、明快、动听，也因此让许多有情人用这首诗来表达自己的爱慕之心。

诗意的空幻虚泛给今人的读解带来了许多困惑，尽管真正的指向不明，甚至我们连所谓的"伊人"是男是女都不得而知，但也因此让这首诗的内涵非常宽阔包容。用非常现代的流行词来说，这首诗会让读者自行进行所谓的"脑补"，根据自己的需要去想象这首作品要表达的情节和情感，这些隐藏在描写对象后面的东西，本质上才是每个个体真实追求的，而此对作品的象征意味，便显得十分重要。某种程度上说，《诗经》可以说是现代朦胧诗的鼻祖。

《我该去哪里寻找你》

我该去哪里寻找你呢，
我的所爱？
当清晨的第一缕曙光，
把凝结着白霜的芦苇染黄，
当薄薄的雾气，
还忧伤的在河道上飘荡，
循着你途经的痕迹，
我已经行走在追寻你的路上。
水之左，
你潮湿的眼神似乎还在空气中缠绵，
水之右，
你美丽绣鞋踩伏的水草还沾附着你的芬芳，
我该去哪里寻找你呢？
抬眼望，梦一场，
白雾迷离里，
你隐约立在不远处的水之中央。
摁住心头的忧伤，
我追逐得如此匆忙，
从日出走到日落，
走过冬来夏往，
千山万水，
百转千回，
你仍在不远处，婷婷泱泱。
只三寸距离，
却千年时光，
我到底该去哪里寻找你呢？
你纤纤玉手抚摸过的芦苇必定知道真相，
它们却只静默在深秋，
把相思站成惆怅。

‖说明‖

这首唱和诗首先将原作中模糊的身份概念加以明确，将“伊人”定位为一位女性。接下来作者沿着对这位女性的所思所想展开联想，解构了原作中的多重意向，并按照需要增加了更多的意向，最终组合成一个凄美的爱情故事。

‖延展练习‖

1．试列举【时光和弦】中，原作中没有出现的象征意象。

2．原作中的伊人身份、性别是个千古之谜，那你认为【时光和弦】中的“你”是一个什么样的人呢？

002

谁在春水里寻觅我的痕迹

【作品】《卜算子[1]·我住长江头》

【作者】宋·李之仪

| 人物小传 |

李之仪(1048 — 1117)字端叔，自号姑溪居士、姑溪老农，汉族，沧州无棣(今山东省滨州市无棣县)人。熙宁三年(1070)进士，初授万全县令，哲宗元祐初为枢密院编修官，通判原州。元祐末从苏轼于定州幕府。元符中监内香药库，徽宗崇宁初提举河东常平。后因得罪权贵蔡京，除名编管太平州(今安徽当涂)，后遇赦复官，晚年卜居当涂。

李之仪是北宋词人，早年师从于范仲淹之子范纯仁，为北宋中后期“苏门”文人集团的重要成员。著有《姑溪词》一卷、《姑溪居士前集》五十卷和《姑溪题跋》二卷。

我住长江头，君住长江尾。日日思君不见君[2]，共饮长江水。
此水几时休[3]，此恨何时已[4]。只愿君心似我心，定[5]不负相思意。

‖注释‖

1. 卜算子：词牌名，又名《百尺楼》《眉峰碧》《楚天遥》等。相传是借用唐代诗人骆宾王的绰号。骆宾王写诗好用数字取名，人称“卜算子”。北宋时盛行此曲。万树在《词律》中将这个词牌解释为“卖卜算命之人”。双调，四十四字，上下片各两仄韵。两结句亦可酌情增加衬字，化五言句为六言句，于第三字句读。宋教坊复演为慢曲，《乐章集》入“歇指调”。八十九字，前片四仄韵，后片五仄韵。

2. 思：想念，思念。

3. 休：停止。

4. 已：完结，停止。

5. 定：此处为衬字。在词规定的字数外增添的不太关键的字词，以更好地表情达意，谓之衬字，亦称“添声”。

‖赏析‖

北宋崇宁二年（1103），仕途不顺的李之仪被贬太平州。这一过程中家里徒生变故，女儿、儿子相继去世，接着与他相濡以沫四十年的夫人胡淑修也撒手人寰。这使本就仕途受挫的李之仪更加雪上加霜，一时间生活事业都跌落到了低谷。这时一位年轻貌美的当地绝色歌伎杨姝出现在李之仪的生命里，杨姝是一位富有正义感的奇女子，他与李之仪偶遇，因为一首古曲《履霜操》而触动了李之仪内心中最为柔软的地方，故对杨姝一见倾心，并把她当做自己的知音，接连为她写下好几首诗词。这首《卜算子》就是李之仪携杨姝在长江边时，面对奔流不息的江水，心中涌起万般感触，面对这位人生当中最为懂他知他的红颜知己，写下了这着千古流传的爱情词。

此词开头两句以长江起兴，点明两个人，一在江头，一在江尾，把双方的空间写入其中，暗示距离上的远长，两句句式一样，看起来似乎有所重复，但实际上是作者故意为之，这样的句式容易产生重叠感，这也从侧面暗示出两人之间必然将要产生的关联。

三、四两句，由江头江尾的千里相隔，引出了“日日思君不见君”这一全词的题眼，这时我们就明白了这是一首爱情词，“日日”的重叠使用在这里加深了作者想要表达的深情思念，从而引出在空间距离下，两个分隔两地的恋人唯一能做到的同一件事，就是“共饮一江水。”这两句如果分开看都是十分平常，但放在一起看，则能在文字之外阅读到不同的味道，相思是痛苦的，但恋人之间能共同做一件事却是幸福的，这是一种苦中带甜的情感表达，作者把握的分寸十分到位，没有最真挚的情感，无法体会到这样细致入微的情绪。

下片起首两句“此水几时休，此恨何时已。”承接上句“思君不见君”的句意，进一步写相思之苦，并且紧扣上文的“一江水”，用长江表达相思，长江之水，悠悠东流，不会停留，对“君”的相思，离别之恨也不会停止。这里作者使用了反问句，“几时休”“何时已”这样的问句，在明知道不会休不会已这种答案的情况下，更彻底的扯开了作者内心的相思之苦。

写到这里，个人的相思之恨告一段落，后两句词人语锋一转，翻出一层新的意蕴：“只愿君心似我心，定不负相思意。”这是远隔千里，两个人尽管明白心意，但依然做出的盈盈期盼，这样一来，单方面的相思便变为双方的期许，而前句中的“何时已”，不会停止的思念便化为永恒的相爱与期待。不知“几时休”“一江水”就成为维系双方心灵的一条永恒的纽带，这种期许，词人用“定不负相思意”做了最为肯定的回答。

这首词以长江水作为贯串始终的感情线，以“日日思君不见君”为主干。通过长江水的天然屏障制造出的空间隔离感来营造相思的条件，又以相思之恨来坚定自己的期许和渴望。江水成了双方心灵相通、遥寄情思的天然载体，同时也是双方悠悠相思、无穷别恨的象征，更是相互承诺不负相思意的情感见证，随着词人情感的推进，江水在其中的作用呈现出不断变化的特征，这样的巧妙构思构成了这首词一物相承，恒久永携的品质。

《问　　江》

春天，
我在微凉的江水里浣衣，
江水轻轻顺走了我红色的丝带，
于是我开始想念住在江尾的你。
花渐红，风又绿，
你会不会在春水里寻找我无意遗落的痕迹？

夏夜，
我独自伫立在江边看满天的星星，
想起初见时你明亮的眼睛。
也许你并没离得那么远，
同一滴水早晨流经我的手指，
晚上也许就洗濯你的帽缨。

秋日，
我试划着小船向下游去，
路很远，我停下桨，眺望你的方向，
你就在那里。
江水流，
日夜长，
满江都是你绵绵不歇的念想。

冬雪，
腊梅的花瓣飘落到江上，
每一片殷红上都有我的小小思量。
我不会停止想你，就好像，
这条江　源于我的眼睛，
温润在，
你的心房。

‖说明‖

这是原作的唱和作品，作者通过春夏秋冬四个季节，将不同的故事细节加以呈现，随着季节的变化递进故事，让这段爱情增加了时间感和延续感。

‖延展练习‖

1．【时光和弦】在推动诗歌的情绪上分为哪几个阶段?

2．随着时间的推进，【时光和弦】的情感铺陈发生了变化，试用简短的词语形容每个阶段的情绪特征。

003

缺了相守，我好看给谁看呢

【作品】《蝶恋花[1]·庭院深深深几许》

【作者】宋·欧阳修

| 人物小传 |

欧阳修（1007—1072），字永叔，号醉翁、六一居士，汉族，吉州永丰（今江西省吉安市永丰县）人，因吉州原属庐陵郡，以“庐陵欧阳修”自居。天圣元年（1023）和天圣四年（1026）两次参加科举都意外落榜，天圣七年（1029）到八年，欧阳修连中三元，授任将仕郎，试秘书省校书郎，充任西京（洛阳）留守推官。后官至翰林学士、枢密副使、参知政事，谥号文忠，世称欧阳文忠公。累赠太师、楚国公。

欧阳修是在宋代文学史上最早开创一代文风的文坛领袖，且在政治上负有盛名。后人将其与韩愈、柳宗元和苏轼合称“千古文章四大家”。与韩愈、柳宗元、苏轼、苏洵、苏辙、王安石、曾巩合称“唐宋散文八大家”。

‖内容‖

庭院深深深几许[2]，杨柳堆烟[3]，帘幕无重数。玉勒雕鞍[4]游冶处[5]，楼高不见章台[6]路。

雨横[7]风狂三月暮，门掩黄昏，无计留春住。泪眼问花花不语，乱红飞过[8]秋千去。

‖注释‖

1. 蝶恋花：词牌名。原唐教坊曲名，本采用于梁简文帝乐府：“翻阶蛱蝶恋花情”为名，又名《黄金缕》《鹊踏枝》《凤栖梧》《卷珠帘》《一箩金》《江如练》《西笑吟》《明月生南浦》《转调蝶恋花》《鱼水同欢》等。分上下两阕，共六十个字，一般用来填写多愁善感和缠绵悱恻的内容。自宋代以来，产生了不少以《蝶恋花》为词牌的优美词章，像唐后主李煜、宋代柳永、苏轼、晏殊等人的《蝶恋花》，都是经久不衰的绝唱。

2. 几许：多少。许，估计数量之词。
3. 堆烟：形容杨柳浓密。
4. 玉勒雕鞍：豪华的车马。玉勒，玉制的马衔。雕鞍，精雕的马鞍。
5. 游冶处：指歌楼妓院。
6. 章台：汉长安街名，为歌妓聚居之地。《汉书·张敞传》有“走马章台街”语。
7. 雨横：指雨大且急。横，骄横、霸道，与下面风狂的“狂”字对应。
8. 乱红飞过：形容各种各样的花瓣纷飞。

‖赏析‖

这首词的作者历来有些争议，一说为南唐词人冯延巳，收录于其《阳春集》中。清人刘熙载在《艺概·词曲概》中说：“冯延巳词，晏同叔得其俊，欧阳永叔得其深。”另一说作者为宋朝词人欧阳修，此词据李清照《临江仙》词序云：“欧阳公作《蝶恋花》，有‘深深深几许’之句，予酷爱之，用其语作‘庭院深深’数阕。”李清照与欧阳修相隔的时间更近，所以后人认为这种说法更贴近真相。在词的发展史上，宋初词风承南唐，两者相似度很高，而欧阳修与冯延巳都官至宰执，政治、地位、文化、素养也有相似之处，因此他们两人的词风大同小异，有些作品混淆在一起也就在所难免。

上片描绘了一个孤身独处、心事重重、怨恨莫诉的女子，头三句“庭院深深深几许，杨柳堆烟，帘幕无重数”，先是连用三个深，写出了其居住的环境极为封闭，后句又用“无数重”来表现内外隔绝，其中杨柳堆烟又给人一种阴森幽闭的感觉，这三句不仅把女子居住环境描写得分外压抑，更写出了女子对生活的直接感官：充满了压抑和禁锢感。后句“玉勒雕鞍游冶处，楼高不见章台路。”则表明了这种怨恨和不满的原因，家中虽然富贵，但是丈夫流连在莺歌燕舞之间，对他不管不顾，写到这里能够看出这是一个出身优越，生活优裕但极度苦闷的女子。因此，宋著名女词人李清照也对此词喜欢不已，曾拟其语作“庭院深深”数阕。这里作者采用了欲扬先抑的手法，先将结果写出来，造足悬念，再让原因得以呈现，使人印象深刻。

下片前三句“雨横风狂三月暮，门掩黄昏，无计留春住。”将女子的宫怨层层推进，感叹命运的不公，更感叹自己的青春流逝，在这青春大好的年华里，她心有不甘却无可奈何，现实中的狂风暴雨如同内心中的凄风苦雨，一个是对春天的无情践踏，一个是对内心的无情蹂躏。

结尾两句，毛先舒在《古今词论》中说：永叔词云“泪眼问花花不语，乱红飞过秋千去。”此可谓层深而浑成。何也？因花而有泪，此一层意也；因泪而问花，此一层意也；花竟不语，此一层意也；不但不语，且又乱落，飞过秋千，此一层意也。人愈伤心，花愈恼人，语愈浅而意愈入，又绝无刻画费力之迹，谓非层深而浑成耶？这两句因前文的铺垫，终于在结尾这里迎来这首词最痛彻人心的地方，女子的痴情与绝望相互交织，这里的花是花，也是人，这里的问是质问，更是自问，女子的悲剧在于如同花一样生活，对家庭、对未来充满了“无语”，更在于青春如同“乱红”——花瓣一般凋零，消逝而去。

这首词全文没有一句直接抒写女性内心的语言，完全依靠环境来暗示和烘托人物的生活环境和内心活动，思绪奇巧、深动婉约、曲折有致，自古以来引得无数著名文人为之折腰叹服。

‖时光和弦‖

《我好看给谁看》

春风来的时候，我摇着阿爹的胳膊跟他要风筝。

阿爹好脾气地笑，跟我说：“阿囡，你都十三岁啦，做什么还像个小孩子？要稳重些，没准明年你就嫁人啦。”

我不爱听这个话。跺跺脚拿着风筝跑出门去。

大人们都说我长得好看，我听娘悄悄跟我讲过，有两家人来跟我提亲，娘还问我，到底中意谁。李家的孩子有出息，成了亲以后，就要跟着舅舅到外地去做生意，吃穿用度是不用愁的，张家的孩子就差一些了，虽然是熟人熟路，人也本分，但可能难有大的出息……我捂住耳朵不想听，妈妈也就不说啦，摸着我的头发叹道：“傻囡囡啊……以后可怎么好啊……”

风筝在天上飞，我忽然有些忧伤，就这么长大了吗？我还没准备好呢。手一松，就看着风筝晃晃悠悠的落到一个大大的院子里去了。

我追着风筝跑，进了这院子。

好大的院子啊，绿树繁花，红墙白瓦，进了一重还有一重，静悄悄空落落，就像是没有人，我停下了脚步，正自迟疑，这时我听见有人在轻轻喊我“喂，小囡，这是你的风筝吗？”

我转头看过去，愣在原地。天哪，这个世上怎么会有这么好看的女子？

她坐在秋千上对我微笑，手里拿着我的风筝。她的背后是怒放的一树一树的紫色蔷薇，风一来，漫天花雨，漫天艳色，却艳不过她唇边的微笑，她发上，肩上，裙裾上都沾上小小娇艳的花瓣，她并不去拂，只是静静的坐在花雨里微微笑着。

我不由得慢慢向她走过去，这样的女子对谁都有着莫大的吸引力吧。

她轻轻的拍着秋千的另一端，让我坐到她的身边。问我叫什么，多大了，我都一一告诉了她，甚至，不知不觉，在她温柔的目光下，我连心里的小秘密都统统告诉了她，李家的孩子，张家的孩子，该怎么好呢？我觉得自己还没长大，却不得不选择，到底我还是要嫁人的啊。

听我说完，她久久没有回答。

她怔怔的看着天空，我也跟着去看，可是天上除了渐渐散去的暮云，什么也没有。

她指着身后的蔷薇问我：“小囡，你看这个花美不美？”

我点点头。

她淡淡一笑“可是你知道吗？春天过去，这些美丽的花都会凋谢。”

她又问我：“我好看吗？”

“好看，你是我见过最好看的人！”我急切的回答。

一滴泪从她的脸上滑下，她轻轻的叹息着说到“可是，我也许马上就要老了，也许明年，也许后年，也许还等不到他回来，我就要老了。”

他？他是谁？

他是我的夫君，她苦笑着解释。他在遥远的外地奔波做事，为了这个家为了她。

“你不会老的，你这么好看！”我很想要安慰她。

“傻囡啊”她苦笑着叹息着，这一刻，倒有点让我想起妈妈，也常常是这么叹息着看我。

“比如说，这个花这么美，不想让它谢？做得到吗？这春天怎么才能留得住？就好象我终究是会老的。我倒希望过穷一些的日子，只要可以两个人相守，不然，我好看给谁看呢？”她拈起一朵花来，放到眼前，细细端详，轻轻地又问了一遍，倒像是跟花在对话：“我好看给谁看呢？”花自是不语。这时一阵风来，倏的把花朵从她手上卷走，和着其他零落的花瓣一起，打着旋，一直飞过秋千的那一端去，她兀自伸着手，怔怔的，而眼泪大滴大滴从眼眶里溢出来。

我忽然看到了她眼角细细的皱纹。我有一些害怕，于是我怯怯地告辞了。

她并不留我，拿着风筝走时，我回头看她。寂寞地美丽地，坐在繁花覆盖的秋千上。等待着一个不知道什么时候才会回来的人，我终于相信她快要老了。

一年后，我嫁人了，嫁给了张家的孩子。

大人们都不太理解，张家的孩子看上去老实本分，不会有太大的出息。

而我却时时想起她说的那句话：“只要两个人可以相守，不然，我好看给谁看呢？”

‖说明‖

这一篇短文，作者根据原作的细节加以演绎，臆想了一个小故事。故事中将原作出现的意向适度的添加，以一个局外小姑娘的视角来呼应原作。

‖延展练习‖

1．【时光和弦】是一篇虚构的、以原词为背景的小品文，你认为故事中的风筝，暗喻哪些意象？

2．【时光和弦】中，作者为什么一定要写到“我”嫁人才结束，目的是什么？

004

故事，就停在这里挺好

【作品】《凤求凰[1]》

【作者】两汉·佚名[2]

‖内容‖

有一美人兮，见之不忘。一日不见兮，思之如狂。
凤飞翱翔兮，四海求凰。无奈佳人兮，不在东墙。
将琴代语兮，聊写衷肠。何日见许兮，慰我彷徨。
愿言配德兮，携手相将。不得於飞兮，使我沦亡。

‖注释‖

1. 凤求凰：相传是汉代的汉族古琴曲，演绎了司马相如与卓文君的爱情故事。

2. 佚名：本作品的作者历来有诸多争议，一说是元代著名戏曲作家王实甫作；一说是是西汉大辞赋家司马相如作。亦有人认为二者皆不是，作者不详。

‖赏析‖

《凤求凰》有两首，这里选用的是第一首，这首诗表达的是司马相如对卓文君的无限倾慕和热烈追求。采用第一人称为主角，展开自述，司马相如在其中自喻为凤，而卓文君为皇（凰）。

凤凰在本诗的特定背景中有多重含义。其一是指传说中的神鸟，雄曰凤，雌曰凰。古人称麟、凤、龟、龙为天地间“四灵”，（《礼记·礼运》）凤凰则为鸟中之王。《大戴礼·易本名》云：“有羽之虫三百六十而凤凰为之长。”长卿自幼慕蔺相如之为人才改名“相如”，又在当时文坛上已负盛名；文君亦才貌超绝非等闲女流。故诗中将二人比为凤凰，正有浩气凌云、自命非凡之意。

其二，古人常以“凤凰于飞”“鸾凤和鸣”喻夫妻和谐美好。如《左传·庄公廿二年》：“初，懿氏卜妻敬仲。其妻占之曰：吉，是谓凤凰于飞，和鸣铿锵。”诗中以凤求凰喻相如向文君求爱，也使这首诗成为历来男女之间互诉衷肠的重要代表作。

其三，凤凰又与音乐相关。如《尚书·益稷》：“箫韶九成，凤凰来仪。”又《列仙传》载：秦穆公女弄玉与其夫萧史吹箫，凤凰皆来止其屋，穆公为作凤台，后弄玉夫妇皆乘凤而去。故李贺尝以“昆山玉碎凤凰叫”（《李凭箜篌引》）比音乐之美。文君雅好音乐，相如以琴声“求其皇”，正喻以琴心求知音之意，使人想起俞伯牙与钟子期“高山流水”的音乐交浪，从而发出芸芸人海，知音难觅之叹。

‖时光和弦‖

《凤 凰 说》

这个故事由来惹人惜，
自古都是茶馆里说书人的黄金句：
失意的恋人　飘泊的游子，
寂寞的酒客　美丽的歌女，
在楚馆的灯影里，
成了他人眼中的戏。
说起那一年春天，
那一个翩翩的公子和他的琴，
风儿缠绵　阳光和煦，
朱红的门扉后藏着女子倾慕的眼睛，
手抚琴弦　花便自天空飘落，
袅袅的琴音　引得凤凰双双起舞。
一曲终了　久久静默，
只有树叶落地的轻响，
如同烟花唱旧梦，
唱得人人恍惚　神魂飘荡，
唯觉这倾世的琴音　世上不该有。
自然还会说起那一场琴会之后，
那勇敢的女子　踏月而来，
轻轻叩门　便一世情觞。
从此　繁华落寞　铅华净洗，
麻布青衣　当垆卖酒，

从容不惧度时光。
羡慕啊！他们说：
琴音为媒　凤求到了凰，
谁不想这样？
生活如戏　精彩不断，
白衣公子　候门佳人，
倾心相爱　月下私奔，
最终结局很完满。
他们说完　饮下一杯酒，
用这个故事温暖自己内心的悲凉。
故事就停在这里挺好，
谁也不想抹去岁月的尘埃，
去看一看热闹剧情背后隐隐的忧伤。
欢情薄　人心变，
终究还是孤单影清瘦　深情无人守。
光阴消散了爱恨，
仍然轻轻叹息的，
是那些落幕的时光，
是那些未了的惆怅。

‖说明‖

这篇作品选择了一个独特的视角去讲述一个众所周知的爱情故事，茶馆，这个汇集了各色人等的地方，从来都是动人故事的发源地，从茶馆坊间流传的故事，也是人们茶余饭后的话题。作者选择这个角度，十分符合凤求凰这个故事在民间的广泛认知度。

‖延展练习‖

1．【时光和弦】中所说的故事是哪一个传说？讲述的男女主角分别是谁？

2．凤凰在原作中具有多重含义，但在【时光和弦】“琴音为媒，凤求到了凰”一句中，你认为最准确的是哪一个含义？

005

小时候，我们总爱问：后来呢

【作品】《木兰词[1]·拟古决绝词柬[2]友》

【作者】清·纳兰性德

| 人物小传 |

纳兰性德（1655 — 1685），叶赫那拉氏，字容若，满洲正黄旗人，原名成德，避太子保成讳改名为性德，一年后太子更名胤礽，于是纳兰又恢复本名纳兰成德，号楞伽山人。清朝著名词人。自幼饱读诗书，文武兼修，十七岁入国子监，被祭酒徐文元赏识，推荐给内阁学士徐乾学。十八岁参加顺天府乡试，考中举人。十九岁参加会试中第，成为贡士。康熙十二年因病错过殿试。康熙十五年补殿试，考中第二甲第七名，赐进士出身。

纳兰性德于康熙二十四年（1685）暮春抱病与好友一聚，一醉一咏三叹，而后一病不起。七日后，于康熙二十四年五月三十日（公元 1685 年 7 月 1 日）溘然而逝，年仅三十岁。他的词以“真”取胜：写景逼真传神。词风“清丽婉约，哀感顽艳，格高韵远，独具特色”。著有《通志堂集》《侧帽集》《饮水词》等。

‖内容‖

人生若只如初见，何事秋风悲画扇[3]。等闲变却故人心，却道故人心易变[4]。
骊山语罢清宵半，泪雨霖铃终不怨[5]。何如薄幸锦衣郎，比翼连枝当日愿[6]。

‖注释‖

1. 木兰花：词牌名。唐教坊曲，又名《玉楼春》《西湖曲》等，双调 56 字，前后阕格式相同，各三仄韵，一韵到底。唐和五代词人所填《木兰花》，句式参差不一。宋代人定为七言八句。

2. 柬：信札。

3. 秋风悲画扇：汉代班婕妤被弃典故。班婕妤为汉成帝妃，被赵飞燕谗害，退居冷宫，后有诗《怨歌行》，以秋扇闲置为喻抒发被弃之怨情。后世多以扇比喻过季弃用，代指被冷落的人。南北朝梁刘孝绰《班婕妤怨》诗有“妾身似秋扇”句。本句是说本应当相亲相爱，但却成了相离相弃。

4. 等闲变却故人心，却道故人心易变：故人即指情人。却道故人心易变，一作“却道故心人易变”。看似白话，其为用典，出处是南朝齐国山水诗人谢朓的《同王主簿怨情》后两句“故人心尚永，故心人不见”。汪元治本《纳兰词》误刻后句“故心人”为“故人心”，这一错误常被现代选本沿袭。

5. 骊山语罢清宵半，泪雨霖铃终不怨：为唐明皇与杨玉环的爱情典故。《太真外传》载，唐明皇与杨玉环曾于七月七日夜，在骊山华清宫长生殿里盟誓，愿世世为夫妻。白居易《长恨歌》：“在天愿作比翼鸟，在地愿作连理枝。”对此作了生动的描写。后安史之乱起，明皇入蜀，于马嵬坡赐死杨玉环。杨死前云：“妾诚负国恩，死无恨矣！”明皇此后于途中闻雨声、铃声而悲伤，遂作《雨霖铃》曲以寄哀思。

6. 何如薄幸锦衣郎，比翼连枝当日愿：化用唐代李商隐《马嵬》诗中“如何四纪为天子，不及卢家有莫愁”之句意。薄幸：薄情。锦衣郎：指唐明皇。

‖赏析‖

道光十二年结铁网斋刻本《纳兰词》里看到的词题：“拟古决绝词，柬友”，说明这是一首拟古之作，其所拟之《决绝词》本是古诗中的一种，是以女子的口吻控诉男子的薄情，从而表态与之决绝。如古辞《白头吟》、唐元稹《古决绝词三首》等。纳兰性德的这首拟作是借用汉唐典故而抒发“闺怨”之情，常被人们当做爱情诗来读，但后面的“柬友”二字，又说明了这是写给一位朋友的。现在一般认为这个朋友就是指纳兰性德的知己，当时另一位诗词大家顾贞观。

盛冬铃《纳兰性德词选》中说：“决绝意谓决裂，指男女情变，断绝关系。唐元稹曾用乐府歌行体，摹拟一女子的口吻，作《古决绝词》。容若此作题为‘拟古决绝词柬友’，也以女子的声口出之。其意是用男女间的爱情为喻，说明交友之道也应该始终如一，生死不渝。”从这一段描述可以看出本质上这首作品还是写给好友的，纳兰性德只是“拟”，借用其中的寓意，所用的典故也非常有意思，纳兰性德没有选择女恨男薄、毅然决然的典故，而是用汉成帝女官班婕妤和唐玄宗妃子杨玉环的典故，所以在含义上更显一种怨情，显得深婉动人。

《后来呢？》

你爱我吗？

月光如水，静静地从窗棂里流进来。在一屋子静默的虚空里，跪坐在冰冷的地上，我到底还是轻轻问出了声。

没有回答，所有人都避了出去，没有人愿意陪我捱过这最后一程。是啊，这是挺尴尬的一件事，我想大家都这么觉得，他应该也这么觉得吧。

我还以为至少可以见他最后一面。我以为我会抽泣着哭倒在他的怀里，告诉他我愿意为他牺牲生命，只要江山仍是他的，他仍是王。我以为他会陪着我哭，抚摸着我的脸庞，告诉我他有多么的无奈多少的不舍，我们的眼泪流在一起，揩也揩不净……而在最终决绝的时刻，在他转身的一瞬，我就会轻声问他："你爱我吗？"我猜他必是不敢回头，不能回答，心碎踉跄，掩面而去……

故事这样写下去，不是好看得多吗？

而现在，瞧着这一屋子的虚空。他不能来？他不肯来？他不敢来？

或许他怕我没分寸，怕我在最后的时刻，竟然跟他要求活命的权利。

但其实我不会这么做。他再爱我，爱不过他的江山。

面前，描金朱盘呈放着三尺白绫，我知道这就是我不可逆的命。屋外三军静默，我侧耳细听，竟是一丝声音都没有，静得好像是散了一样。哈，我没那么天真，我知道那只是他们最后的耐心，他们都在等待着我结束生命的时刻。

再等一等，不着急吧。

我把桌上的铜镜放端正，再看一看镜子里的自己。理一理散乱的发，把凤钗儿扶正，再拈一支笔，在眉间点一瓣梨花。梨花下这样明媚的一张脸，自己看了都心疼不舍，何况男人？嗯，惹麻烦的一张脸。

有人说，安禄山造反，为的是这张脸。叛军压境，不得已逃亡，他带着我，仍是千依百宠，也为的是这张脸。逃亡路上将无能，军无能，一退千里，越退越气馁。于是人们想起了这张脸。

对呵，就是怪这张脸，祸水红颜，惑人心神。马嵬坡下，三军不前，众口一词，要这张脸消失。

总是要有人来承担过错的。我被选中，只因为这样一张脸。我最合适。

纷纷乱乱，迷迷糊糊。待得我自混乱中清醒过来，面前白绫静置。屋外，三千人齐待我死。

死就死吧。

逃不过去的命，我认。

我只是想见他最后一面，想问他一声"你爱我吗？"让这个千古传唱的爱情故事，有一个好看的结尾。

每个人都说他爱我。他为我做了太多惊世骇俗的事。

我曾经也这么以为。

想起了初见他的时候。那时就在梨园，风起，纷纷扬扬好一场漫天飞舞的梨花雨！他立在花下，衣裾飘飘，意态潇洒，含笑看我，目光如湖水温暖。而我，敛眉不语，一瓣梨花恰恰沾在眉间，拂之不去。他令人拿笔，在我眉间依样勾画出梨花的形状，温声说道：“好看，以后便叫它姣梨妆吧。”

人生若只如初见！

你爱过我吗？眼泪到底还是流下来了。

人生便是一场盛宴。开如杯盘交错，最后都只是残羹冷炙。这其中，隔了长长的流年，不知不觉中，一切都已改变。

人生若只如初见。真希望时间就在那一场梨花雨时停驻。那时，初见，惊艳。那时，我是确定你爱着我的。

而后来，隔了江山，隔了年月，谁知道呢？等闲变却故人心，却道故人心易变。

小时，听人讲故事，总是爱问“后来呢？”

后来呢？我微微笑了，伸手拿过面前的白绫，立起身来，揩干了最后一滴眼泪。

‖说明‖

1．【时光和弦】中虚构的故事情节描绘的是哪一位历史名人？这个虚构情节讲述的是哪一段典故？

2．你认为【时光和弦】中用到的原作句子“人生若只如初见”，在全文中起到什么样的作用？

006

你是我隐约的念

【作品】《三五七言诗[1]》

【作者】唐·李白

| 人物小传 |

李白（701—762），字太白，号青莲居士，又号“谪仙人”，汉族，绵州昌隆县（今四川省江油市）人，是唐代伟大的浪漫主义诗人，被后人誉为“诗仙”，与杜甫并称为“李杜”。为了与另两位诗人李商隐与杜牧即“小李杜”区别，李白与杜甫又合称“大李杜”。其人爽朗大方，爱饮酒作诗，喜交友。李白深受黄老列庄思想影响，有《李太白集》传世。李白所作词赋，宋人已有传记，就其开创意义及艺术成就而言，“李白词”享有极为崇高的地位。

‖内容‖

秋风清，秋月明，
落叶聚还散[2]，寒鸦[3]栖复惊，
相思相见知何日，此时此夜难为情。

‖注释‖

1. 三五七言：一种诗歌体式，其句式为“三三五五七七”格式。
2. 落叶聚还（huán）散：写落叶在风中时而聚集时而扬散的情景。
3. 寒鸦：《本草纲目》中有“慈乌，北人谓之寒鸦，以冬日尤盛。”

‖赏析‖

根据安旗《李白全集编年注释》，此诗当作于唐肃宗至德元年（756）。前人也有认为此诗是早于李白的郑世翼所作，但反对者多。严羽的《沧浪诗话》中的“诗体”一章说道：

“有三五七言。”自注云：“自三言而终以七言，隋世郑世翼有此诗：‘秋风清，秋月明。落叶聚还散，寒鸦栖复惊。相思相见知何日，此时此夜难为情。’”郭绍虞先生校释曰：“沧浪所谓郑世翼有三五七言，不知何据。案《诗人玉屑》无‘秋风清’以下各句，以从《玉屑》为是。‘秋风清’云云，见《李太白集》，当是李作。”

这首诗的体式很像一首小词，具有明显的音乐特性。赵翼在《陔余丛考》中指出它和“江南春”词牌有很深的渊源。南宋邓深也依此体式填写词作，名为“秋风清”。清人还把这首诗当作是创调词而收入《钦定词谱》，云：“本三五七言诗，后人采入词中。”

诗题“三五七言”，没有提及内容主题，可知创作意图是偏重于作品的形式特征，即只要满足全篇两句三言、两句五言、两句七言的体式要求即可。但实际上以李白的才情，这首诗在内容方面亦十分动人。

作为一首悲秋惜情之作，诗人开篇点明写作的时间和环境，在深秋之夜，一轮明月高悬，诗人看见落叶在秋风的吹拂下时聚时散，寒鸦栖息在落光了叶子的树上。这样的环境让诗人悲伤和无奈，所以在接下来一句中诗人用“相思相见知何日”表达内心不可割舍的恋情和思念，又用“此时此夜难为情”来表达对这段恋情的痛心。秋风、明月、落叶、寒鸦、枯树以及一个落寞的身影，勾画出悲凉的气氛，构成了这个无比让人黯然的画面。

‖时光和弦‖

《繁花的深处，你是我隐约的念》

是谁?
是谁的相思那么长?
是谁的眼泪那么烫?
是谁在静静的秋夜里叹息，
一直到曙色爬到天际之上?
秋风裹挟着落叶飞舞，
就好象忧伤拥抱着失望，
夜鸟被月色惊起彷徨，
恰恰好是心碎的模样。
疼……疼啊！
于是怯懦的人，
许下了遗落的愿望，
不想啦！
不要啦！

不哭啦！
假装未曾发生过，
可是心呢？
不跳啦！
不在啦……
而在暗夜的尽头，
在繁花重重的深处，
在泪水跌落的一瞬间，
仍有隐约的念，
谁在呢？
谁的笑脸一直在眼前叠现？
谁的歌声一直在耳边回响？

‖说明‖

作者在这篇诗作中以一个女子的视角去读解原诗，并且描绘的是女子的心理活动。从作品中，我们可以看到一个情绪明显处于不稳定状态的女子，以极度伤感的心态去思念一个人，甚至在用语上作者也尽量的不加修饰，显得十分直白。

‖延展练习‖

1.【时光和弦】部分在情绪的描写上与原作有巨大的差异，你认为主要表现在哪些方面？

2．三五七言诗是一种强调形式感的诗歌形式，请以【时光和弦】中“仍有隐约的念”一句为题引，试做一首三五七言诗。

007

衰老的翅膀，载不动，许多愁

【作品】《声声慢[1]·寻寻觅觅》

【作者】宋·李清照

| 人物小传 |

李清照(1084—1155)，号易安居士，汉族，齐州章丘(今山东章丘)人。两宋之交著名女词人，婉约词派代表，有“千古第一才女”之称。

李清照出生于书香门第，早期生活优裕，后嫁于赵明诚。金兵入据中原，北宋亡，李清照随着流亡朝廷流寓南方，境遇孤苦。其作品早期多清新自然、婉约可人，后期因生活变化多悲叹身世，感伤别苦。

李清照著有《易安居士文集》《易安词》，已散佚。后人有《漱玉词》辑本。今有《李清照集校注》。

寻寻觅觅[2]，冷冷清清，凄凄惨惨戚戚[3]。乍暖还寒时候[4]，最难将息[5]。三杯两盏淡酒，怎敌他晚来风急[6]！雁过也，正伤心，却是旧时相识。

满地黄花堆积，憔悴损[7]，如今有谁堪摘[8]？守着窗儿[9]，独自怎生得黑[10]！梧桐更兼细雨[11]，到黄昏点点滴滴。这次第[12]，怎一个愁字了得[13]！

‖注释‖

1. 声声慢：词牌名。据传蒋捷作此慢词俱用“声”字入韵，故称此名。亦称《胜胜慢》《凤示凰》《寒松叹》《人在楼上》，最早见于北宋晁补之笔下。双调，上片十句，押四平韵，四十九字；下片九句，押四平韵，四十八字，共九十七字。又有仄韵体（一般押入声）。用“仙吕调”。

2. 寻寻觅觅：不断寻找。这里用于表现非常空虚怅惘、迷茫失落的心态。

3. 凄凄惨惨戚戚：忧愁苦闷的样子。

4. 乍暖还（huán）寒：指秋天的天气，忽然变暖，又转寒冷。

5. 将息：旧时方言，休养调理之意。

6. 怎敌他：对付，抵挡。晚：又作“晓”。

7. 损：表示程度极高。

8. 堪：可。

9. 著：着。

10. 怎生：怎样的。生，语助词。

11. 梧桐更兼细雨：暗用白居易《长恨歌》“秋雨梧桐叶落时”诗意。

12. 这次第：这光景、这情形。

13. 怎一个愁字了得：一个“愁”字怎么能概括得尽呢?

‖赏析‖

宋钦宗靖康二年（1127）夏五月，徽宗、钦宗二帝被俘，北宋亡。两年后，李清照夫婿赵明诚因病去世，李清照时年四十六岁。此后追随流亡中的朝廷由建康（今南京市）到浙东，饱尝颠沛流离之苦，家中积蓄丧失殆尽。丈夫去世，国破家亡，境况极为凄凉，一连串的打击凝集心头，无法排遣，这首《声声慢》就是在这样的境况下写出的。

靖康之变后，李清照国破，家亡，夫死，伤于人事。这个时期她的作品也由早年的清新可人，浅斟低唱，逐渐转变得沉郁凄婉，这和她的境遇有着密不可分的关系，这首词可以说就是这一时期的典型代表作。

这首词的起句历来被诸多名家褒扬，也是千古名句中引用频率最高的句子之一，词人一连用了七组叠词来表达自己内心的凄婉苦楚。不仅如此，这七组叠词在韵律方面也是绝无仅有的，作为用来演唱的宋词，李清照这首词的起句极富音乐美，七组叠词朗读起来，徘徊低迷，婉转凄楚，让人未开口就能感到难以诉说的忧伤。后句“乍暖还寒时候，最难将息。”表现了此时此刻词人不仅内心痛苦，还饱受失眠的困扰，很显然，这种失眠是心理上的，不是因为“乍寒还暖”，只不过这个天气显然也是极大的困扰，词人从内心到身体都感觉到一种如坠冰窖的寒冷，却又无法逃离。所以下一句“三杯两盏淡酒”的入题显得十分随性自然，可惜，由饮酒带来的变化并没有提供什么帮助，依然敌不过“晚来风急”，内心的痛苦不仅没有得到缓和与放松，更因为一声孤雁悲鸣而撕开心中的伤口，痛彻心扉之际，过往曾经历历在目，就连这孤雁也仿佛是曾经为自己鸿雁传书的那一只，这种恍然间思维上的错位为阅读者带来了感官上的共鸣，无法诉说的哀伤似乎感染了身边每一样东西。

下片词人把思绪拉回到了现实之中，李清照的词有非常多关于花的描写，这一首亦不例外，只不过从风格上看，也发生了显著的变化，那些菊花再无当年“东篱把酒黄昏后，有暗香盈袖”的雅致，反而是落残满地“憔悴损”，曾经美好的日子一去不返，如今只有自己“守著窗儿”，独对着孤雁残菊，故物依然，人面全非，更感凄凉。而好不容易到来的黄昏，却又伴着纷纷细雨，在这忧伤悲苦的日子里，无边丝雨细如愁，人心更是烦躁不堪。可是这雨中的两株梧桐，却在风雨中互相扶持，互相依靠，两相对比，词人内心的凄凉更甚。这时文字的修辞全部都不重要了，词人失声痛哭，一切都化为悲怆："这次第，怎一个愁字了得？"最直白的语言反应最直接的内心，词人的愁绪已经不是笔墨所能形容。

这首词大气包举，开篇别开生面，在起兴即是高潮的前提下还能层层推进，层层加深，且始终紧扣悲秋之意，深得六朝抒情小赋之神髓，如果说前句七组叠词是神来之笔，那最后一句突然出现的口语，更是堪称全篇神韵所在。更为难得的是这篇词的音乐性、韵律感极强，从文字到音律都处处打动人心。

‖时光和弦‖

《临梳有雁来》

残秋。

天空冻住了，澄澈清透。

天色将晚的时候，风渐渐起了，越来越急，把漫天的云撕扯成一缕一缕。我艰难的逆风而飞，本来就羸弱的翅膀，越发无力。我想，我是追不上队伍了。或者，不如放弃吧，歇歇我疲累的翅，我老了，死不是自然的事吗？

就在这时，我看到了她。

她怔怔的立在院子的梧桐树下，神情恍惚。也不知道是站了多久，一地零落的黄花已经没过她的脚面。

我忧伤的发现，她老了，正如我老了。

而她年轻的时候，我也正年轻。

记得年轻的她，美丽动人，娇娇的俏俏的，倚在门边，回首一笑，旁人的魂魄已不在了一半。又是七窍玲珑心，会写诗会吟曲，最可爱生动的是偷偷喝了父亲的小酒，微醺着红红的脸儿，把小船儿一直划进荷花深处，惊得鸥鸟扑腾腾一片飞起，她却只是笑，笑声一串一串，比银铃还要脆亮。这样的女子，怎么不会招人疼爱？

她的夫君就很爱她。年轻的我，羽毛丰盈，翅膀强劲。越过千山万水，曾为他给她送过信。纸薄情深，字字都是相思，她捧着那些信，读了又读，哭了，又笑了。我看得出，她心里有些惆怅，但到底还是欢喜。

而如今，她不复当年。我们都被时间改变了模样。

我长长鸣叫了一声，打个招呼吧，跟她，跟过往。

她抬起眼来，看到了我。

那是什么样的眼神？一瞬间的欣喜之后，是深深的绝望。信使来了，但不再有信，写信的那个人，已经死去。她无声抽泣起来，捂住了脸，仍然有泪水从指缝中溢出。她转过身去，伛偻着背，慢慢的走进屋里去。

我落到院子里。不想飞了，飞不动了。不飞就不飞吧，我老了。老了，就快死了，我认命了。

天黑下来了。伴随着风，冷冷的雨也来了，滴滴点点，点点滴滴，敲打了梧桐树的叶子，敲打着窗棂，也敲打在人的心上。

屋里点起了一豆油灯，她坐在灯前，棉纸糊的窗纸上映出了她的剪影。她在喝酒。一口一杯，又一杯。喝吧喝吧，酒意上头，也许就会好眠。可是，慢，我听到她在哭，伤心的压抑不住的呜咽。她是一个人，可是，我却听到她在说话，低低的，温柔的，细细的，她是在和那个曾经让我送信，现在却已死去的人在说话，轻轻的诉说着，低低的抱怨着……

国破，家毁，人亡。

每一桩都可以哭很久很久。

不忍再听。

这样的哭泣穿透了我衰老的心脏。

我逃一样的飞离这小院。外面很黑，很冷，伙伴们不知道在哪里，我也许马上就会死在这冰冷的夜里。可是不管怎样，都好过让我独自承受这漫长又无望的忧伤。

人类的感情如此沉重。我衰老的翅膀无力，载不动，许多愁。

‖说明‖

一篇视角独特的抒情小文。作者选择了原作中的雁为全篇贯穿始终的故事描述者，用一只传情的大雁的自述，将原作中的相思与爱恋表现出来。这里有大雁的所见所闻，也有它的所思所想，为本来简单的两地相思加入了奇妙的第三者情感。

‖延展练习‖

1．【时光和弦】的作者是以原作的哪一句为题引完成整篇小品文的写作的?

2．【时光和弦】的视觉角度非常有趣，请问是以什么角色的口吻在进行故事的叙述?

008

北雁不过小楼，红笺褪了新伤

【作品】《思远人[1]·红叶黄花秋意晚》

【作者】宋·晏几道

| 人物小传 |

晏几道（1038—1110），字叔原，号小山，汉族，抚州临川文港沙河（今属江西省南昌市进贤县）人，北宋著名词人，晏殊第七子。

北宋皇祐四年（1052），十四岁的晏几道中进士，后历任颍昌府许田镇监、乾宁军通判、开封府判官等。其性孤傲，官场始终不得已，后因其父去世和因王安石改革等影响，家境中落。晏几道与其父晏殊合称“二晏”。词风似父而造诣过之。工于言情，其小令语言清丽，感情深挚，表达直率，是婉约派的重要作家，有《小山词》留世。

‖内容‖

红叶[2]黄花[3]秋意晚，千里念行客[4]。飞云过尽，归鸿无信，何处寄书得。

泪弹不尽临窗滴。就[5]砚旋研墨。渐写到别来[6]，此情深处，红笺[7]为无色。

‖注释‖

1. 思远人：晏几道创调。词牌名，分上下两阕，五十一字，仄韵。词中有“千思念行客”句，取其意为调名，选自《小山词》。

2. 红叶：枫叶。

3. 黄花：菊花。

4. 千里念行客：思念千里之外的行客。

5. 就：就着用来。根据上文指眼泪滴到砚中，就用它来研墨。

6. 别来：别后。

7. 红笺：女子写情书的信纸，是红色的。

‖赏析‖

这首为晏几道创调的小令，词牌即点明了内容要旨，通过描写女子寄书的情景，将相思之情描绘得淋漓尽致。

起首两句取秋意，先是点明了时间和空间，接着将要描写的主题点明，顺便也代入了主题人物。从写作手法来看，此二句手法一般，但包含的内容十分丰富，特别是“晚”字一语双关，一方面是当天的时间一方面是分别的时间。后两句描写闺中人看着天空期盼来信，但是“云飞过尽”却了无音讯，这里不仅仅写出了主角的失望之极，也暗示了对方的不知所在，承接最后一句，得到自己也无处寄信的实情，在读者看来，两人已经处于失去联络的状况。

下片词意的推进是在上片的基础上做了转变，不再写二人的境况，而是另开思路。头两句“泪弹不尽临窗滴。就砚旋研墨。”颇为精彩，无处寄信的悲伤让闺中人坐在窗边，两行眼泪不断下落，“弹不尽”表现出此时的动作，泪不停流，也不停的擦，但这是徒劳的，眼泪依然落进了砚台，闺中人就着眼泪磨墨。这里的精彩之处就是背后的潜台词，既然没有办法寄信，为何还要磨墨？说明明知信无法寄，却仍是要写，为何要写？这是女儿家的一片痴情，既有任性，也有不甘，不可为而为之，可见用意尤深。相比较孟郊《归信吟》的“泪墨洒为书”一句，更显得情真意足，写出小儿女的情态，巧而不纤，较诸“和泪濡墨”的套语自有深浅真伪之别。后三句“渐写到别来，此情深处，红笺为无色。”字面上看是任性的闺中人依然坚持写这封无处寄的书信，但背后的含义却不断升华，陈匪石《宋词举》对此有一段极为透辟的分析：“‘渐’字极宛转，却激切。‘写到别来、此情深处’，墨中纸上，情与泪粘合为一，不辨何者为泪，何者为情。故不谓笺色之红因泪而淡，却谓红笺之色因情深而无。”泪、墨、红笺在书写的过程中渐渐模糊，合着闺中人的心情，渐渐到了物我两忘的境界。

这一首词用语质朴，情感真挚，流露自然，文字含义的转呈也十分得体到位，最后收语部分的写法衔接得天衣无缝，别有韵味，全篇不事雕琢、真切感人。

‖时光和弦‖

《为 你 写 信》

春日很短，
光影才过东墙，月牙儿便现。
秋夜很长，
茶汤饮至无味，秋虫儿还在唱。
信纸很短，

提笔欲写　一个苦字已经满篇。
思念很长，
只提起你的名字　心底就渐生怅惘。

花事很短，
红花渐渐憔悴　绿叶儿已经变黄。
心事很长，
把天空望上几遍　望不来书信两张。
罢了！罢了！
便珠泪调墨提笔就纸，
让刻骨的相思晕透纸上。
写透！写透！
奈何北雁不过小楼，
红笺褪了新伤，
只东窗下独坐，
让眼泪静静的流。

‖说明‖

这篇作品以写信为题，可以看做是原作的唱和诗。同样以女子的角度描写相思，却在立意上与原作渲染的情感点略有不同，原作追求的是情到深处物我两忘，人与书墨融为一体，而这篇作品却强调我还是我，只是心伤。这种情绪通过写透纸张来表达，可见这篇的女主角有着坚定且非常独立的个性。

‖延展练习‖

1.【时光和弦】以原作中哪一句为题引?
2.【时光和弦】与原作在情感抒发上有什么差异点?

009

这相思，不在眉间就在心上

【作品】《一剪梅[1] · 红藕香残玉簟秋》

【作者】宋 · 李清照

| 人物小传 |

李清照（1084 — 1155），号易安居士，汉族，齐州章丘（今山东章丘）人。两宋之交著名女词人，婉约词派代表，有“千古第一才女”之称。

李清照出生于书香门第，早期生活优裕，后嫁于赵明诚。金兵入据中原，北宋亡，李清照随着流亡朝廷流寓南方，境遇孤苦。其作品早期多清新自然、婉约可人，后期因生活变化多悲叹身世，感伤别苦。

李清照著有《易安居士文集》《易安词》，已散佚。后人有《漱玉词》辑本。今有《李清照集校注》。

‖内容‖

红藕香残玉簟秋[2]。轻解罗裳，独上兰舟[3]。云中谁寄锦书[4]来，雁字[5]回时，月满西楼。

花自飘零水自流。一种相思，两处闲愁。此情无计可消除，才下眉头，却上心头。

‖注释‖

1. 一剪梅：词牌名。此调因周邦彦词起句有“一剪梅花万样娇”，乃取前三字为调名。又韩滤词有“一朵梅花百和香”句，故又名《腊梅香》，李清照词有“红藕香残玉簟秋”句，故又名《玉簟秋》。双调小令，六十字，上、下片各六句，句句平收，叶韵则有上、下片各三平韵、四平韵、五平韵、六平韵数种，声情低抑。

2. 玉簟 (diàn) 秋：簟，竹席。这里是指时至深秋，精美的竹席已嫌清冷。

3. 兰舟：《述异记》卷下谓：木质坚硬而有香味的木兰树是制作舟船的好材料，诗家遂以木兰舟或兰舟为舟之美称。一说“兰舟”特指睡眠的床榻。

4. 锦书：对书信的美称。《晋书·窦滔妻苏氏传》云：苏蕙织锦为回文旋图诗，以赠其被徙流沙的丈夫窦滔。这种用锦织成的字称锦字，又称锦书。

5. 雁字：大雁在飞行过程中为省力会按照一定排序飞行，常见的有“一”字形和“人”字形。

‖赏析‖

这首作品是李清照写给丈夫赵明诚的，今人王仲闻在《李清照集校注》中则指出：“清照适赵明诚时，两家俱在东京，明诚正为太学生，无负笈远游事。此则所云，显非事实。”（第 25 页），显然从这个情况来看这首词不会是写于新婚后不久。李清照与赵明诚结婚后的前六年时间，两人共同居住在汴京，后近十年时间又一起屏居山东青州，一直到李清照 34 岁左右，赵明诚起复再次出来做官，两人才有了分手离别的时候，这首词应该作于这一段时间。

这首词的起句被誉为“吞梅嚼雪、不食人间烟火气象”（梁绍壬《两般秋雨庵随笔》），“红藕香残”写户外之景，“玉簟秋”写室内之物，对清秋季节起了点染作用，说明这是“已凉天气未寒时”（韩偓《已凉》诗），此句之后，转入叙事，先是“轻解罗裳，独上兰舟”，描写了在水面泛舟之事，其中的“独”字点明了词人是一个人，从而烘托出其身影孤单，心怀愁绪的境况，这让后句的相思之语顺其自然地流露而出，“云中谁寄锦书来”钩连上下，既写坐在舟上举头所望，也写词人的期盼。“雁字回时，月满西楼”意接上句的“谁”，解释了词人的所感所想由何而发。

下片用“花自飘零水自流”起句，是对泛舟一事的承接，令词意不断，又具有比兴的作用，所描写的花落水流之景，一是实景，与上片“红藕香残”“独上兰舟”两句相拍合，二是比喻人生离别难免，总是有的人在走，有的人在等，表现出词人对丈夫离开的无奈。后面五句则将这种无奈的情绪层层推进，直抒胸怀。“一种相思，两处闲愁”二句，是写自己与丈夫分隔两地，相互相思，这里的闲愁是指相思之意没有人可以倾诉的意思，而且这样的相思词人自信是双方面的，自己和丈夫都对对方有着相思之情，都无处诉说，由此可见双方的感情至深、心心相印。这两句也是对上片“云中”句的补充和引申，暗示即便没有书信，双方也同样的坚守爱情。下句“此情无计可消除”，紧接上两句，是对这种情感所造成结果的描述，引申出的含义是词人尽管知道双方的相思都是深刻的、坚定的，但是依然放不下也放不开，分在两处，内心充满深愁，此情无以排遣，所以“才下眉头，却上心头”。这里，“眉头”与“心头”相对应，“才下”与“却上”同样对应，在语句结构上形成起伏，且十分工整，表现手法也十分巧妙，将全篇的意境烘托的耳目一新，李廷机的《草堂诗余评林》称此词“语意超逸，令人醒目”，十分具有艺术魅力。

《泛　　舟》

也许有一天，我会和你说起今夜，
说起今夜的我来，
素颜，披发，
解了花样繁复的罗衣，
刚好是你最爱的淡雅模样，
悄悄划着小舟载一船藕香，
向我们曾驻足的湖心荡漾。

还会说起今夜的月光，
那么白　那么亮，
照在离人的眉间，
也照在离人的心上。
我掬起一捧水，
水里有你的笑靥　还有个白月亮，
我忍不住猜测，
同一个月亮下你也在想我吧，
你的思念刚好和我的思念一个模样。

当然还会说起那北飞的大雁，
荷瓣无风自落，
飘零在灰蓝的湖面上，
它飞过天际　打断了我的惆怅，
我以为它会带来你的消息，
它却只是路过，
渐渐消失在小楼的屋檐之上。
罢了，
这相思到底放不下，
不在眉间　就在心上。

‖说明‖

这首饱含女子思念之情的作品，采用的手法比较有趣，作者没有深入却描绘出主人公的内心动态。作者是通过数个景致和细节，而将深闺相思映衬出来，其中的素颜、罗衣、泛舟、月亮、大雁等意象，都在原作中有所呈现，这是一首意译诗。

‖延展练习‖

1．【时光和弦】演绎“才下眉头，又上心头”的地方有两处，试着找出来。
2．原作有演唱版本，试学唱。

第五章

羁旅之愁

001

淡淡的思念顽强地生长

【作品】《别舍弟宗一[1]》

【作者】唐·柳宗元

| 人物小传 |

柳宗元(773—819),字子厚,汉族,河东(现山西运城永济一带)人,唐德宗贞元九年(793)进士及第,历任校书郎、蓝田尉、监察御史里行等官职,是王叔文革新派的重要人物。

柳宗元为唐宋八大家之一,唐代文学家、哲学家、散文家和思想家,世称“柳河东”“河东先生”,因官终柳州刺史,又称“柳柳州”。

柳宗元与韩愈并称“韩柳”,与刘禹锡并称“刘柳”,与王维、孟浩然、韦应物并称“王孟韦柳”。一生留诗文作品600余篇,其文的成就大于诗。有《河东先生集》。

‖内容‖

零落[2]残魂倍黯然,双[3]垂别泪越江[4]边。
一身去国[5]六千里[6],万死[7]投荒[8]十二年。
桂岭[9]瘴[10]来云似墨,洞庭春尽水如天。
欲知此后相思梦,长在荆[11]门郢树烟[12]。

‖注释‖

1. 宗一:柳宗元从弟,生平事迹不详。

2. 零落:原指花、叶凋零,此处是自喻漂泊,没有依靠。

3. 双:指自己兄弟二人,即宗元和宗一。

4. 越江:唐汝询《唐诗解》卷四十四有“越江,未详所指,疑即柳州诸江也。按柳州乃百越地。”即粤江,这里指柳江。

5. 去国:离开国都长安。

6. 六千里:《通典·州郡十四》:“(柳州)去西京五千二百七十里。”

7. 万死：指历经无数次艰难险阻。

8. 投荒：贬逐到偏僻边远的地区。

9. 桂岭：今广西贺县东北，山多桂树，故名，为五岭之一。柳州在桂岭南。这里泛指柳州附近的山岭。《元和郡县志》卷三十七《岭南道贺州》载有："桂岭在县东十五里。"

10. 瘴（zhàng）：旧指热带山林中致人疾病的气。这里是分别时桂岭的即景。

11. 荆：古楚都，今湖北江陵西北。《百家注柳集》引孙汝听曰："荆、郢，宗一将游之处。"

12. 郢（yǐng）树烟：荆州的树笼罩着缥缈的烟，何焯《义门读书记》曰："《韩非子》：张敏与高惠二人为友，每相思不得相见，敏便于梦中往寻。但行至半路即迷。落句正用其意。"

‖赏析‖

此诗作于元和十一年（816）春夏之交。当时柳宗元再贬柳州，他的从弟柳宗直和柳宗一也一同前往。宗直到柳州后不久就因病去世，年仅二十三岁，柳宗元伤悼不已，为其撰《志从父弟宗直殡》。除了从弟宗直，柳宗元的母亲卢氏、妻子杨氏、女儿和娘等都相继弃世。柳州住了一段时间，约半年以后又要离开柳州前往江陵（今湖北江陵县），柳宗元回想十余年来仕途坎坷不平，生活艰辛磨难，亲人零落离散，同来的从弟一死一别，让他不禁甚感凄然，于是写了这首诗为柳宗一送别。韩醇《诂训柳集》卷四十二："'万死投荒十二年'，自永贞元年（805）乙酉至元和十一年（816）丙申也。"

首句"零落残魂倍黯然，双垂别泪越江边。"写兄弟二人在越江边分别，双双落泪，依依不舍。在宗直病亡之后，柳宗元家中可谓祸事连连，兄弟二人在情绪上的伤感是一样的，随着宗一又要前往湘鄂，连续的打击加上离别，诗人心中的悲苦可想而知，所以这里用"残魂""零落"，神情"倍"加"黯然"，来形容自己，其中也有贬谪之苦，孤寂之意。此刻兄弟二人泣别，双双垂泪，加上家中变故，让这样的人之常情，多了许多深意。这主要是通过诗的第二句来延展和体现，"一身去国六千里，万死报荒十二年"将诗人心中最为郁结的悲苦抒发出来，诗人因参加"永贞革新"而被贬南荒，是对他的政治遭遇的客观实写，"万死""投荒""六千里""十二年"这些词语，不仅在描述客观事实，也包藏着诗人的抑郁不平，怨愤之凄厉却不能直抒，只能在言外表意，以作发泄。这一句交代了上句隐含的潜在意思，因为自己的原因，导致在家中变故之时无能为力，隐隐有自我的埋怨，却更多的是无奈和悲愤。

第三句是寄情于景，用比兴手法把彼此境遇加以渲染和对照。诗人的用意逐渐表露清晰，这已经不是一首单纯的送别诗，更是一首感怀诗，"桂岭瘴来云似墨"，写柳州地区山林瘴气弥漫，天空乌云密布，暗喻自己生活在极度艰苦恶劣的环境中，贬谪以来，亲人相继弃世，需要亲情友情支撑的他，却又要面对宗一的离去，这种愁苦如同柳州的环境一样，十分恶劣。"洞庭春尽水如天"则是遥想了宗一所去之地，洞庭水阔天长，春色漫天，这是希望宗一有一个美好的前程，也是寄情于自己能够离开现在的环境，换一种生活状态。这种对照一南一北，一悲一喜，一瘴一春，一抑一扬，十分恰当地把现状和憧憬表现出来，也为后句的表情达意埋下伏笔。

最后一句“欲知此后相思梦，长在荆门郢树烟。”在前句倾诉兄弟深情，自己郁结的情绪下，将感情推进一层，诗人在前文中是带着强烈的憧憬情绪的，这一句在情绪上回到现实，说这样的憧憬是无法成为现实的，今后只能将思念寄托在梦中，梦中会有宗一居住之地的烟树。这里的“郢树烟”表达十分传神，体现了梦本身的缥缈和迷离，也传达出这种幻象令人趋之若骛，愿意长在其中，最终依然是所有希望变成无望。

柳宗元的这首诗既叙兄弟别离的难舍之意，又抒迁谪的苦闷之情。两种情意相互交织，构成了诗人内心十分复杂的情绪，但由于家事作为背景，这两种情绪又十分和谐地溶于一体，是一首难得的抒情佳作。

‖时光和弦‖

《望 洞 庭》

我的眼泪穿过了春天，
流过夏日长长的树影，
滴进了柳江，
顺流而下去了六千里外。
那里，
有我牵挂的亲人和才长出嫩芽的丁香，
他们在我的梦里，
种植惆怅和希望，
在桂岭的山月升起时，
一点点地，
替我把悲伤释放。
我把无缺的残魂托付给了月光，
嘱咐它替我把回家的路照亮，
荆门树下那迷离缥缈的烟，
请让一让，
不要，
挡住我淡淡的思念顽强生长。
我的兄弟还有一段路要走，
持着洞庭的荷花起航，
我愿意，

为他再守护下一个十二年，
哪怕死亡，
也不愿，
天各一方。

‖说明‖

这是一首原作的意译作品，作者并未按照一般翻译模式去写作，而是将原作表达的含义根据先后顺序和因果关系，重新组织了语言，因此显得有较强的逻辑性。

‖延展练习‖

1．【时光和弦】中，“为他再守护下一个十二年”，是喻指原作中的什么事件?
2．原作中描绘了两地的不同景象，但【时光和弦】只描绘了其中一地，请问是哪一地？

002

陌上谁识太玄经

【作品】《侠客行[1]》

【作者】唐·李白

| 人物小传 |

李白（701 — 762），字太白，号青莲居士，又号“谪仙人”，汉族，绵州昌隆县（今四川省江油市）人，是唐代伟大的浪漫主义诗人，被后人誉为“诗仙”，与杜甫并称为“李杜”。为了与另两位诗人李商隐与杜牧即“小李杜”区别，李白与杜甫又合称“大李杜”。其人爽朗大方，爱饮酒作诗，喜交友。李白深受黄老列庄思想影响，有《李太白集》传世。李白所作词赋，宋人已有传记，就其开创意义及艺术成就而言，“李白词”享有极为崇高的地位。

‖内容‖

赵客缦胡缨[2]，吴钩霜雪明[3]。银鞍照白马，飒沓如流星[4]。
十步杀一人，千里不留行[5]。事了拂衣去，深藏身与名。
闲过信陵饮[6]，脱剑膝前横。将炙啖朱亥，持觞劝侯嬴[7]。
三杯吐然诺，五岳倒为轻[8]。眼花耳热后，意气素霓生[9]。
救赵挥金锤，邯郸先震惊[10]。千秋二壮士，烜赫大梁城。
纵死侠骨香，不惭世上英。谁能书阁下，白首太玄经[11]。

‖注释‖

1. 行：歌行体，侠客行相当于“侠客的歌”。

2. 赵客：燕赵之地的侠客，自古燕赵多慷慨悲歌之士；缦：没有花纹；胡：古时将北方少数民族通称为胡；缨：系冠帽的带子；缦胡缨：即少数民族做工粗糙的没有花纹的带子，此处为侠客的冠带。

3. 吴钩：宝刀名；霜雪明：刀的锋刃像霜雪一样明亮。

4. 飒沓：骏马飞奔的样子，形容马跑得快。

5. “十步杀一人，千里不留行”：原自《庄子·说剑》：“臣之剑十步一人，千里不留行。”

6. 信陵：信陵君，战国四公子之一，礼贤下士，门下食客三千。

7. 朱亥、侯嬴：信陵君门下食客。朱原本是一屠夫，侯原是魏国都城门官，两人受信陵君的礼遇，为信陵君所用。炙，烤肉。啖，吃。啖朱亥，让朱亥来吃。

8. “三杯吐然诺，五岳倒为轻”：几杯酒下肚（三为虚指）就作出了承诺，并且把承诺看得比五岳还重。

9. 素霓：白虹。古人认为，凡出现不寻常的大事，常会伴有异常的天象。这句意思是：侠客重承诺、轻死生能够感动上天，生出异象。也可以理解为：侠客做出了承诺，天下就要发生大事了。

10. “救赵挥金锤，邯郸先震惊”：朱亥锤击晋鄙的故事。信陵君是魏国大臣，魏、赵结成联盟，合纵以抗秦。时秦军包围赵国邯郸，赵向魏求救。魏王派晋鄙率军救赵，后因秦王恐吓，又令晋鄙按兵不动。这样，魏赵联盟势必瓦解。信陵君不愿联盟瓦解，遂率家丁前往救援，侯嬴为信陵君出谋划策，串通魏王宠姬，盗得兵符，去晋鄙军中假传王令。晋鄙生疑，朱亥掏出铁椎将其击毙。信陵君遂率魏军进击秦军，解了邯郸之围。

11. 太玄经：《太玄经》是扬雄写的一部哲学著作。扬雄曾在天禄阁任校刊。

‖赏析‖

此诗约作于唐玄宗天宝三载（744）诗人游历齐州之时。唐代游侠之风颇为盛行，不仅燕赵多游侠，关陇一带的风习也是“融胡汉为一体，文武不殊途。”（陈寅恪《唐代政治史述论论稿》），更促成了少年喜剑术、尚任侠的风气。李白本人也是一位剑客，“十五好剑术”（《与韩荆州书》），“高冠佩雄剑”（《忆襄阳旧游赠马少府巨》）。李白的诗中多次出现剑的描写，所以说当时的社会风气和李白自己的身份特征，促成了他的诗中有大量与侠客或剑有关的内容，这首《侠客行》就是在这种意识背景之下创作的。

开篇诗人以大量的笔墨描写游侠的服饰：“赵客缦胡缨，吴钩霜雪明。银鞍照白马，飒沓如流星。”二十个字在全篇中占有不小的篇幅，虽然全是写物而不是写人，但也可以说写物就是写人，通过“缦胡”的“缨’，“霜雪明”的”吴钩”，“飒沓如流星”的“白马”，游侠的气度、风貌便都栩栩如生的展现了出来。

后四句写游侠“十步杀一人，千里不留行。事了拂衣去，深藏身与名。”也仅是二十字，但将游侠的品行进行了高度的概括，这里我们可以看做诗人是以自己的观世态度去描绘的，并以此作为臆想当中的理想人格。其“纵死侠骨香，不惭世上英”的思想品行，就是通过侠客不图名利、尚义气、重承诺的品格来体现。

接下来诗人通过比兴手法去印证侠客，他以战国时“窃符救赵夺晋鄙军”中的侯嬴、朱亥“二壮士”为例，阐明“纵死侠骨香，不惭世上英”之旨。由于诗人在思想上对侠客是有着高度认同的，所以列举的例子也十分贴切，有人将这首诗看做主要是描写侯嬴、朱亥，这是不对的，诗人对二壮士叹服不已，加以歌颂，其目的还是在于将其品格印证在前文中的侠客身上，因为这个侠客就是诗人的化身，是他愿望的表达，是其豪情壮志的表现。行文最后，诗人对撰写《太玄经》的扬雄辈，无情地加以蔑视，“谁能书阁下，白首《太玄经》”是为壮夫所不为！

李白这一首《侠客行》古风，抒发了他对侠客的倾慕，对拯危济难、应世立功生活的向往。

‖时光和弦‖

《新侠客行》

铮铮盱赵客，穷风缦胡缨，单骑携吴钩，迢迢霜雪明。
乌衣照银鞍，秋风白马吟，飒沓绝尘起，疾风如流星。
十步何啸兮，杀人如屠鸡，仗剑破千里，留香不留行。
事了势未了，人尽血拂衣，深藏执与念，浅露身与名。
大隐如闲过，未逢信陵饮，帐前又脱剑，膝前横骄兵。
将炙吾自啖，何须邀朱亥，持觞吾自饮，斜目劝侯嬴。
三杯皆为信，吐然诺真金，五岳证歃血，相较倒为轻。
眼花需泪垂，耳热咗喉音，意气风生发，素霓现天机。
救赵誓必陨，金锤挑三军，邯郸先失色，天下再震惊。
千秋二人举，壮士折煞听，烜赫虽无双，何霭大梁心。
纵死纵不及，侠骨裹衣襟，不惭愧生灵，浩对世上英。
谁能天下雄，书阁困声名，白首无一是，只识太玄经。

‖说明‖

这是本书正文部分中唯一保留的古体诗形式的作品，保留的理由是这篇作品并非唱和也非翻译，而是对原作的一种扩写。因此与原作放在一起阅读有助于更好的理解和对比。

‖延展练习‖

1．这首作品在李白原作的基础上进行了扩写，将原文的 24 句扩展到了 48 句，仔细阅读【时光和弦】，简要阐述在描写“侯嬴、朱亥”时，与原作有何不同。

2．【时光和弦】描写的侠客在性格上与李白原作描写的侠客是有差异的，他更加希望显示自己，也更加自信甚至自负，在【时光和弦】找出能体现这些性格特征的句子。

003

散尽繁华，只不过一掬尘土

【作品】《塞上曲·其一》

【作者】唐·王昌龄

| 人物小传 |

王昌龄（698—756），字少伯，汉族，河东晋阳（今山西太原）人，又一说京兆长安人（今西安）人。王昌龄早年贫苦，主要靠农耕维持生活，30岁左右进士及第。初任秘书省校书郎，后又担任博学宏辞、汜水尉，因事被贬岭南。开元末返回长安，改授江宁丞。被谤谪龙标尉。安史之乱中被刺史闾丘晓所杀。

王昌龄是盛唐时期著名的边塞诗人，被誉为“七绝圣手”。与李白、高适、王维、王之涣、岑参等人交往深厚。其诗以七绝见长，有“诗家夫子王江宁”之誉。王昌龄诗绪密而思清，与高适、王之涣齐名，时谓王江宁。有文集六卷，今编诗四卷。

‖内容‖

蝉鸣空桑林[1]，八月萧关[2]道。
出塞入塞寒[3]，处处黄芦草。
从来幽并[4]客，皆共[5]沙尘老。
莫学游侠儿[6]，矜[7]夸紫骝[8]好。

‖注释‖

1. 空桑林：桑林因秋来落叶而变得空旷、稀疏。
2. 萧关：宁夏古关塞名。
3. 入塞寒：一作“复入塞”
4. 幽并：幽州和并州，今河北、山西和陕西一部分。
5. 共：一作“向”。

6. 游侠儿：指自恃勇气、逞意气而轻视生命的人。

7. 矜：自命不凡。

8. 紫骝：紫红色的骏马。

‖赏析‖

这是一首写非战的乐府。诗由征戍边塞不回，而讲述边塞悲情，表达诗人对征战的无奈，告诫武力不能决定一切，而抒发反战之情。

起首“蝉鸣空桑林，八月萧关道。出塞复入塞，处处黄芦草。”四句，描写的是边塞的秋景，其中的寒蝉、桑林、萧关、边塞、芦草，都是边塞富有特征的景物，在中国古代边塞诗中也是悲情的代名词，诗人着力描绘这样的萧飒景色，突出边塞的荒凉，在于为后文抒发反战之情做出铺垫。

所以接下来的“从来幽并客，皆共沙尘老”，对自古以来期望在边塞博取功名、追逐名利的人抒发了诗人自己的感叹，认为这些前往幽州、并州边塞地区的人，个个胸怀宏图大志，但最终也无法摆脱与沙尘共老的结局。

末尾两句“莫学游侠儿，矜夸紫骝好。”是对比句，讽刺所谓的游侠自持武力、耀武扬威，其实根本不知道自己的命运。从描写的人物上看，这一句和上一句是不同的，上一句描写的不过是追求功名的“幽并客”，这一句却是只知道夸耀自己马好的“游侠儿”，厌恶情绪逐句递增，可见诗人的反战情绪也由此推向一个更甚的层次。

‖时光和弦‖

《萧 关 路》

时间，
停留在八月的酷暑，
烤化了，
沉睡在暮光里的萧关，
把塞外的孤单洒了一路。
蜿蜿蜒蜒的栈道，
还有那苍翠依旧的桑树，
藏不住，
秋日里寒蝉的凄楚。

塞外的寒风，
吹着黄沙下，
也许从未有人踏过的悲苦，
一步一步，
浇灌着遍地黄芦草的岁岁荣枯。
大漠里奔忙的人呐，
你可曾敬畏过生命，
在塞外昏黄的天际线下，
膜拜这大地之母。
天地悠悠，
人亦何欢，
你亦何苦，
散尽繁华，
只不过一掬尘土。

‖说明‖

这首作品是原作的一首唱和诗，现代诗的风格十分明显，虽然作者根据原作来描绘场景和事件，但却抒发了与原作不同的思想情感。

‖延展练习‖

1. 【时光和弦】中，“人亦何欢，你亦何苦”化用了“生亦何欢，死亦何苦”的句意，关于其出处有多种说法，试举例。

2. 原作与【时光和弦】表达的思想感情是不同的，原作主要抒发反战的情绪，那么【时光和弦】抒发的是什么样的感情？

004

薄酒里再添一把胡笳

【作品】《天净沙[1]·秋思》

【作者】元·马致远

|人物小传|

马致远(约1250—约1321至1324间),字千里,号东篱,(一说名不详,字致远,晚号“东篱”),汉族,元代戏曲作家,元大都(今北京)人,原籍河北省东光县马祠堂村。青年时期仕途坎坷,中年中进士,曾任浙江省官吏,后在大都(今北京)任工部主事,晚年不满时政,隐居田园。马致远早年即参加了杂剧创作,是“贞元书会”的主要成员,有“曲状元”之誉,与关汉卿、郑光祖、白朴并称“元曲四大家”。他的作品见于着录的有16种,今存《汉宫秋》《荐福碑》《岳阳楼》《青衫泪》《陈抟高卧》《任风子》6种,另有《黄粱梦》是他和李时中、红字李二、花李郎合作的。

‖内容‖

枯藤[2]老树昏鸦[3],
小桥流水人家[4],
古道[5]西风[6]瘦马[7]。
夕阳西下,
断肠人[8]在天涯。

‖注释‖

1. 天净沙:越调,曲牌名。又名《塞上秋》。单调二十八字,五句。
2. 枯藤:枯萎的枝蔓。
3. 昏鸦:黄昏时的乌鸦。昏:傍晚。
4. 人家:农家。
5. 古道:古老荒凉的道路。
6. 西风:寒冷、萧瑟的秋风。

7. 瘦马：瘦骨如柴的马。

8. 断肠人：形容伤心悲痛到极点的人，此处指漂泊天涯、极度忧伤的旅人。天涯：远离家乡的地方。

‖赏析‖

马致远年轻时热衷功名，但由于元朝的民族高压政策，他在仕途上一直颇为坎坷，直到中年才以进士身份入仕。马致远的一生都在漂泊无定中度过，生活窘困潦倒，他也因此长期处于郁结的精神状态。这首《天净沙 · 秋思》，应该为作者早年在羁旅途中写下的。

马致远的这首《天净沙 · 秋思》是一首典型的悲秋作品，在中国文坛自古的传统中，秋是一个十分特殊的主题，占有大量的篇幅。秋天草木的凋零让人联想到生命的衰老与终结，因此会让人感到忧愁和悲伤。《离骚》中屈原叹道：“日月忽其不淹兮，春与秋其代序。惟草木之零落兮，恐美人之迟暮。”宋玉在《九辩》里说：“悲哉，秋之为气也！萧瑟兮，草木摇落而变衰……。”陆机《文赋》云：“悲落叶于劲秋，喜柔条于芳春。”而马致远的这一首小令，也可以说是描写悲秋的集大成者。作者在全曲中共使用了十个意象，其中九个分为三组，第一组是由下而上排列：藤、树、鸦；第二组从近到远排列：桥、水、家；第三组从远到近排列：道、风、马；第十个意象是夕阳，可以看做一个全景，将所有意象统筹起来，为我们展示了一副广阔的，十分有序的秋天画面。而这个画面的情绪，作者用了：枯、老、昏、古、西、瘦来形容，最终让我们看见的是满目凄凉、萧瑟悲苦。而作者显然并不认为这样的景象足以形容这悲秋，他用富有温馨的画面描绘出小桥流水人家来做反衬，在画面中增加了无限的向往和安详，使画面的悲凉感更加突出。通过前面四句的铺垫，最后一句直至主旨：“断肠人在天涯”，将自身植入这无尽的悲凉之中，落寞孤单的身影瞬间在画面中被放大，而我们从中感受到的，则是愁绪满怀、郁郁不得志。

‖时光和弦‖

《又见天净沙》

昔时夕阳西下，
薄酒里再添一把胡笳，
枯藤树下江湖系马，
西风里北雁寻家，
断桥边愁对一树晚霞，

琵琶声中又闻玉颜如花，
古道上枯草萋萋无人踏，
流水畔倦伏几只寒鸦。
是谁，
把天地挥洒成一幅残画，
任由他：
霜眉残影洗泪花，
皱衫蹒履解愁杀，
凋魂青颜染枯发，
独行天下，
长叹声里难思家。

‖说明‖

这是一首颇有巧思的作品。开篇初看，作者似乎在用扩写的手法改写原作，但随着一句“是谁，把天地挥洒成一幅残画”的转折，整个前文部分就变化为后文的铺垫，而后文显然是在描绘一个人物形象。对应原作，很容易联想到这个人物就是原作的作者马致远。如果说原作是从马致远的角度看待眼前的景致，那么这首唱和作品就是从第三者的角度去观察马致远，更有巧思的是，这段描写马致远的句子，同样也是一段《天净沙》牌名的作品。

‖延展练习‖

1．【时光和弦】描绘了一个什么样的人物形象？你认为和原作的作者是否有相似之处？
2．从句意上看，【时光和弦】分为两个部分，试分别描述两个部分描绘的主要内容。

005

巴西的蜀道，一头牵着思乡的甜

【作品】《巴山道中除夜[1]书怀》

【作者】唐·崔涂

|人物小传|

崔涂约887年前后在世，字礼山，今浙江富春江一带人，唐末诗人，生卒年、生平均不详。唐僖宗光启四年（888）进士，终生飘泊，漫游巴蜀、吴楚、河南、秦陇等地，故其诗多以飘泊生活为题材，情调苍凉。《全唐诗》存其诗1卷。

‖内容‖

迢递[2]三巴[3]路，羁危[4]万里身[5]。
乱山残雪[6]夜，孤烛[7]异乡人。
渐与骨肉[8]远，转于僮仆亲[9]。
那堪[10]正飘泊，明日岁华[11]新。

‖注释‖

1. 除夜：除夕夜，即阴历十二月最后一天的晚上。有些版本作“除夜有怀”。

2. 迢（tiáo）递：遥远的样子。

3. 三巴：巴郡、巴东、巴西的合称。汉末益州牧刘璋设“巴郡”“巴东”“巴西”三郡，故有“三巴”之说，相当今四川嘉陵江和綦江流域以东的大部分地区。后亦多泛指四川。

4. 羁（jī）危：羁，寄寓异乡；危，艰危困苦。

5. 万里身：身在离家万里之外，指路途遥远。

6. 残雪：残余的积雪。

7. 孤独：一作孤独

8. 骨肉：指有血统关系的亲人。

9. 僮（tóng）：未成年的仆人。亲：亲近。

10. 那堪（kān）：哪能受得了。

11. 岁华：年华。

‖赏析‖

崔涂长期流落于湘、蜀一带，而此诗为诗人客居四川时所作。全诗以除夕夜为题，围绕孤独描写悲情，抒发了避乱流离巴蜀，途中思家的惨淡心情。

首句“迢递三巴路，羁危万里身”，点明了诗人的所在地是四川，也点明了此时作者的一个身份：游子。这两句通过“三巴路”和“万里身”在时空上拉开了距离，显得气势宏大。而“迢递”和“羁危”的使用，则体现出诗人的处境十分艰辛。

第二句“乱山残雪夜，孤烛异乡春”，是写景寄情，字面上分别描写了屋内外的境况：屋外描绘了巴蜀地区除夕之夜的景象，一是巴蜀地区的山势，二是此时的天气仍旧十分寒冷，残雪未融，但在寄情上，诗人也通过“乱”和“残”表达出此时此刻内心的纷乱和凄凉，可谓独具匠心；屋内则通过孤独的烛光反映出诗人的孤单落寞，此处的“孤烛”也运用地十分巧妙，因为其背后还隐藏着一个“孤客”与其相互映衬，表现了诗人孤苦的心境，而“春”字的运用是这句中的又一个亮点，字面上是说三巴的春天随着除夕的到来也就不远了，而实际上也体现出诗人内心隐隐勃发的思乡之情，回忆当中与家人在一起的欢愉场面，此刻都如春天一般温暖着内心。

接下来“渐与骨肉远，转于僮仆亲”，顺着前文的“春”字，写出了久别家乡之人常有的亲疏情感。与骨肉亲人的分离并不因为时间和空间的距离而变得单薄，只是这样的情感逐渐转变成对童仆的亲近。此句巧思，借力十分到位，从童仆这个侧面反映了自己的孤单寂寞，不着一字而悲苦无边，与第二句相互映衬，更显得情感真挚。

末句以“那堪正飘泊，明日岁华新”收语，指明意旨：希望新年以后有所改变，不再漂泊流离，显得真切自然。这里将前文所述的种种意象、心绪，都归纳为“那堪”二字，愁苦也好，思念也罢，也不管是骨肉疏还是童仆亲，都是诗人无法承受之重，希望能够卸下这副内心的重担，“明日岁华新”又将这个期盼框定在“除夜”，圆满点题。

纵观全诗，诗人紧扣题意，意境鲜明、结构严谨。语言朴实无华中见精雕细琢，处处涌动真情实意，感人至深。“乱山”一联堪称佳句，令人回味无穷。

‖时光和弦‖

《除夜有怀》

过了这一夜，
又是一个新年，

巴郡的残雪，
融不了遥远的思念，
孤独的烛光里，
只有随行僮仆在身前，

过了这一夜，
异乡就在眼前，
巴东的除夕，
吸引不了回眸的眼，
陌生的爆竹声，
请传去我平安的玉笺。

过了这一夜，
亲人越来越远，
巴西的蜀道，
一头牵着思乡的甜，
这唯一的牵挂，
支持着我天行万里远。

‖说明‖

作者巧妙的将原作中提到的“三巴”作为将作品贯穿起来的线索，描写中又持续将原作中的意象加以呈现，所以这首作品初看象一首唱和诗，实际上却是一首意译诗。

‖延展练习‖

1．三巴在唐代有所明确的意指，阅读【时光和弦】，找出其分别指哪些地方。
2．作为一首韵译作品，你认为【时光和弦】在情绪的营造和表达上相比原作有哪些不足？

006

夜半里独自唱歌的灯笼

【作品】《长相思[1]·山一程》

【作者】清·纳兰性德

| 人物小传 |

纳兰性德（1655 — 1685），叶赫那拉氏，字容若，满洲正黄旗人，原名成德，避太子保成讳改名为性德，一年后太子更名胤礽，于是纳兰又恢复本名纳兰成德，号楞伽山人。清朝著名词人。自幼饱读诗书，文武兼修，十七岁入国子监，被祭酒徐文元赏识，推荐给内阁学士徐乾学。十八岁参加顺天府乡试，考中举人。十九岁参加会试中第，成为贡士。康熙十二年因病错过殿试。康熙十五年补殿试，考中第二甲第七名，赐进士出身。

纳兰性德于康熙二十四年（1685）暮春抱病与好友一聚，一醉一咏三叹，而后一病不起。七日后，于康熙二十四年五月三十日（公元 1685 年 7 月 1 日）溘然而逝，年仅三十岁。他的词以“真”取胜：写景逼真传神。词风“清丽婉约，哀感顽艳，格高韵远，独具特色”。著有《通志堂集》《侧帽集》《饮水词》等。

‖内容‖

山一程[2]，水一程，身向榆关[3]那畔[4]行，夜深千帐灯[5]。
风一更[6]，雪一更，聒[7]碎乡心梦不成，故园[8]无此声[9]。

‖注释‖

1. 长相思：词牌名，唐教坊曲。《古诗十九首》有“客从远方来遗我一书札。上言长相思，下言久离别。”（作者未知）得名。又名《双红豆》《忆多娇》《吴山青》《山渐青》《相思令》《长思仙》《越山青》等。原有平仄两格。双调三十六字。平韵格为前后阕格式相同，各三平韵，一叠韵，一韵到底；仄韵格如是压仄韵。别有四十四字三首联章一体。

2. 程：道路、路程。

3. 榆关：今山海关，在今河北秦皇岛东北。

4. 那畔：即山海关的另一边，指身处关外。
5. 千帐灯：军营行帐的灯火。千帐：虚数，指军营数量多。
6. 更：旧时一夜分五更，每更大约两小时。
7. 聒（guō）：声音嘈杂，这里指风雪声。
8. 故园：故乡，这里指北京。
9. 此声：指风雪交加的声音。

‖赏析‖

清康熙二十一年二月十五日，康熙因云南平定，出关东巡，祭告奉天祖陵。纳兰随从康熙帝诣永陵、福陵、昭陵告祭，二十三日出山海关。塞上风雪凄迷，苦寒的天气引发了纳兰对京师中家的思念，写下了这首词。

上片“山一程，水一程”，形容路途遥远，旅程艰辛，翻山越岭，登舟涉水，一程又一程，离京城越来越远。“一程”二字的重复使用，突出了路途的曲折修远。第二句“身向榆关那畔行”，指出了此次行旅的目的地。词人在这里强调的是“身”向榆关，暗示了身心不一，此时的“心”还在京师，从而以非常隐晦的方式点明了这是一首羁旅怀乡的作品。这两句借着描述周边的境况，向我们传达了作者的心情，不愿前往关外，但是身不由己，内心里对故乡有着深深眷恋。末句“夜深千帐灯”描绘了夜晚来临，军队驻营、军营帐前升起灯火的场景，同时也为下片的展开埋下了伏笔：为何夜深了，营帐中依然灯火闪烁？羁旅劳顿的将士们为何还不休息？

严迪昌《清词史》说：“夜深千帐灯’是壮丽的，但千帐灯下照着无眠的万颗乡心，又是怎样情味？一暖一寒，两相对照，写尽了自己厌于扈从的情怀。”在下片里，词人将这种情怀描写得淋漓尽致，开头“风一更，雪一更”紧接上文中描写帐内的灯火，将视线移到账外的风雪上，这里“一更”的用法与上文“一程”相同，又形成了呼应，表现了风雪交加、四野荒寒的同时，也暗示出作者对长途跋涉之后又遇到风雪交加的深深厌恶。在作者看来，这种下雨逢屋漏的凄苦境遇，实在是令人无法忍受的，所以发出了“聒碎乡心梦不成”的怨言。这里的“乡心梦不成”看似是描写作者自己思乡睡不着的状态，实际上是对上片“夜深千帐灯”的解释，在这苦旅之中，不仅仅是作者有着怀乡的心思，所有亮着灯的营帐中都是如此，这不由得让作者发出对家乡的赞叹：“故园无此声”，以表达对家乡的深切怀念。作者纳兰用词可谓慧心妙语，思乡的心思通过即事中的意象悄无声息地传达出来，信手拈来不事雕琢，用词自然朴素、情感真切，清淡之中藏着汹涌情怀，可谓佳作。

‖时光和弦‖

《灯 笼》

早寒二月，
夹着塞外冰雪的冷风，
唤醒一盏，
夜半里独自唱歌的灯笼。
歌声里，
故乡有青瓦黛墙和朱门耀眼的红，
还有，
枣树下结绳打枣的孩童。
那些青涩的果子，
像一盏盏唱着离殇的灯笼，
用山海榆关的旧枯骨，
织成一个个战士的梦。
那独自唱歌的灯笼哟，
为何你变换千重，
在子夜时分的惆怅里，
唤醒一个又一个的灯笼，
照亮这一片，
无声的苍穹。

‖说明‖

这首作品从原作描写的“千帐灯”中抽取出一个意象——灯笼。围绕着思家这个主题，作者反复强调由灯笼联想到的家乡的人、景、物，勾勒出了将士思家的更为详细的情节内容。可见，作者并非要对原作进行翻译，而是在原作基础上的唱和。

‖延展练习‖

1．【时光和弦】中的“灯笼”，是从原作的哪一个意象中抽取出来的？“灯笼”在中国传统文化中有什么寓意？作者用“灯笼”作为全诗情绪的释放点，想要表达什么情感？

2．【时光和弦】中出现的意象，有哪些是原作中没有的？你认为作者增加这样的意向起到了什么作用？

007

朝食暮啖，烟火相亲

【作品】《暮过山村》

【作者】唐·贾岛

| 人物小传 |

贾岛（779 — 843），字浪（阆）仙，又名瘦岛，汉族，河北道幽州范阳县（今河北涿州市）人，唐代诗人。早年出家为僧，号无本。自号“碣石山人”。据说在长安（今陕西西安）时，因当时有命令禁止和尚午后外出，贾岛做诗发牢骚，被韩愈发现才华，并成为“苦吟诗人”。后来受教于韩愈，并还俗参加科举，但累举不中第。唐文宗时被排挤，贬做长江（今四川蓬溪县）主簿，故被称为“贾长江”。唐武宗会昌年初由普州司仓参军改任司户，卒于任所。

贾岛与孟郊并称“郊寒岛瘦”，孟郊被称为“诗囚”，贾岛被称为“诗奴”，一生不喜与常人往来，《唐才子传》称他“所交悉尘外之士”。他惟喜作诗苦吟，在字句上狠下工夫。有《长江集》10 卷，录诗 390 余首。另有小集 3 卷，《诗格》1 卷传世。。

‖内容‖

数里闻寒水[1]，山家[2]少四邻[3]。
怪禽[4]啼旷野，落日恐[5]行人。
初月未终夕[6]，边烽不过秦[7]。
萧条桑柘[8]处，烟火[9]渐相亲。

‖注释‖

1. 寒水：清冷的流水。
2. 山家：山野人家。
3. 四邻：周围邻居。
4. 怪禽：此指鸱鸮（chīxiāo）一类的鸟。
5. 恐：此处为使……惊恐。

6. 终夕：通宵，彻夜。

7. 秦：指今陕西南部一带。

8. 桑柘（zhè）：此处用本意，桑木与柘木。

9. 烟火：指炊烟，泛指人烟。

‖赏析‖

此诗是诗人在一个深秋日暮时分路过一处山村的纪实，其具体创作年份不详。

起句“数里闻寒水。”从听觉形象写起。诗人在某个秋天的黄昏路过一个山村，山间寂静，所以可以远远听闻到山涧的流水声，随着诗人脚步的临近，眼前出现了“山家”，但只不过是稀稀落落“少四邻”，此句从听觉入文，由视觉出画，生动地渲染了山村的暮色景象，同时也是点题。

第二句重点描摹山村四周的景象：“怪禽啼旷野，落日恐行人。”再次声色交织，先是山林中显得幽森空旷，不知道什么样的鸟发出奇怪的叫声，令人恐慌不安，而此刻夕阳西下，天色逐渐暗淡，在这声响中的行人更加感到不寒而栗。

前四句描绘的景象十分的空幽诡异，反映出黄昏十分山区的冷清和悲色，这种情况下诗人不由加快步伐，但夜色依然如期而至，渐渐拉开，“初月未终夕，边烽不过秦。”是说一轮新月升起，高悬在天空，远处边境的烽烟点燃了，但还没有越过秦地，一切还算平安。字面上看这句是描绘山区不安定的战事，实际上诗人在这里表达了一种心境上的变化，从先前四句令人恐慌的心态过渡到心情逐渐平复，但还没有完全感到放心。

最后的“萧条桑柘外，烟火渐相亲。”才是诗人最终感到安心的所在，终于越来越接近山村，透过村外萧条的桑树和柘树，看见了缥缈的炊烟，山林中一切未知的危险终于远去，内心因为感到安全而觉得眼前一切无比温暖和亲切。先前的恐慌在这里最终转变为欢心喜悦。

这首诗的格局工于变化，先是萧疏荒凉，接着幽深奇异，营造了令人高度紧张的环境，而从心态上表现出来的由惊慌恐惧到心镜高悬，再到欢欣喜悦，也是让人惊魂动魄，每一处描写都体现出诗人的观察入微、体验深刻，在中唐诗歌中确实别具一格，读来十分令人寻味。

‖时光和弦‖

《暮过山村》

是日，晚霞初露，夕阳似火，盘山小径，藏道于树，目及之外渐隐渐现，逐失于草木。沿山涧树石间隙而行，周遭草灌润湿，青石潮滑，步履稍慎，战战兢兢，攀于逆流。不数里，前路豁然开朗，两侧青山跌宕，似鹤翅翔天显露中空。左十余步，山势大变，径徒转，入眼翡冷绿翠咫尺迎面，呼吸之间渐有水汽如兰，气温骤降，阴风刮骨，指尖所触，草木皆寒。隐约可闻谷中轰响大作，似雷鸣，似钟击，似有大水如瀑跌落，直击谷底。

顺羊径蜿蜒而行，偶有险峻处，皆以斧石穿啄，恰适一足或半履，陡然步上，可至一断崖，触目远及，居一牧野山村，落于山外，周测人家，数不过几，盘指可尽，山岭深远，故少四邻。沿崖左曲，露一怪石，石白底灰，背阴处附青苔无数，其上有突兀，斜插入空，似猛禽啸天，啼于旷野。引林中鸱鸮啸叫连连，忽如箜篌，忽如木鱼，暮落萧瑟败落之像由音而入耳，由耳入目，直彻心扉。又落日沉云，渐沉山西，古道死寂，余折枝持仗，蹒跚而独行，无遇一路人。

古有桃花源隐于武陵，林尽水源方得一山，避世而不知有汉，余徒步辗转，背襟皆湿，终至山尽，亦得一山村，作如是观。边锋无事，百姓康安，途无旅人，世凝尘镜，如是其故。此时近晚，新天初月，白光如洗，吉世祥瑞普照，盖天下太平，村居于山林而得清净，人处于盛世得享天伦。山人朴直，依山而樵，傍水而渔，天明而作，日落而息，晨明锄禾，日晚点灯，朝食暮啖，烟火相亲，夫一世作一时，无可愁虑。余一路忐忑，恐山野荒芜，天地苍凉，不知可处，时炊烟可闻，桑麻蚕嘶，豆灯缥缈，亦渐行渐暖。世安平之处有几，知者不闻，皆不扰矣！

‖说明‖

这篇游记风格的文字，写作语言属于近代白话文的范畴，作者将原作中提及到的景色，十分详尽的想象并描绘出来。不仅如此，作者还巧妙的将桃花源的典故加以引用对比，以说明太平盛世对老百姓的重要性。所以这篇文字不是单纯的对原作的翻译，有其独有的意义。

‖延展练习‖

1．试用白话文解读【时光和弦】。

2．作为一篇小品文，【时光和弦】试图对原作描绘的场景进行还原，你认为其中还有哪些原作的意境被遗漏？

008

渔夫、书生和梦

【作品】《旅宿》

【作者】唐·杜牧

| 人物小传 |

杜牧（803 —约 852），字牧之，号樊川居士，汉族，京兆万年（今陕西西安）人。唐文宗大和二年中进士，时年 26 岁，授弘文馆校书郎。约唐宣宗大中六年（852）冬天，病重逝世。

杜牧是唐代杰出的诗人、散文家，是宰相杜佑之孙，杜从郁之子。文学创作有多方面的成就，诗、赋、古文都身趁名家。因晚年居长安南樊川别墅，故后世称“杜樊川”，著有《樊川文集》。杜牧的诗歌以七言绝句著称，内容以咏史抒怀为主，其诗英发俊爽，多切经世之物，在晚唐成就颇高。杜牧人称“小杜”，以别于杜甫“大杜”。与李商隐并称“小李杜”。现存题为杜牧诗者共有 486 题 524 首。

‖内容‖

旅馆无良伴[1]，凝情[2]自悄然[3]。
寒灯[4]思旧事，断雁[5]警[6]愁眠。
远梦[7]归侵晓[8]，家书到隔年。
沧江[9]好烟月[10]，门[11]系钓鱼船。

‖注释‖

1. 良伴：好朋友。
2. 凝情：凝神沉思。
3. 悄然：忧伤的样子，这里是忧郁的意思。
4. 寒灯：昏冷的灯火，这里指倚在寒灯下面。
5. 断雁：失群之雁，这里指失群孤雁的鸣叫声。
6. 警：惊醒。
7. 远梦：归家之梦，家远梦亦远。
8. 侵晓：破晓。

9. 沧江：泛指江，一作“湘江”。

10. 好烟月：美好的风景。

11. 门：门前。

‖赏析‖

这首诗不见于《樊川文集》，而载于宋人补编的《樊川别集》。最后二句，《全唐诗》等均作“湘江好烟月，门系钓鱼船”。由于杜牧未曾涉足湘江，故此诗是否为其所作，尚有疑问，学术界较支持作者为杜牧的说法。

这首诗可能作于作者外放江西任职之时，是一篇羁旅怀乡之作。诗人离家已久，客居旅馆，没有知音，家书传递也很困难，目睹旅馆门外的渔船，不禁在凄清的夜晚怀念起自己的家乡，于是创作了这首羁旅怀乡的诗篇。

首联直接破题，点明情境，描绘了一个人孤苦伶仃在异乡旅宿，坐在灯下，思乡之情自然而然地涌现，“凝情自悄然”写出了作者此刻的神情：专注默然、独自神伤，伴着一盏孤灯显得分外凄凉。

颔联是首联“凝情自悄然”的具体化，失群孤雁声声鸣叫，令羁旅之人深夜难眠，回想故乡的往年旧事，引得归思如潮。

颈联是设想之词，虚实结合，先是做梦梦见自己回到家中，梦醒时分天已大明，回想梦境，想到自己离家万里，路途遥远，家书须隔年才能寄到旅馆，籍此表达出对家乡深沉的思念。

这三联的关系密切，相互映衬，由实及虚，由虚转实，真切地反映了诗人远在故乡千里之外，没有知音、没有家书，对于故乡只能梦中相见的孤独感受。这里诗人没有长吁短叹，而是通过情景交融的手法，描绘了一幅寒夜孤客思乡的图景。

最后尾联的收语也十分有力，将前句刻画虚无的思乡情绪转变为对家乡的想象，以虚对虚，描述回忆中家乡的样子和回家后生活的悠闲：沧江烟笼，云霞明灭，月色溶溶，家门外系着钓鱼船，宁静而祥和。这种虚虚对照的结果反而让我们得到一个十分逼真的、赞美家乡美好的意向画面，从而也反衬出诗人此时此刻对家乡的向往之情十分深切，思乡的愁苦更甚。

‖时光和弦‖

《悦来客栈》

我住在街道的拐角，

那里有一家，
悦来客栈。
椭圆的鹅卵石铺满街头，
一直通往半里外沧江的渡，
半开着的窗口，
将散发的冰冷送到我的阁楼。

桌上唯一的一杯冷茶，
仿佛诉说着这个客栈的老旧，
烛台上，
昏黄的油灯火光如豆。
这浓缩的漆黑里，
孤单潜伏了很久，很久，
安静的，
听着隔壁一个人咳嗽。

有一个人不停的咳嗽，
无力而又费力的声音，
好像迟迟垂暮的老道念咒，
我想他应该是要死了，
也许，就在明天清晨或者午后，
也许，一生的回忆此刻把他弄疼了，
来不及，帮他把许多鲜活的记忆折旧。

悦来客栈的墙板早已年久失修，
我在这萧条的阁楼里听着地板吱嘎吱嘎，
透过白色月光照耀的窗棂，
有一个邮差站在鹅卵石的路口，
一定是有一封家书到了，
我这样想，
只是不知道会递给哪一双手。

悦来客栈里住着许许多多的人，
他们没有一个是我的朋友，
那个嗓门最大的一定是个船夫，
喊着纤夫号子的大嘴此刻沾满烤肥羊的油，
他的渔船多半就系渡口，

咀嚼的动静把隔壁的咳嗽声淹没，
顺着潮起潮落荡漾漂流。

漂流，就像破晓时分才做的一个梦，
在起床洗漱前就一定会醒来，
回味梦里每一个细节，
这样的特权只有住在悦来客栈才会有。
每一个人都这样来来去去，
唯独我，
熟悉这周边的每一块青苔和石头，
我唯独不熟悉的，
是每个黎明前，
渔夫、书生，还有诗人的梦，
和，
隔壁那个人，
一遍又一遍的咳嗽。

‖说明‖

这首作品咋看无论内容还是立意都和原作相去很远，指代不明的人物关系，莫名出现的邮差以及对客栈周边环境的描写都是原作中没有的。但作者在最后一段以“我”的口吻讲述“渔夫、书生，还有诗人的梦”，又将全部的描写带到梦和现实混淆不清的这个含义上，这才让我们注意到，这是与原作中的“远梦归侵晓，家书到隔年。”是高度呼应的。

文中通篇反复出现的“咳嗽”，不断提示读者“请注意有一个咳嗽的人”，这个人显然不是作品中的“我”，但这个“我”口述的内容，与杜牧原作中描绘的意象相似又相迴，我们可以猜测，这个“我”是另一个杜牧，也就是杜牧的“梦”。这样解释这首作品的写作角度就容易看懂了：杜牧的梦作为第三者的身份，观察了杜牧这个不断咳嗽的人，即看到了原作中的环境、景色，也看到了杜牧的内心世界，它是独立的第三者，也是杜牧的一部分，再一次呼应了“远梦归侵晓”。

‖延展练习‖

1．【时光和弦】中反复出现了“咳嗽”这一意象，你认为作者想要表达原作中的什么思想感情？

2.【时光和弦】是一首朦胧诗，尝试找出原作中有所描绘的内容。

第六章

怀才

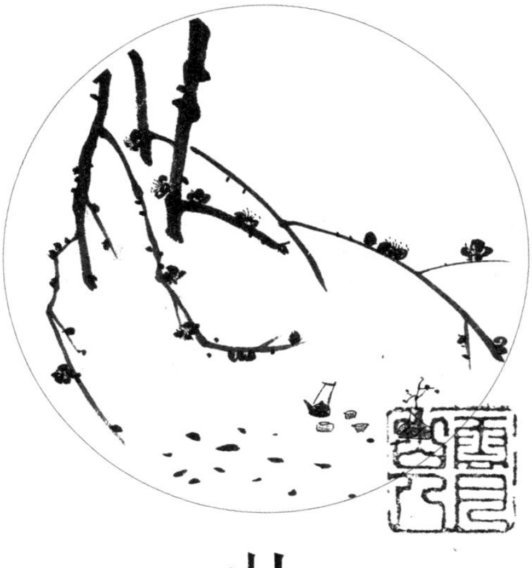

壮志

001

好男儿理当战死沙场

【作品】《满江红[1]·怒发冲冠》

【作者】宋·岳飞

| 人物小传 |

岳飞（1103 — 1142），字鹏举，相州汤阴县（今河南安阳汤阴县）人，南宋抗金名将，中国历史上著名军事家、战略家，抗金英雄，位列南宋中兴四将之首。

岳飞于北宋末年投军，从 1128 年遇宗泽起到 1141 年为止的十余年间，率领岳家军同金军进行了大小数百次战斗，所向披靡，“位至将相”。后因宋高宗、秦桧等一意求和，岳飞遭受诬陷，被捕入狱，次年一月，被以“莫须有”的“谋反”罪名杀害。岳飞的文学才华是将帅中少有的，后人另辑有文集传世。现存诗三首。

‖内容‖

怒发冲冠[2]，凭栏处、潇潇[3]雨歇。抬望眼，仰天长啸[4]，壮怀激烈。三十功名尘与土[5]，八千里路云和月[6]。莫等闲[7]、白了少年头，空悲切！

靖康耻[8]，犹未雪。臣子恨，何时灭！驾长车，踏破贺兰山缺[9]。壮志饥餐胡虏肉，笑谈渴饮匈奴血。待从头、收拾旧山河，朝天阙[10]。

‖注释‖

1. 满江红：词牌名，又名《上江虹》《念良游》《伤春曲》。唐人小说《冥音录》载曲名《上江虹》，后更名《满江红》。宋以来始填此词调。《钦定词谱》以柳永“暮雨初收”词为正格。九十三字，前片四十七字，八句，四仄韵；后片四十六字，十句，五仄韵。用入声韵者居多，格调沉郁激昂，前人用以发抒怀抱，佳作颇多。另有平声格，双调九十三字，前片八句四平韵，后片十句五平韵。

2. 怒发冲冠：因为生气而头发竖起，以至于将帽子顶起。形容愤怒至极。

3. 潇潇：形容雨势急骤。

4. 长啸：大声呼叫。

5. 三十功名尘与土：三十年来，建立了一些功名，如同尘土。

6. 八千里路云和月：形容南征北战，路途遥远，披星戴月。

7. 等闲：轻易，随便。

8. 靖康耻：宋钦宗靖康二年（1127），金兵攻陷汴京，虏走徽、钦二帝。

9. 贺兰山：贺兰山脉位于宁夏回族自治区与内蒙古自治区交界处。一说是位于邯郸市磁县境内的贺兰山。

10. 朝天阙：朝见皇帝。天阙：本指宫殿前的楼观，此指皇帝生活的地方。

‖赏析‖

绍兴六年（1136），岳飞第二次出师北伐，攻占了伊阳、洛阳、商州和虢州，继而围攻陈、蔡地区。但岳飞很快发现自己是孤军深入，既无援兵，又无粮草，不得不撤回鄂州（今湖北武昌）。此次北伐，岳飞壮志未酬，镇守鄂州时写下了千古绝唱的名词《满江红》。关于这首词的创作时间还有另外两种说法：一是岳飞第一次北伐，即岳飞30岁出头时所作，如邓广铭先生就持此说；一是在岳飞入狱前不久所作。

词的上片“怒发冲冠，凭栏处、潇潇雨歇。抬望眼，仰天长啸，壮怀激烈”，开局猛烈，起势突兀，可以看出作者心中饱含怒火。此时一阵急雨刚歇，让作者几乎无法抑制的情绪压抑下来，变成了以仰天长啸发泄情绪。而这种怒火的原因，正是“壮怀激烈”，来自朝廷不抵抗的政见与作者相驳，理想和现实之间发生了激烈的矛盾，报国无门的作者此刻气愤填膺，但“长啸”之后理性地想一想“三十功名尘于土”，建立功名、努力抗战的理想始终无法实现，自己的未来仍旧需要转战“八千里路云和月”，这里的八千里是虚数，指的是为收复中原而不断在各地坚持战斗。所以作者勉励自己“莫等闲、白了少年头，空悲切”。岳飞的胸怀，是杀敌为国的宏大理想和豪壮襟怀，上片的描写为我们勾勒出一位忠臣义士和忧国忧民的英雄形象。

下片“靖康耻，犹未雪；臣子恨，何时灭？”是全词的题眼，“靖康”是宋钦宗赵桓的年号，由于没有雪“靖康”之耻，作者发出了心中的恨何时才能消除的感慨，从而引出了“驾长车，踏破贺兰山缺”的强烈愿望，但这仅仅是愿望的开始，对于作者来说，踏破贺兰山只是第一步，他更加希望“壮志饥餐胡虏肉，笑谈渴饮匈奴血。”，从头“收拾旧山河”，这里表现出作者的乐观精神，他不仅仅需要必胜的信心，也需要必胜的行动来证明自己对朝廷和皇帝的忠诚。这种忠诚的表达，正是以功绩“朝天阙”来表达的。

纵观全词，作者表达的是精忠报国的英雄之志，以自身浩然正气去讲述自身忧国忧民的壮志雄心，这首抒怀之作，情调壮烈、用词激昂，充分表达出不屈不饶抗争到底的坚定信念，从而成为历史上抗击侵略的名篇。

《和所有怒发冲冠的将士一样》

我是这片疆土永远的臣子，
跪拜这贺兰山后的河山，
和所有怒发冲冠的将士一样，
深爱着身后的八千里云和月。

我恨这破碎的天阙，
更羞耻于国破家恨仇未雪，
和所有怒发冲冠的将士一样，
只希望痛饮仇敌的鲜血。

此仇难消，我闪耀着寒光的战甲渴望鲜血，
饱食敌人血肉的斧戈，
和所有怒发冲冠的将士一样，
用干哑的嘶吼划破这茫茫长夜。

此恨难灭，我能做的就是坚守这身后的茫茫长夜，
也许终究是抱着理想去死亡，
也许千里荒芜，长啸苍凉，
和所有怒发冲冠的将士一样，
就算知道希望即将熄灭，
也要为这破碎的家园守夜。

无论这一切是否会改变，
我愿用热血最后一次呼唤这片疆土的儿郎，
报国正当时，莫等闲，
和所有怒发冲冠的将士一样，
好男儿理当战死沙场。

如果这一切都将不会改变，
我愿做这片疆土最后的守望人，
守护这破碎的河山向着不灭的太阳，
飞越虚无，飞向永恒的光茫，

而我，将会驾着白马的战车，
把暗红的枪尖擦亮，
和所有怒发冲冠的将士一样，
用燃烧着怒火的铁蹄，
把所有敌人的奢望，
一路踏灭。

‖说明‖

爱国主义主题的诗歌创作有着较高的难度，但爱国主义经典诗作的感染力也是非常激发人心的。正因如此，作者在这一篇根据岳飞满江红创作的爱国主义诗作中，大量采用了象征、比拟、暗喻等手法，避免去完成一篇呼应原作思想高度的高难度创作。

‖延展练习‖

1．【时光和弦】与原作相比，在情感的抒发上缺少哪些情绪?
2．试将【时光和弦】改写成一篇小短文。

002

振翅在晨夕分明的云底

【作品】《望岳·其一》

【作者】唐·杜甫

| 人物小传 |

杜甫（712 — 770），字子美，汉族，河南巩县（今河南巩义）人，自号少陵野老。由于唐朝宰相李林甫编导了一场“野无遗贤”的闹剧，杜甫应进士未中，此后客居京城十年，虽然期间得到唐玄宗赏识，但也才在四十四岁被授予一个河西尉的小官。此后仕途曲折，官至左拾遗。

杜甫在中国古典诗歌中的影响非常深远，是唐代伟大的现实主义诗人，其思想核心是儒家的仁政思想，他有“致君尧舜上，再使风俗淳”的宏伟抱负。杜甫虽然在世时名声并不显赫，但后来声名远播，对中国文学和日本文学都产生了深远的影响。他的诗被称为“诗史”，而他也被后人称为“诗圣”，与李白合称“李杜”。后世称其杜拾遗、杜工部，也称他杜少陵、杜草堂，共有约 1500 首诗歌被保留了下来，大多集于《杜工部集》。

‖内容‖

岱宗[1]夫[2]如何[3]？齐鲁[4]青未了[5]。
造化[6]钟[7]神秀[8]，阴阳[9]割[10]昏晓[11]。
荡胸[12]生层[13]云，决眦[14]入归鸟[15]。
会当[16]凌[17]绝顶，一览众山小[18]。

‖注释‖

1. 岱宗：泰山亦名岱山或岱岳，五岳之首，在今山东省泰安市城北。古代以泰山为五岳之首，诸山所宗，故又称“岱宗”。

2. 夫（fú）：语气词，强调语气，无实在意义。

3. 如何：怎么样。

4. 齐鲁：春秋齐鲁两国以泰山为界，齐国在泰山北，鲁国在泰山南，在今山东境内，后用齐鲁代指山东地区。

5. 青未了：指郁郁苍苍的山色无边无际、连绵不断。青：指苍翠、翠绿的美好山色。未了：不尽，不断。

6. 造化：大自然。

7. 钟：聚集。

8. 神秀：神奇秀美。

9. 阴阳：阴指山的北面，阳指山的南面。这里指泰山的南北。

10. 割：分割。

11. 昏晓：黄昏和早晨。极言泰山之高，山南山北因之判若清晓与黄昏，明暗迥然不同。

12. 荡胸：心胸摇荡。

13. 曾：同“层”，重叠。

14. 决眦（zì）：决，裂开；眦，眼角。眼角（几乎）要裂开，形容张大眼睛远望归鸟入山所致。

15. 入：收入眼底，即看到。

16. 会当：终当，定要。

17. 凌：登上。凌绝顶：即登上最高峰。

18. 小：形容词的意动用法，意思为“以……为小，认为……小”。

‖赏析‖

唐玄宗开元二十三年（735），杜甫到洛阳应进士，结果落第而归，于是开始了一种不羁的漫游生活。这首诗是望岳系列中的第一首，是杜甫北游齐、赵（今河南、河北、山东等地）的途中所作。

这首诗是杜甫青年时代的作品，首句“岱宗夫如何？”用了一个疑问句，但这里其实并没有半点疑问的意思，因为作者此刻已经看见了泰山，而是以发问的形式为下文的自问自答做铺垫，所以从此处可以看出：实际上作者看见泰山时就已经被眼前景所震撼，不由得发出惊叹和仰慕之情。

“齐鲁青未了”是作者经过一番体验，别开生面地用高度和远度两个标准作出的衡量，他没有说泰山有多高，而是说站在齐鲁的边境，依然看得见泰山上一片绿色。由此让我们以一种特别的角度体验到泰山不愧为五岳之首。此为远景。

接下来的“造化钟神秀，阴阳割昏晓”两句，先描写泰山的神奇秀丽，又以“阴阳”“昏晓”来形容其高大巍峨，这里的视觉同样特别，不直说泰山有多高，而是以光线因为山高而分出了昏晓来形容，指出了山南山北阳光隔断，形成不同景色，以此突出泰山的高大已经遮天蔽日。此为近景。

“荡胸生层云，决眦入归鸟”两句，描写山势直插云霄，令人心胸荡漾，极目远眺还能看见归鸟，此句同样有一层引申意义，泰山穿入云中，令眼前景象显得神奇缥缈，作者为之着迷，一直看到归鸟入巢，也就是黄昏之后依然依依不舍，可见眼前景观的吸引力让作者为之着迷，久望不够。“决眦”二字用得十分传神，睁大眼睛仿佛要决裂，表达出作者看不够的神情神态。此可以看做特写。

末尾“会当凌绝顶，一览众山小”，表现出泰山的雄姿傲视一切，也写作者被眼前所见，心中所感，激发出登临的想法，展现了作者敢于攀登绝顶、俯视一切的心胸气魄。此句气势恢宏，历来为人们传颂，其中的“会当”二字是唐人口语，表达“一定要”的坚定态度，让作者的决定和泰山的高度做了一次比肩，堪称绝妙。

全诗以“望”为题，但却没有一个望字，作者分别取远景、近景、特写描绘了泰山的不同风韵，给人以身临其境之感，末句含义深远，整体气势浑雄，以至于有人评说杜甫以后所出之作都难以企及。

‖时光和弦‖

《飞　　翔》

齐鲁边境的尽头，
我看见青草同顽强一起生长。
触摸云层的边缘，
我闻到阳光穿越过去，
划破天际的味道。
我赞叹造物主和它的神迹，
将所有的赞美雕刻在这方寸之地，
正如泥土的芬芳无论怎样擦拭，
也磨不平高耸入云的绝美雄奇。
澎湃的胸口不会因为攀越的艰辛，
放缓随风起伏的韵律。
矗立在这天地正气之间，
不满和失落渺小得如同砂砾，
是前行路上必备的崎岖。
如果眼睛看不见扶摇直上的飞鸟，
那是我已化作飞鸟，
振翅在晨夕分明的云底，
比邻绝顶，
一览无遗。

‖说明‖

这首作品并不如原作中用较多的笔墨描绘泰山，而是将写作重心放在诗眼“会当凌绝顶，一览众山小”上，从“我”的角度去读解内心意志在泰山之前的起伏与变化。由于作品表达的思想感情与原作是一致的，我们可以将其看做是一首意译诗。

‖延展练习‖

1. 【时光和弦】是一首原作的意译诗，试将包含有原句意思的诗句找出来，并指出是与哪一句对应。

2. 试写作一首描写景观的现代诗。

003

让我的尸体裹着军旗默示梦想

【作品】《从军行[1]》

【作者】唐・杨炯

| 人物小传 |

杨炯（650 —约 695），华州弘农华阴（今陕西华阴市）人，唐高宗显庆四年 (659)，杨炯 10 岁时应神童试登第，待制弘文馆。上元三年 (676)，再应制举试及第，补授校书郎，后迁太子詹事司直。685 年，受其堂弟杨神让跟随徐敬业反对武则天兵败影响被贬，此后历任梓州司法参军、盈川县令。705 年，中宗复位，追赠他为著作郎，后人称其为“杨盈川”。

杨炯是唐代著名文学家、诗人。与王勃、骆宾王、卢照邻齐名，世称“王杨卢骆”，为“初唐四杰”。他自幼聪明好学，博涉经传，尤爱学诗词。工于诗，擅五律，其边塞诗较著名。明人辑有《盈川集》。

‖内容‖

烽火[2]照西京[3]，心中自不平。
牙璋[4]辞凤阙[5]，铁骑绕龙城[6]。
雪暗凋[7]旗画，风多杂鼓声。
宁为百夫长[8]，胜作一书生。

‖注释‖

1. 从军行：为乐府《相和歌·平调曲》旧题，多写军旅生活。但杨炯的这首《从军行》实际上是一首五律，借用了曲题。

2. 烽火：古代传递战事告急的烟火。

3. 西京：长安。

4. 牙璋：古代发兵所用之兵符，分为两块，相合处呈牙状，朝廷和主帅各执其半。指代奉命出征的将帅。

5. 凤阙：西汉建章宫的圆阙上有金凤，故以凤阙指皇宫。

6. 龙城：又称龙庭，在今蒙古国鄂尔浑河的东岸，汉时为匈奴的要地，汉武帝派卫青出击匈奴，曾在此获胜。这里指塞外敌方据点。

7. 凋：凋零，此指色彩暗淡。

8. 百夫长：一百个士兵的头目，泛指下级军官。

‖赏析‖

唐高宗调露、永隆年间（679－681），吐蕃、突厥曾多次侵扰甘肃一带，唐礼部尚书裴行俭奉命出师征讨。唐汝询在《唐诗解》中认为：作者看到朝廷重武轻文，武官得宠，心中有所不平，故作诗以发泄牢骚。

前两句“烽火照西京，心中自不平。”写边防军情通过烽火传递到都城，爱国志士听到了消息，心中起伏澎湃，不能平静。这里“烽火”二字突出了军情的紧急，“自”字突出了爱国志士的主观爱国激情，并非被迫入伍。作者这种描写突出了国家兴亡匹夫有责的爱国精神，同时也交代了后文的背景。，

接下来两句“牙璋辞凤阙，铁骑绕龙城”，说的是军队接到来自朝廷的命令，快速向前线推进，并将敌军包围起来。这里的“牙璋”“凤阙”点明了军队出师的命令来自朝廷，是极为隆重和严肃的，“铁骑”“龙城”则表现出这场战斗的双方都堪称精锐，战斗是一场龙虎之斗。“绕”字则体现了唐军在军事上的包围形态。

五六两句开始写战斗，“雪暗凋旗画，风多杂鼓声”先是从眼中所见描写战斗前的残酷氛围，大雪纷飞，遮天蔽日，令战旗都显得色彩暗淡；接着从耳中所听描写进攻的紧张，狂风呼啸，寒气凛冽，夹杂着进军的鼓声。此二句不写战斗中的将士，别开生面从代表军队的“旗”和“鼓”入手，表现出的战斗的激烈并不弱于直面抒写，作者笔力之雄浑可见一斑。

末句“宁为百夫长，胜作一书生。”是抒发爱国志士的胸中所感，受到前文描述的前因后果和战斗影响，作者发出了召唤，好男儿当弃笔从戎，哪怕做一个普通战士也要强过当一个书生。这里表现出的壮志豪情是十分有感染力的，它脱离了前文叙事的范畴，笔锋另起一层转来描写内心活动，且起得恰到好处，既渲染了情绪，又点明了主旨，有力地突出了书生的爱国激情。

‖时光和弦‖

《就让我去战死沙场》

我曾如此渴望战死沙场，
这是诞生在龙和骏马心中的梦想，

松枝点燃的天火，
照亮西京每一个潮湿的地方。
征伐在呼唤咆哮里的戎装，
才是男儿逆风而上的梦想，
铁骑与马刺践踏着呐喊，
在战鼓和狂风中召唤英雄龙城擒王。
就让我去战死沙场，
用边塞的烽火点燃一个梦想，
如果手中的笔改变不了河山的晦暗，
就用敌人的头颅将天空照亮。
就让我去战死沙场，
让我的尸体裹着军旗默示梦想，
我的热血就该洒在疆场，
守护每一寸被称为国土的地方。

‖说明‖

这首作品从原作中提炼出梦想的意象，通过反复的吟唱和昭示，表达出书生也希望弃笔从戎以报国的思想。对比原作，这首作品缺乏对原文描写内容的还原和再现，中心思想表达的“梦想”也并没有用直接的语言加以描绘，有想象的空间，因此属于原作的一首唱和作品。

‖延展练习‖

1．【时光和弦】中反复强调的“梦想”，你认为是指什么梦想?

2．原作中说“心中自不平”，这其中包含的情绪，你认为在【时光和弦】中是通过哪些句子来抒发的?

004

以我忠诚，再换十年兴旺

【作品】《望阙台[1]》

【作者】明·戚继光

| 人物小传 |

戚继光（1528 — 1588），字元敬，号南塘，晚号孟诸，卒谥武毅，民族英雄，山东蓬莱人（一说祖籍安徽定远，生于山东济宁微山县鲁桥镇）。戚继光在东南沿海浙、闽、粤等地抗击倭寇十余年，历大小八十余战，基本扫平了多年为虐沿海的倭患；后又在北方抗击蒙古部族内犯十余年，保卫了北部疆域的安全。

戚继光是明朝抗倭名将，杰出的军事家、书法家、诗人、民族英雄。写下了十八卷本《纪效新书》和十四卷本《练兵实纪》等著名兵书，有《止止堂集》传世。

‖内容‖

十年[2]驱驰海色寒，
孤臣[3]于此望宸銮[4]。
繁霜尽是心头血，
洒向千峰秋叶丹。

‖注释‖

1. 望阙（quē）台：在今福建省福清县，是戚继光自己命名的一个高台。戚继光在《福建福清县海口城西瑞岩寺新洞记》中有记："一山抱高处，可以望神京，名之曰望阙台。"阙，宫闱，指皇帝居处。

2. 十年：戚继光从嘉靖三十四年调浙江任参将，再到嘉靖四十二年到福建抗倭，前后约十年左右时间。

3. 孤臣：远离京师，孤立无援的臣子，此处是自指。

4. 宸（chēn）銮（luán）：皇帝的住处。

‖赏析‖

明朝嘉靖中期，戚继光转战于闽、浙、粤之间，十年间抗击倭寇，打击海盗，屡立战功，基本扫清倭夷，先后调任浙江参军，福建总督，这首诗就是作者任福建总督时作。

此诗为登临之作，但并未和一般登临诗一样开篇写景，“十年驱驰海色寒，孤臣于此望宸銮。”总结了作者自己在过去十年间东征西伐的海上艰苦战斗生涯，目的是“驱驰”“海色寒”，这里的“寒”一是写景，二是写倭寇给沿海带来的伤害，而自己的目的就是驱赶倭寇。这十年间，作者远离朝堂，所以在孤身登上阙台之后远望“宸銮”。这句交代登临的句子在用词上经过了深入的推敲，首先是“孤”的应用有双层含义，一是指孤身一人登临，但作者在后面跟着一个“臣”字，就值得玩味了，所以第二层意思是指自己的抗倭大业没有得到朝廷的支持，皇帝及其身边的人在政策上没有给予足够的支持，自己作为臣子，可谓孤立无援。其次是“望”字的运用，这里的意思绝对不是一个朝臣对朝廷的愚忠，远在草堂之外还要向着京城叩拜，而是表达了作者内心的期望，在缺乏朝廷足够支援的情况下，他依然希望得到朝廷的支持，对未来继续抗倭寄予厚望。所以这里可以看出作者内心充满了矛盾：现实中战斗的艰苦卓绝和理想中对朝廷的期望。这背后隐藏的含义是：这是触动作者登临阙台的原始动机。

接下来“繁霜尽是心头血，洒向千峰秋叶丹。”两句即景抒情，作者登上阙台远望京师所在的方向，却看到映入眼帘的是秋天的繁霜、重重山峰和无数秋叶，火红的秋叶如同燃烧的生命一般，不由令作者激情满怀，而自己的一腔热血就如同每一片树叶上的繁霜一样，挥洒在这连绵不绝的山峰之中。这句表现的“心头血”正是作者十年来抗击倭寇任劳任怨，坚贞不渝的真实写照，尽管有来自朝廷的责难，有来自战争的残酷，但作者并未计较个人得失，放弃抗倭的大业，这种强烈的使命感和责任感才是作者的“心头血”，这一句的借景抒情为我们展示了作者非凡的英雄气概和宽广胸怀，所表现出来的爱国主义情怀有着感人至深的艺术魅力。

‖时光和弦‖

《问　剑》

秋来，秋往，
站在满是银杏的山顶北望，
裹着百里东海的风，
随着血红江山的哭啼荡漾。
苍穹，苍茫，

刀光剑影里掠过十年的风霜，
一生戎马尽付海疆，
誓言只有一句：
要倭寇就此灭亡！
杀！我满城的金甲儿郎，
誓言要用鲜血染红，
才对得起这千里河山的一树繁霜，
杀！我舍生忘死的戚家兵将，
烽火乱世里志当远长，
千秋功业愿君莫忘，
问剑问心问天下，
以何忠诚，
再换家国十年兴旺！

‖说明‖

这首作品是原作的一首唱和作品，与原作同一景致入题，到最后发出对国家忠诚的呐喊，期间两次提到将士的概念，这也是因为戚家军在历史久负盛名，作者有意用来作为作品报国思想的注脚。

‖延展练习‖

1．【时光和弦】的韵脚是什么？找出全文中押韵的字。

2．【时光和弦】中最后一句“再换家国十年兴旺”，其中作者为什么要用“十年”，它指原作中提到的什么事件？

005

整个秋天都在歌唱

【作品】《始闻秋风》

【作者】刘禹锡

| 人物小传 |

刘禹锡（772 — 842），字梦得，洛阳人，自称“家本荥上，籍占洛阳”，又自言系出中山。唐贞元九年（793），刘禹锡进士及第，初在淮南节度使杜佑幕府中任记室，为杜佑所器重，后从杜佑入朝，为监察御史。后历任朗州司马、连州刺史、夔州刺史、和州刺史、主客郎中、礼部郎中、苏州刺史等职。会昌时，加检校礼部尚书。卒年七十，赠户部尚书。

刘禹锡诗文俱佳，是唐朝著名的文学家、哲学家，有“诗豪”之称。他与柳宗元并称“刘柳”，与韦应物、白居易合称“三杰”，与白居易合称“刘白”，有《刘梦得文集》，存世有《刘宾客集》。

‖内容‖

昔看黄菊与君[1]别，今听玄蝉[2]我[3]却回。
五夜[4]飕飗[5]枕前觉，一年颜状[6]镜中来。
马思边草拳毛[7]动，雕眄[8]青云睡眼开。
天地肃清[9]堪四望，为君扶病[10]上高台。

‖注释‖

1. 君：这是秋风对作者的称谓。
2. 玄蝉：即秋蝉，黑褐色。
3. 我：秋风自称。一二句借用秋风的角度和口吻。
4. 五夜：一夜分为五个更次，此指五更。
5. 飕飗（sōuliú）：风声。
6. 颜状：容貌。
7. 拳毛：卷曲的毛发。

8. 雕眄（miàn）：猛禽斜着眼睛看。眄：斜视，一作“盼”。

9. 肃清：形容秋气清爽明净。

10. 扶病：带病。

‖赏析‖

公元836年秋天，作者刘禹锡患了足疾，此后一直疾病缠身。这首诗中有“为君扶病上高台”之句，写明诗人有病在身，与这个时期诗人的健康状况颇符，说明这首诗断不会早于公元836年。唐武宗会昌元年（841），刘禹锡作《秋声赋》，其中有：“嗟乎！骥伏枥而已老，鹰在鞲而有情。聆朔风而心动，盼天籁而神惊。力将痑兮足受绁，犹奋迅于秋声。”之句，与本作中所表现出来的积极进取的乐观精神较为相似，可见本作的写作年代与《秋声赋》应该比较接近。所以文学界一般认为这首诗应该作于公元836—842年之间。

首先需要说明的是这首诗虽然主要写秋，但却不是悲秋之作，所表现的乐观精神可以看出是一首高亢的颂秋壮志的作品。

一二句“昔看黄菊与君别，今听玄蝉我却回”，选用的角度非常精巧，诗人没有以主观角度去看待眼前的秋天，而是别出心裁地以秋的口吻创造了一个第一人称，来与诗人相会。她回忆了去年同样的时节，在黄菊下与诗人话别，而如今当秋蝉的鸣叫响起，她又回来与诗人共赴前约。这种拟人的手法生动地创造出一个有情有义有血肉的形象，可谓别开生面。同时，诗人在推敲用词方面也匠心独到，“黄菊”的盛开都是秋季，即秋去冬来之际；“玄蝉”则是在孟秋，即暑尽秋来之时，这一段时间正是秋风去而复返的时令。

三四句“五夜飕飗枕前觉，一年颜状镜中来”，诗人将描写的角度重新调回主观视觉，先说五更时分，听见熟悉的风声而惊醒，知道是秋风回来了，接着说虽然一年没见，但秋风依然苍劲有力，而自己苍老的容颜却在镜中显现。这里描绘的情节和上句其实是同一个情节，即和秋风见面的那一刻，这四句一起读我们能感觉诗人创造了一个相互对话的场景，仿佛老友一般见面嘘寒问暖，互说变化。

接下来四句的意思是连贯的，“马思边草拳毛动，雕眄青云睡眼开”诗人笔锋逆转，不再描写和秋风之间的叨叨絮絮，而是以“马思边草”“雕眄青云”为比兴，暗示自己的内心也随风而动，不由得四下探望，想要迎风登上高台看秋风。这里表现出诗人对秋的无比热爱，最后两句“天地肃清堪四望，为君扶病上高台。”生动地写出诗人此时此刻感受到秋风来时精神振作、豪情不减，不顾疾病缠身的兴奋状态，其中的“为君”“扶病”四字，不仅交代了前句中“颜状”的原因，更反映出诗人尽管疾病缠身但仍旧自强不息的坚定意志。

《我已不能舞蹈》

裹着秋天金黄色的风，
围着篝火舞蹈，
律动的步伐踏着一如既往的轻快，
让一朵黄菊想起去年夏末的期待。
然后，月亮从秋蝉的哀鸣里升起，
歌唱丰收、果实和衰败，
还有我，
镜光中落寞的苍白。

我曾经与你相别了，
一如我也曾经期待你回来，
我的脚印还在玉米地里跳舞，
骑着白马追逐肥美的水草，
安静地对着天空表白。

那脚印就这样整齐地摆放着，
直到篝火的灰烬熄灭，
余烟缭绕，陪着青云从梦中醒来，
天空飞过的太阳车与大雁，
呼啸着掠过青云朦胧的双眼，
在满是水分的晨曦里，
寻找可以跳舞的地平线。

可我已经不能舞蹈了，
一如我已经不再感到伤怀，
整个秋天都在歌唱，
那熟悉的律动一如既往的轻快，
沿着寒冷的溪流，
在落英芬芳的竹林，
将还未成熟的自由采摘。

我再也无法舞蹈了，

伤痛在这个秋天如期而来，
我用了整整一年期待秋风的回归，
却只用了一天，
将伤心轻轻地掩埋。

‖说明‖

原作作者在完成作品的时候，其已经得了足疾，行走不便，作者根据这个史实抽取出了舞蹈这个意象，并围绕这个意象展开对原作的唱和。

‖延展练习‖

1.【时光和弦】抒发的情绪、写作手法和原作都是一致的，采用了欲抑先扬的表现手法，请对比说明两首作品“抑”和“扬”的主要内容。

2.【时光和弦】提取了“舞蹈”的意象在全作中贯穿，作者为什么要提取这个意象，与原作有何关联?

006

江湖夜雨十年灯

【作品】《天末[1]怀李白》

【作者】唐·杜甫

| 人物小传 |

杜甫（712 — 770），字子美，汉族，河南巩县（今河南巩义）人，自号少陵野老。由于唐朝宰相李林甫编导了一场“野无遗贤”的闹剧，杜甫应进士未中，此后客居京城十年，虽然期间得到唐玄宗赏识，但也才在四十四岁被授予一个河西尉的小官。此后仕途曲折，官至左拾遗。

杜甫在中国古典诗歌中的影响非常深远，是唐代伟大的现实主义诗人，其思想核心是儒家的仁政思想，他有“致君尧舜上，再使风俗淳”的宏伟抱负。杜甫虽然在世时名声并不显赫，但后来声名远播，对中国文学和日本文学都产生了深远的影响。他的诗被称为“诗史”，而他也被后人称为“诗圣”，与李白合称“李杜”。后世称其杜拾遗、杜工部，也称他杜少陵、杜草堂，共有约 1500 首诗歌被保留了下来，大多集于《杜工部集》。

‖内容‖

凉风起天末，君子[2]意如何？
鸿雁[3]几时到？江湖[4]秋水多。
文章憎命达[5]，魑魅喜人过[6]。
应共冤魂语[7]，投诗赠汨罗[8]。

‖注释‖

1. 天末：天的尽头。秦州地处边塞，如在天之尽头。当时李白因永王李璘案被流放夜郎，途中遇赦还至湖南。

2. 君子：指李白。

3. 鸿雁：喻指书信。古代有鸿雁传书的说法。

4. 江湖：喻指充满风波的路途。这是为李白的行程担忧之语。

5. 命：命运，时运。文章：这里泛指文学。这句意思是：有文才的人总是薄命遭忌。

6. 魑（chī）魅：鬼怪，这里指坏人或邪恶势力。过：过错，过失。这句指魑魅喜欢幸灾乐祸，说明李白被贬是被诬陷的。

7. 冤魂：指屈原。屈原被放逐，投汨罗江而死。杜甫深知李白从永王李璘实出于爱国，却蒙冤放逐，正和屈原一样。所以说，应和屈原一起诉说冤屈。

8. 汨（mì）罗：汨罗江，在湖南湘阴县东北。

‖赏析‖

时李白从永王李璘蒙冤放逐，作者杜甫与李白是好友，因此十分牵挂，于唐肃宗乾元二年（759）秋写下这首怀念之作，这首作品和《梦李白二首》属于同一时期。

首句以秋风起兴，看似悲秋之作，实则不然，杜甫用秋之意在于喻人，“凉风起天末，君子意如何？”这句看似说天气问候好的朴直之句，因为秋风而显得分外凄婉，对好友遭遇的痛心，以及内心的纠结，在不经意间反而显得是分外关心。在文坛上，杜甫是十分仰慕李白的，两人可谓惺惺相惜，所以作为好友之间一句看似平淡的问候，其实饱含了十足的内心戏。

这些内心的关切，在作者得到李白遇赦的消息之后并没有减弱，而是更加深刻地在意其“鸿雁几时到？江湖秋水多”，显然，杜甫的关切不是表面上的，他在乎友人视同身受，关心大赦的消息什么时候能传达下来，更担心李白回程之路的风波险阻。其对友谊的重视之深，可谓切切。

接下来两句“文章憎命达，魑魅喜人过”则是将这种关切之情升华到个体之中，既对李白的才华表示出高度的认同，也对其遭遇不幸表示愤慨。文章出众的人总是命运多舛，这样的描述在悲愤的同时也表达出自己的无奈，此二句富有哲理，意味深长，道出了无数历史事实的高度一致性，显然在杜甫看来，李白的才华是可以与古人比肩的，历史证明在这一点上杜甫可谓高瞻远瞩。

最后两句是作者的想象，说李白会向屈原的冤魂倾诉，把诗作投进汨罗江。在杜甫看来李白和屈原的蒙冤有着相似之处，两人的才华也都是千古难寻，所以将其并列，但也只有杜甫这样的好友才能揣摩出李白的内心活动，道出这符合李白内心的妙句。

这首作品用情真挚，感人至深，特别对感情的描写十分细腻，读来千回百转，至真至切。

‖时光和弦‖

《江　　湖》

那一天我们在江湖相遇。

你从该来的地方来，
我到该去的地方去，
你唱着青鸟的歌，驻剑而立，
我打马天涯，默默赞许。
翠竹林的山花都开了，
殷红又铺了一地，
你身后的小径，乱芳迷离。
我知道你从过去来，
你看着我骑着马，
到未来去，
我们在某个时间侧身，转抑，
安然的享受片刻的临近。

‖说明‖

这首作品以原作中的“江湖”二字起兴，表现的是两个人的偶遇场景，读起来颇有武侠风和画面感，这与原作中杜甫怀念李白恰好一文一武，因此是一首典型的唱和作品。

‖延展练习‖

1．【时光和弦】以原作中“江湖”二字作为题眼，描写了一个偶遇的场景，与原作描绘好友之情不同，这是两个陌生人的交汇，那么试着想象并描绘他们的内心活动。

2．尝试读解【时光和弦】最后一句的含义。

第七章

边塞

征战

001

塞外的白云大漠的烟

【作品】《凉州词[1]》

【作者】唐·王之涣

| 人物小传 |

王之涣（688 — 742），字季凌，汉族，绛州（今山西新绛县）人。早年由并州迁居至绛州，曾任冀州衡水主簿。衡水县令李涤将三女儿许配给他。因被人诬谤，乃拂衣去官。后复出担任文安县尉，在任内期间去世。

王之涣“慷慨有大略，倜傥有异才”，早年精于文章，并善于写诗，多引为歌词，常与王昌龄、高适等诗人互相唱和，名动一时。他尤善五言诗，以描写边塞风光为胜，是盛唐时期著名的浪漫主义诗人。但他的作品现存仅有六首绝句，其中三首边塞诗。

‖内容‖

黄河[2]远上[3]白云间，
一片孤城[4]万仞[5]山。
羌笛[6]何须[7]怨杨柳，
春风不度[8]玉门关[9]。

‖注释‖

1. 凉州词：又名《出塞》。为唐朝当时流行的一首曲调《凉州词》配的唱词。郭茂倩《乐府诗集》卷七十九《近代曲词》载有《凉州歌》，并引《乐苑》云：“《凉州》，宫调曲，开元中西凉府都督郭知运进。”凉州在今甘肃省武威市凉州区。

2. 黄河：一作“黄沙”

3. 远上：远远望去。这里指远望黄河的源头。“远”一作“直”。

4. 孤城：指孤零零的戍边的城堡。

5. 万仞：仞，古代的长度单位，一仞相当于七尺或八尺（约等于213 cm或264 cm）。万为虚指。

6. 羌笛：羌族的一种乐器，属横吹式管乐。

7. 何须：何必。

8. 不度：没有到过。

9. 玉门关：汉武帝置，因西域输入玉石取道于此而得名。故址在今甘肃敦煌西北小方盘城，是古代通往西域的要道。六朝时关址东移至今安西双塔堡附近。

‖赏析‖

这是一首边塞诗，前两句“黄河远上白云间，一片孤城万仞山。”描绘了一幅壮观绚丽的西北风景。其中“黄河”二字历来富有争议，有版本用作“黄沙”，现在一些观点认为：作者描写的地方距离黄河非常远，宋以后的选本都做黄沙，因此原作为“黄沙”应该是真相，但现代选本的一些观点认为：“黄河”二字也许是谬误，但在意境上较之“黄沙”来得更加波澜壮阔，所以不如将错就错，这是读解这一句时需要有所注意的。以“黄河”来看，作品抓住了自下游向上游、由近及远、苍穹之下皆是震撼的特殊感受，描绘出黄河一片汹涌澎湃的壮丽美景。“一片孤城万仞山”是作者在逆流而上的视角下远望所看见的景致，孤城是这首作品中的一个主要意向，后两句含义的承接也是由此延展来的。其中的万仞山和前句的黄河都是围绕“孤城”的背景，在远山近水的反衬下，这座“孤城”显得处境孤危。

后面两句“羌笛何须怨杨柳，春风不度玉门关。”是在孤城的意境下对整幅画卷的深入描写，因为“羌笛”和“玉门关”的引入，我们这时能够明白“孤城”其实是一座“戍边之城”，声音的出现让这个画面出现了人气，当然，这些人气所指的是守卫边塞的将士，一股悲凉的气息瞬间开始蔓延，后面顺势而出的“杨柳”，自古以来都是离愁的代言物，是对“羌笛”带来的悲沧之气的肯定和加深，也在最大程度上升华了这首诗的意境。最后作者的结语是精雕细琢的千古名句，玉门关作为边塞上的一个重要战略要地，当时正值对弈的非常时期，边塞将士为了国家安定放弃个人家庭的团圆，饱受着思乡之情的煎熬。“玉门关”在汉以后就逐渐与征人离愁有着密不可分的关系，这里的出现，在含义上不仅指明了作品描写的地点，也将几千年的离人征愁代入进来。玉门关外，春风不度，羌笛悠悠，杨柳垂暮，边地的苦寒中蔓延着乡思离愁，苍凉中又透射出为国戍边的悲壮。

‖时光和弦‖

《春 风 忘》

芳草依依的四月天，
这个季节江南雨绵绵，

春风吹过河边柳，
漫起的飞絮，
在画舫的丝竹声里往返流连。

它似乎遗忘了，
塞外的白云大漠的烟，
万仞的孤山连着天，
还有那躲在声声羌笛里，
淡淡的相思淡淡的怨。

它一定遗忘了，
烽火台山上家人的思念，
还有玉门关外想家的少年，
流连在江南的迷离里，
忘却了北上的时间，
将春风，
遗失在流淌千年的黄河边。

‖说明‖

这是一篇原作的唱和诗，作者将“春风不度玉门关”作为题眼，假设了春风未度玉门关的原因，并以此抒发了边防战士不被关心，不被重视的悲哀之情。与原作同样属于感慨边疆的诗作，但切入点不同。

‖延展练习‖

1. 【时光和弦】中用“遗忘”作为贯穿，请问是谁“遗忘”了什么？
2. 自古有许多诗人写过凉州词，请以“春风”为主题试做一首。

002

春天依然还在

【作品】《春望》

【作者】唐·杜甫

| 人物小传 |

杜甫（712 — 770），字子美，汉族，河南巩县（今河南巩义）人，自号少陵野老。由于唐代宰相李林甫编导了一场“野无遗贤”的闹剧，杜甫应进士未中，此后客居京城十年，虽然期间得到玄宗赏识，但也才在四十四岁被授予一个河西尉的小官。此后仕途曲折，官至左拾遗。

杜甫在中国古典诗歌中的影响非常深远，是唐代伟大的现实主义诗人，其思想核心是儒家的仁政思想，他有“致君尧舜上，再使风俗淳”的宏伟抱负。杜甫虽然在世时名声并不显赫，但后来声名远播，对中国文学和日本文学都产生了深远的影响。他的诗被称为“诗史”，而他也被后人称为“诗圣”，与李白合称“李杜”。后世称其杜拾遗、杜工部，也称他杜少陵、杜草堂，共有约1500首诗歌被保留了下来，大多集于《杜工部集》。

‖内容‖

国破[1]山河在，城春草木深[2]。
感时[3]花溅泪，恨别[4]鸟惊心。
烽火[5]连三月，家书抵[6]万金。
白头搔[7]更短，浑欲不胜[8]簪[9]。

‖注释‖

1. 国破：都城陷落。国：指长安；破：陷落。
2. 草木深：草木因无人修缮而生长茂盛，这里指人烟稀少。
3. 感时：为国家的时局而感伤。
4. 恨别：怅恨离别。
5. 烽火：古时边防报警的烟火，这里指安史之乱的战火。

6. 抵：值，堪比。
7. 白头：这里指白头发。搔：用手指轻轻的抓。
8. 浑：简直。欲：想，要，就要。胜：受不住，不能。
9. 簪：一种束发的首饰。古代男子蓄长发后用簪子横插住，以免散开。

‖赏析‖

唐天宝十四年（755）十一月，安禄山起兵叛唐。次年六月，叛军攻陷潼关，唐玄宗逃往四川。七月，太子李亨即位于灵武（今属宁夏），世称肃宗，改元至德。杜甫闻讯后只身一人投奔肃宗朝廷，于途中被叛军俘解送至长安，因官职低微未被囚禁。至德二年春，身处长安叛军沦陷区的杜甫目睹了长安城的萧条衰败，心有所感，写下了这首千古名作。

作品一开头就直抒所见，“国破山河在，城春草木深”点明了这是沦陷区的春天，可惜春天虽然来了，国都却陷落了，城池破败不堪，城市人烟稀少，山河依旧，繁华不再，一个“破”字道尽战争给百姓带来的毁坏，一个“深”字又渲尽满目凄然。这样的春天显然和作者认知中的春天是不同的，破败、荒芜、杂乱成为眼中的主旋律，所以在接下来的两句中作者寄言于物去表现这种令人心怀感伤的景象。

“感时花溅泪，恨别鸟惊心。”转化角度细写了景和物对这一派衰败之像的感触，花朵因战争的破坏而流泪，小鸟因冷清不得不远离而叫声凄惨。也有人对这两句有不同的读解，认为是说作者感于战败的时局，看到花开而泪落潸然；内心惆怅怨恨，听到鸟鸣而心惊胆战。但显然第一种读解的角度更加巧妙，呈现的意境也更富感染力。作者描写美好的意向，通过赋予其哀情的艺术手法，将内心的苦痛表现得更加浓郁。

接下来的“烽火连三月，家书抵万金。”作者再推一层意境，在写完景色之后笔锋一转，将现实的境况交代出来，春天已来，但战争还没有结束，唐肃宗刚刚继位，官军也没有取得绝对优势，而此刻诗人流落被俘身陷长安，糟糕的境遇之下根本不知道家人的近况，这种饱含焦虑、心酸、期盼的心情，诗人用了一个“抵”字就表达得十分到位，这种际遇之下一封家书的重要性不言而喻。

收句作者将内心的焦虑更加直白地描写出来，深陷长安不得归，家中境况不得知，流离失所多奔波，国破城败更凄然，这些让诗人的头发因而变白，更加稀疏短浅，搔首徘徊，意志踌躇，就连簪子都插不住了。“白头搔更短，浑欲不胜簪。”仅仅以头发一个意象就表现出作者内心的愁苦和沉痛。

纵观全诗，作者的描写有全局有细节，有总括有延展，情景交融感人至深，语言含蓄凝练，虽未用一个“望”字，但望的意境和艺术深度皆到极致。

‖时光和弦‖

《春天还在》

国破，山河还在。
城碎，残墙还在。
墙塌，路人还在。
人亡，草木还在。
麻木时，眼泪还在。
泪别时，怀念还在。
念尽时，春花还在。
花落时，余香还在。
远方有信时，亲情还在。
烽火连城时，思念还在。
独自守望时，希望还在。
希望渺茫时，感谢这个世界，春天依然还在。

‖说明‖

这首小诗运用了重叠和反复的手法，内容不多却寓意丰富，前文的所有铺垫均是为了最后一句的爆发，将春天带来的希望表现得十分到位。这首作品的前半部分没有去还原原作的场景和意象，但又无处不充满和原作一样的思想和情绪，却在最后一句画风一转，抒发了与原作截然不同的思想感情。

‖延展练习‖

1. 【时光和弦】最后一句中表达了一种绝望中仍有希望的思想情感，请问在原作中哪一句表达了类似的情绪？

2. 【时光和弦】中没有提及的原作意象有哪些？

003

醉卧沙场人未回

【作品】《凉州词[1]二首·其一》

【作者】唐·王翰

| 人物小传 |

王翰(生卒年不详),字子羽,并州晋阳(今山西太原市)人,景云元年(710)或次年登进士第,历任昌乐县尉、秘书正字、擢通事舍人、驾部员外、汝州长史、仙州别驾。后贬为道州司马,未至而卒于途中。

王翰是著名的唐代边塞诗人,与王昌龄同代,与张九龄、贺知章等都有交往,在当时名气颇大,但可惜其集不传。其诗载于《全唐诗》,仅有14首。

‖内容‖

葡萄美酒夜光杯[2],
欲[3]饮琵琶[4]马上催[5]。
醉卧沙场[6]君[7]莫笑,
古来征战几人回?

‖注释‖

1. 凉州词:又名《出塞》。为唐朝当时流行的一首曲调《凉州词》配的唱词。郭茂倩《乐府诗集》卷七十九《近代曲词》载有《凉州歌》,并引《乐苑》云:“《凉州》,宫调曲,开元中西凉府都督郭知运进。”凉州在今甘肃省武威市凉州区。

2. 夜光杯:据《海内十洲记》记载,夜光杯为周穆王时西胡所献之宝。相传用白玉精制成,因“光明夜照”得名。这里指精美的酒杯。

3. 欲:将要。

4. 琵琶:弹拨乐器,这里指作战时用来发出号角声音的乐器。

5. 催:催促。

6. 沙场：古时指战场。

7. 君：你，此为对对方的尊称。

‖赏析‖

王翰生活在唐朝步入盛唐的时期，凉州词在当时是十分流行的曲调，有许多著名诗人曾为其填词。这首诗的写作时间和背景已不可考，从内容上看是一首反战的边塞诗。

前两句“葡萄美酒夜光杯，欲饮琵琶马上催。”交代的事件，是讲述军营之中将士战罢归来，饮酒庆祝，正当“欲”饮“葡萄美酒”之时，却传来出征的讯号，将士们不得不再次上马整装待发。这里所用的“欲”和“催”字，构成了一堆急促的交互关系，一边是酒到嘴边还没来得及享用，一边是号角深深催促出发，表现出前锋战事的急迫性和边防将士难以安顿修养，读起来有着很强的感染力。

后两句“醉卧沙场君莫笑，古来征战几人回？”借用了出征将士的口吻，抒发了献身沙场的壮志豪情和对生命不保的无奈叹息。征人们仓促之中饮下美酒，豪气顿生，在出征前一刻释放了心中的豪气，尽情尽致，不由将生死置之度外，即便回不来也要“醉卧沙场”，其豪迈爽朗视死如归的勇气刻画得入木三分，最后“古来征战几人回”所用的反问句式，则加深了对这种豪迈之气的肯定，将士们不是不知道战争的残酷可怕，可毫无畏惧，勇气可嘉。

纵观全诗，作者不仅写出了战争的残酷，也写出了将士的豪勇，情调上充满了乐观且壮烈的气息。许多人认为诗的基调是一首雄壮高昂赞美将士的作品。但在作者的读解中这仅仅是其中的一部分，全诗的诗眼其实是在“君莫笑”这三个字上，所反映的情绪恰恰是豪迈背后的无奈与悲壮，明知可能无法回来，也要先畅饮美酒，边疆将士凄凉黯淡的情绪以及对留守战友的决绝之情皆在其中，作者由此隐藏得极深的对战争的反感与厌恶，也通过这三个字得到释放，所以这首诗同时也是一首十分含蓄的反战诗，也正因如此，这首作品在思想深度上和艺术造诣上都是唐代边塞诗中的压轴之作。

‖时光和弦‖

《杯》

盛酒的杯，
装满离人的泪，
在这萧飒的军帐下，

莫要忘记，
故乡思念的深闺。

战场的悲，
是人生一场醉，
在皇图霸业谈笑间，
一起品尝，
葡萄美酒的滋味。

将士的卑，
是江湖岁月催，
看尘世如潮人如水，
铁血江山，
有多少白骨累累。

刻下的碑，
是风云出我辈，
在琵琶弦的清秋里，
为君写下，
醉卧沙场人未回。

‖说明‖

这首作品从原作中抽取了一个“bei”的意向，进而针对战争中不同的阶层展开了描写，从结构上看，这种描写方式层次清晰，丰富了原作描绘场景中的细节，可以被看做是一首意译诗。

‖延展练习‖

1. 【时光和弦】从原作“葡萄美酒夜光杯”中选取了“杯”的意象，进而延伸出“杯”“悲”“卑”“碑”四个不同的概念。请阐述这四个不同的概念代表的不同含义。
2. 【时光和弦】中化用了电影《笑傲江湖》中的一首诗，请写出原句。

004

塞外风流问金刀

【作品】《出塞二首·其二》

【作者】唐·王昌龄

| 人物小传 |

王昌龄（698 — 756），字少伯，汉族，河东晋阳（今山西太原）人，又一说京兆长安人（今西安）人。王昌龄早年贫苦，主要靠农耕维持生活，30 岁左右进士及第。初任秘书省校书郎，后又担任博学宏辞、汜水尉，因事被贬岭南。开元末返回长安，改授江宁丞。被谤谪龙标尉。安史之乱中被刺史闾丘晓所杀。

王昌龄是盛唐时期著名的边塞诗人，被誉为“七绝圣手”。与李白、高适、王维、王之涣、岑参等人交往深厚。其诗以七绝见长，有“诗家夫子王江宁”之誉。王昌龄诗绪密而思清，与高适、王之涣齐名，时谓王江宁。有文集六卷，今编诗四卷。

‖内容‖

骝马[1]新跨白玉鞍[2]，
战罢沙场[3]月色寒。
城头铁鼓[4]声犹震[5]，
匣里金刀血未干。

‖注释‖

1. 骝马：黑鬣黑尾巴的红马，这里指骏马。
2. 白玉鞍：指精美的马鞍。
3. 沙场：古代指战场。
4. 铁鼓：战鼓。
5. 震：因响声巨大而感到颤动。

‖赏析‖

这首作品在《全唐诗》中，同时也被录入李白诗作下，作《从军行》或《军行》。但《李白全集校注汇释集评》没有此作品。故历来对此诗真实作者存有不同意见。

《出塞二首》是王昌龄早年赴西域时所作，《出塞》是乐府旧题，又名《凉州词》。王昌龄所处的时代，正值唐朝走向最为鼎盛的时期，唐朝在对外战争中屡屡获胜，民族自信心空前高涨，因此在当时许多边塞诗人的作品中，多表现出乐观向上、慷慨激昂的精神。这首《出塞》正是反映战争在常常能够克敌制胜的情况下，边塞将士坚定自信的精神。

这首诗描写了一场战斗刚刚结束的情景，得胜而归的军队刚刚“战罢沙场”，战争的紧张和残酷的氛围还没消失，令天上的“月色寒”，骏马刚刚装上精致的新马鞍，可见这只部队威风凛凛、气势非凡。城头上代表军令的鼓声还在战场上回荡，刀鞘里的“金刀”血迹未干。作者这样的写法接近于白描，并未过多的加入个人的情绪和观点，但这并未影响这首作品传达出胜利的喜悦之情，最好的骝马，精美的白玉鞍，还有锋利的“金”刀，无不传达出这是一只装备精良、凯旋而归的部队，而勇士们扫荡敌寇的速度之快，仿佛震耳欲聋的鼓声还没消失，敌寇染在刀上的鲜血未干就已得胜班师，大唐精锐的勇武不凡通过短短二十八个字表现得极为生动。而文字本身传达出来的自信、进取的尚武精神，在诗人刚健有力的风格渲染下，直触将士的内心——激昂振奋、热血依旧。

‖时光和弦‖

《归　　征》

为将军牵来最好的宝马，
再配上崭新的马鞍。
为战士配上最好的宝刀，
再放进铮亮的刀鞘。
收缴所有的战利品，
吹响庆祝胜利的号角，
月光照耀着战士脸，
喜悦洋溢在凯旋的战道。
城头的战鼓声未消，
犹如那迎接将士的礼炮，
残留在金刀上的鲜血，
是告慰在天之灵的哀悼。

‖说明‖

这首作品从内容上看无意是原作的一首意译作品，没有过多的加入作者自己的思想感情，比较纯粹的还原原作中表现的内容和场景。

‖延展练习‖

试将【时光和弦】的内容改写成一篇短文。

005

丹青尽染，难为一世功名

【作品】《效古诗》

【作者】南朝·范云

| 人物小传 |

范云（451 — 503），字彦龙，南乡舞阴（今河南泌阳县西北）人，范缜从弟，子范孝才。范云六岁时随其姑父袁叔明读《诗》，“日诵九纸”。八岁时遇到宋豫州刺史殷琰，殷琰同他攀谈，范云从容对答，即席作诗，挥笔而成。早年在南齐竟陵王萧子良幕中，为“竟陵八友”之一。齐武帝永明十年（492），和萧琛出使北魏，受到魏孝文帝的称赏。从北魏还朝，迁零陵内史，又为始兴内史、广州刺史，皆有政绩。萧衍代齐建梁，任为侍中，迁散骑常侍、吏部尚书，再迁尚书右仆射，霄城县侯。居官能直言劝谏，天监二年病故，享年五十三岁。范云病故后，梁武帝闻讯痛哭流涕，即日御驾临殡。死后追赠侍中、卫将军，赐谥曰文。

范云是南朝著名文学家，当时的文坛领袖之一，与沈约、王融、谢朓、何逊等素有交往。《诗品》将其列之于中品，评为“清便宛转，如流风回雪”，其风格明净，已经可以看到唐音的前奏。《梁书·范云传》记其有集三十卷，至今文章已亡佚几尽，诗尚存三十余篇，收入今人逯钦立所辑《先秦汉魏晋南北朝诗》中。

‖内容‖

寒沙四面平，飞雪千里惊。
风断阴山[1]树，雾失交河城[2]。
朝驱左贤阵[3]，夜薄休屠营[4]。
昔事前军幕，今逐嫖姚兵[5]。
失道刑既重[6]，迟留法未轻[7]。
所赖[8]今天子，汉道日休明。

‖注释‖

1. 阴山：内蒙古自治区中部山脉，东西走向，往东遥接内兴安岭，绵延1200余千米。包括狼山、乌拉山、色尔腾山、大青山等。

2. 交河城：古地名。在今新疆吐鲁番西北约5 km处。曾为车师前王国都城、麴氏高昌交河郡、唐交河县，后曾属吐蕃、回鹘。元末明初突然消失，具体原因尚有争议。

3. 朝驱左贤阵：指飞将军李广亲自指挥的一场激战。据《史记》记载，西汉元狩二年（公元前121年），李广率四千骑出右北平，迎战匈奴左贤王十倍于己的骑兵。李广布圆阵拒敌，“胡急击之，矢下如雨”“吏士皆失色”。而李广“意气自如”，执大黄弩射杀匈奴偏将数人，终于坚持到援军到来，突围而出。

4. 夜薄休屠营：指骠骑将军霍去病的一次胜利远征。元朔二年（公元前127年），霍去病率万骑出陇西，“过焉支山千有余里”，杀折兰王、斩卢胡王、执浑邪王子及相国、都尉，“首虏八千余级，收休屠祭天金人”，一时名震遐迩。薄：迫近。

5. 嫖姚兵：元朔六年（前123年），霍去病尚不满十八岁，跟随大将军卫青出击匈奴，时领骠姚校尉衔。这里作者将自己比喻为霍去病的部属。

6. 失道刑既重：指李广晚年的不幸遭遇。李广率师出征，因无人作向导而迷路，大将军卫青追究罪责，李广含愤自杀。

7. 迟留法未轻：指博望侯张骞，随李广出塞，迟留后期，按法“当斩”，只是由于出钱，“赎为庶人”。

8. 赖：依赖、依靠。

‖赏析‖

南朝长久偏安于江左的青山绿水之间，相对的安定让南朝稍有壮心的文人士子，热衷于追逐汉人出塞千里、勒铭燕然的军戎生涯和辉煌业绩。因此，仿“古诗”、叙汉事，借以抒写自己的怀抱和感慨，在安宁中追逐前人的飞骑击虏、角声马鸣，成为他们诗作中的一大特点。

范云的这首作品在大多数今天的诗集选本中都未见，但作品本身的艺术魅力却有独到之处。作者颠倒六百年时空，将自身置于汉朝边塞征战的戎马倥偬之中，读起来颇有当代穿越小说的味道。

开篇四句重在写景，作者以粗犷的笔触描绘了边塞苍凉荒芜的景象。浩瀚的黄沙在翻腾如浪中逐渐填平了四野起伏的丘谷，荒寂无垠的瀚漠，刹时被纷扬的飞雪所笼罩。一望无边的塞外，此刻只有无情的黄沙和凛冽的风雪肆虐，在大自然的残酷暴虐中，作者仿佛化身为一名汉军的士兵，向着阴山和交河进击。作者颠倒时空的能力可谓非凡，不仅把自己联想成汉军的一员，更以“风断”“雾失”两词，使阴山和交河城，这两在空间上相距不止千里的地方近若比邻。巨大的时间转换其意一是点题，二是营造出与其他同类作品不同的观察角度，在意境上博得头彩，而巨大的空间转换，不仅表现了塞外的高远辽阔，更为这一背景上的士卒征战生涯，增添了艰苦卓绝的悲凉之感。

后面四句作者大胆展开，描绘了自己穿越之后所见所闻，飞将军李广率四千骠骑打败十倍于己的左贤王，骠骑将军霍去病深入塞外千里斩敌首八千级。这两次战役，在时间上相隔五、六年，作者却以“朝驱”“夜薄”使之紧相承按，将出征健儿勇挫强敌的豪迈之气，表现得痛快淋漓。后面“昔事前军幕，今逐嫖姚兵”二句，又回射上文，说作者先后追随前将军李广、嫖姚校尉霍去病屡建奇功，这一切仿佛亲身经历，紧张而刺激，语气沉着，字里行间洋溢着一种身为名将部属的深切自豪感。当然，这样的经历也是基于作者的时空穿越，把臆想写得如此真切深沉、令人神往。

最后四句作者笔锋逆转，改写建功立业的李广和博望侯张骞因触犯军法而受到处罚，这给令人神往的戎马生涯添上了一笔悲壮的色彩，在作者看来，人生的巅峰和低谷是并存的，只有这样的人生才显得可歌可泣、荡气回肠，这让他不由心生向往，迫切地希望自己无论是辉煌还是悲壮，都能够在丹青史册上留下浓墨重彩的一笔。只因作者生活的齐梁时代，北方异族铁骑纵横，朝廷积弱偏安一隅，作者不能亲自建功立业，只能将这样的心思埋在心里，所以最后诗人不由发出“所赖今天子，汉道日休明”的感叹，对汉武帝的果断英明发出由衷的赞美，这其中，同样也包含了无限感慨和不甘。

‖时光和弦‖

《汉　想》

夜里，坐在冷寂的山顶，
薄雾笼罩的山谷，
弥漫无数萧瑟的身影。
战鼓敲响了，
迎面一位彪悍的将军，
手持着长弓，
仿佛能穿越时空，
一箭射入先秦。
这是塞外的古战场，
广阔的平原只听见寒沙低吟，
我愿跨上浴血的战马，

融进六百年前大汉风云。
随飞将军四千死士，
狙击十倍骑兵，
与霍校尉万骑同行，
斩敌首八千级。
阴山下千里的风雪，
浇不灭我的热血豪情，
哪怕军法如山，
千古名将多不幸，
哪怕后书史册，
只留下帝王功名，
我也愿，
征战在驱逐北方铁骑的烽烟里，
以赫赫战功，
尽染千年丹青。

‖说明‖

这首作品充分的尊重原作的结构和思想感情，以现代诗手法还原了原作描绘的内容，是一首意译诗。

‖延展练习‖

1．【时光和弦】中最后一句的“丹青”本意和寓意是什么？试列举含有“丹青”的诗句。
2．原作中用典丰富，试将【时光和弦】中的描述与原作的句子对应。

第八章

抒怀感慨

001

伤心却似横塘堤，挡不住连绵岁月一场雨

【作品】《惜春词》

【作者】唐·温庭筠

| 人物小传 |

温庭筠（约 812 —约 866），本名岐，艺名庭筠，字飞卿，汉族，太原祁（今山西省祁县）人，晚唐时期诗人、词人。唐初宰相温彦博之后裔。温庭筠出生于没落贵族家庭，将近 40 岁时才开始应举，屡考不中，一生很不得志，行为放浪。他曾任隋县和方城县尉，官至国子监助教。后被贬方城，于咸通七年（866）冬抑郁而死。

温庭筠富有才学，文思敏捷，每入试，押官韵，八叉手而成八韵，所以也有“温八叉”之称。然恃才不羁，又好讥刺权贵，多犯忌讳，故一生遭受排挤，郁郁不得志。其精通音律，工诗，其诗辞藻华丽，浓艳精致，内容多写闺情，与李商隐齐名，时称“温李”。其词作刻意求精，注重文采和声情，艺术成就在晚唐诸词人之上，被尊为“花间词派”鼻祖。在词史上，温庭筠与韦庄齐名，并称“温韦”。存词七十余首，有《花间集》遗存，后人辑有《温飞卿集》及《金奁集》。

‖内容‖

百舌[1]问花花不语，低回似恨横塘[2]雨。
蜂争粉蕊蝶分香，不似垂杨惜金缕[3]。
愿君[4]留得长妖韶[5]，莫逐东风还荡摇。
秦女[6]含颦[7]向烟月，愁红[8]带露空迢迢[9]。

‖注释‖

1. 百舌：鸟名，能模仿百鸟之声。或代指百鸟。欧阳修名句“泪眼问花花不语”（《蝶恋花·庭院深深深几许》）亦由此句化出。

2. 横塘：三国时期吴国在建业（今南京市）秦淮河边修建的堤岸。此处借名泛指秦淮河。

3. 金缕：金贵的枝条。比喻杨柳自珍。亦有人认为此二字仅仅指金色的枝条。

4. 君：指花。此处明文指花，暗喻喻人。

5. 妖韶：妖娆美好。

6. 秦女：有学者认为此处泛指秦地之女。但在古代文学作品中，“秦女”“秦娥”一般专指春秋时秦穆公之女——弄玉。弄玉嫁给善吹箫的箫史，后二人在城上奏乐，因乐声似凤鸣，故招来凤凰，二人遂乘凤升天而去。

7. 颦（pín）：皱眉，常用来形容愁态。

8. 愁红：指枯萎或即将枯萎之花，其状似女子含愁之态。此处借指诗中的女子。

9. 迢迢：喻指远逝。

‖赏析‖

晚唐社会，衰败之象日盛，统治阶级“补天”不暇，导致社会道德、礼教的规范作用大不如前，而作者也是一位经历坎坷的人，这造成了他的人生经历中常有放荡之举，接触歌妓舞女的生活经历和情感体验的机会比较多，开了“词为艳科”的先河，他的词专主妇女情事，形成了婉约精美的词风，这首作品即是作者的一篇代表作。

这首作品可以看做描写一位色衰妓女的心境，首二句“百舌问花花不语，低回似恨横塘雨。”采用拟人手法写花朵含恨，与之亲近的鸟儿问它也不说话，而心有所恨的原因是秦淮河上雨，花落自凋零。其中的花是比喻妓女的青春。

三四句“蜂争粉蕊蝶分香，不似垂杨惜金缕。”比较有趣，初看似乎并无深意，不过是眼前所见的即景，和一二句连贯，但实际上如果理解了是描写什么人，那么这一句就大有深意：首先从字面上看，先是称赞妓女的“粉蕊”和“香”任君采撷，非常大方，然后讽刺良女自珍“金缕”，十分小气。从潜台词上看，作者并非要对良好的礼教品德进行讽刺，而是以此反衬妓女人生的坎坷、悲惨和无奈，这种以妓女之口传递出来的意思，一方面代表不同角度的不同人生价值态度，另一方面也传递出妓女的这种观念不过是自我慰藉的“精神胜利法”。

接下来五六句“愿君留得长妖韶，莫逐东风还荡摇。”同样语义双关，表面上写妓女希望花能长保青春妖娆而不被东风摧落，实际上却是自顾自怜，希望自己青春长久一些，否则年老色衰就会失宠，以后的生活将会如花摧落、凄凉无比。

最后二句“秦女含颦向烟月，愁红带露空迢迢。”的读解稍有异议，这主要是因为对其中“秦女”二字的看法不同，有学者认为“秦女”为秦地之女的泛指，这二句是写妓女皱着眉对月惆怅，自己的青春犹如枯萎的花朵渐渐凋零。但如果为泛指，就包括了良家妇女，与上几句妓女的自述语境并不十分贴切，所以也有人提出“秦女”当泛指秦淮河的青楼女子，理由是当时的秦淮河是烟花之地的代指。

‖时光和弦‖

《问　花　语》

闻花蕊，香一缕，
双飞蝶，梦迷离，
昨夜东风吹柳絮，
人生难舍一场戏。
旧容颜，
早逝朝夕风华里，
若命运还可许我老去，
我愿意含笑看一世风雨，
盼良人白首不相离，
心若琉璃，
可消除此情无计。

红尘当歌三万里，
抚琴不语，
叹烟月深处难自禁，
谁不想人生相逢一知己，
我却无可奈何花落去。
百舌鸟，无可依，
情未了，花不语，
我欲低头忆旧年，
伤心却似横塘堤，
挡不住，
连绵岁月一场雨。

‖说明‖

这首作品的句式与遣词都比较接近古韵，但整体阅读下来又能感受到现代诗的意境，前后两段的句子结构颠倒对称，也让整个作品别具一格。从表达的思想和内容上看，作者基本遵循原作，因此是一首意译诗。

‖延展练习‖

1. 【时光和弦】是一首原作的意译，请找出符合原作第一、二句句意的句子。

2. 【时光和弦】中的“可消除此情无计”，化用了哪位词人的哪一首作品中的哪一句的句意?

002

举杯对银烛，他已不可及

【作品】《望江南[1]·三月暮》

【作者】宋·吴文英

| 人物小传 |

吴文英（约 1200 — 1260），字君特，号梦窗，晚年又号觉翁，四明（今浙江宁波）人。原出翁姓，后出嗣吴氏。《宋史》无传。一生未第，游幕终身。于苏、杭、越三地居留最久。并以苏州为中心，北上到过淮安、镇江，苏杭道中又历经吴江垂虹亭、无锡惠山，及茹霅二溪。游踪所至，每有题咏。晚年一度客居越州，先后为浙东安抚使吴潜及嗣荣王赵与芮门下客，后“困踬以死”。

吴文英词风密丽，在南宋词坛，属于作品数量较多的词人，其《梦窗词》有三百四十余首，分四卷本与一卷本。其词作数量丰沃，风格雅致，多酬答、伤时与忆悼之作，被誉为“词中李商隐”。

‖内容‖

三月暮[2]，花落更情浓。人去秋千闲挂月，马停杨柳倦嘶风。堤畔画船空。

恹恹[3]醉，长日小帘栊[4]。宿燕夜归银烛外，啼莺声在绿阴中。无处觅残红。

‖注释‖

1. 望江南：原唐教坊曲名，后用为词牌，又名《忆江南》《梦江南》《江南好》。《金奁集》入“南吕宫”。段安节《乐府杂录》中记载：“《望江南》始自朱崖李太尉（德裕）镇浙日，为谢秋娘所撰，本名《谢秋娘》，后改此名。”此调二十七字。首句为三字句。第二句为仄起平韵之五字句，句法上二下三。第三句为仄起仄收之七字句，第一、第三字平仄可不拘。第四句为平起平韵之七字句。第五句句法与第二句同，故第一字可平可仄。此调三、四两句，其句法全与平起七言诗中之颔联无异；所以历来词家多用对偶以求此词工整。

2. 三月暮：暮春三月，由春入夏的晚春季节。

3. 恹恹：形容精神恍惚困倦。

4. 帘栊：有珠帘的窗户。

‖赏析‖

这是一首伤春怀远的艳情词，主要表达了恋人之间的真挚情感和深微心理。

上片起句点明季节，并直奔主题，说这个时节浓情蜜意，并无花落流红的悲意。为何作者觉得“更情浓”呢？后文给出了答案：“人去秋千闲挂月，马停杨柳倦嘶风。堤畔画船空”，这里先给出了一幅水墨画，“人去”“马停”“船空”，看上去了无人迹，似乎是传达了一种悲伤的情绪，但显然这与第一句的“更情浓”不符，所以顺着这个思路细想下去，会发现其实背后充满了相见之后的安静，相思的心愿得偿，所爱之人虽然暂时离开了，却留下了美满的回忆，这种回忆融进眼前空无人烟的景色里，才显现出观景之人此刻内心的甜蜜。作者在上片采用的描写手法极其高明，将相见的情深意浓写得隐约迷离，含蓄委婉，仅仅通过一个类似空镜头的景色描绘就传达出场景的静怡和甜美。

下片先写人，一二句是说神态疲倦如痴如醉，独自守着窗口，在相思之中度日。看到这里忽然明了上片不写人的原因，相思固然美好，但人已离去不再复回，就像无人的美景安静圣洁，但总归剩下的只有无穷的惆怅和不尽的念想。从“更浓情”过渡到“恹恹醉”，可谓而今乐事他年泪，欢情不过是悲戚的铺垫。后面三句“宿燕夜归银烛外，啼莺声在绿阴中。无处觅残红。”具体描写了个中悲戚的所在，独自一人相守，如孤燕一般找不到归属，又如只能听到流莺的鸣叫而看不见心中的他，着实叫人彷徨孤寂无处诉。最后“无处觅残红”的结语更与起句的“花落”应和，完整地传达出花落无处觅残红的意境，表达出对聚散匆匆的无奈，显得悲伤凄婉。

‖时光和弦‖

《寻　　你》

惊蛰后的夜里，
珠帘上还挂着三月末细雨，
离人走过的渡桥畔，
停着画船划过的涟漪，
有些怀念就沾染在上面，
一圈一圈旋转思绪，
如飞逝的柳絮遥不可及。

春宵一墙红晕，
梳理着一匹瘦马的回忆，

油纸伞上的花瓣随风满地，
终究抵不过花期逝去，
分不清谁与我举杯对银烛，
在飞燕归巢的喃呢声里，
寻觅一朵落花的情意。

‖说明‖

这首诗作的写作角度和原作一致，用词上以白话穿插古韵，使得两种风格相互交替。内容以描写原作的意象为主，是一首唱和作品。

‖延展练习‖

1. 你认为，【时光和弦】最后一句“寻觅一朵落花的情意”所表达的含义，更接近原作中的“花落情更浓”还是“无处觅残红”？

2. 原作中，下片起句“恹恹醉”的状态，在【时光和弦】中是通过哪一句加以体现的?

003

不甘俯首作诗文

【作品】《剑门[1]道中遇微雨》

【作者】宋·陆游

| 人物小传 |

陆游（1125 — 1210），字务观，号放翁，汉族，越州山阴（今绍兴）人，南宋文学家、史学家、爱国诗人。陆游生逢北宋灭亡之际，少年时即深受家庭爱国思想的熏陶。宋高宗时，参加礼部考试，因受秦桧排斥而仕途不畅。宋孝宗即位后，赐进士出身，历任福州宁德县主簿、敕令所删定官、隆兴府通判等职，宋光宗继位后，升为礼部郎中兼实录院检讨官，不久即因"嘲咏风月"罢官归居故里。嘉泰二年（1202），宋宁宗诏陆游入京，主持编修孝宗、光宗《两朝实录》和《三朝史》，官至宝章阁待制。书成后，陆游长期蛰居山阴，嘉定二年（1210）与世长辞，留绝笔《示儿》。

陆游一生笔耕不辍，诗词文俱有很高成就，其诗语言平易晓畅、章法整饬谨严，兼具李白的雄奇奔放与杜甫的沉郁悲凉，尤以饱含爱国热情对后世影响深远。陆游亦有史才，他的《南唐书》，"简核有法"，史评简赅有法，极为后人推崇，具有很高的史料价值。

‖内容‖

衣上征尘[2]杂酒痕，
远游无处不消魂[3]。
此身合[4]是诗人未？
细雨骑驴入剑门。

‖注释‖

1. 剑门：在今四川省剑阁县北。据《大清一统志》："四川保宁府：大剑山在剑州北二十五里。其山削壁中断，两崖相嵌，如门之辟，如剑之植，故又名剑门山。"

2. 征尘：旅途中衣服所蒙的灰尘。

3. 销魂：心怀沮丧得好像丢了魂似的，神情恍惚。形容非常悲伤或愁苦。

4. 合：应该。未：表示发问。

‖赏析‖

了解作者的生平背景有助于对这首作品的理解，陆游生于金兵入侵的南宋初年，自幼立志恢复中原。曾经参加礼部考试，因秦桧排斥而仕途不畅。宋孝宗即位后，赐陆游进士出身，因坚持抗金，屡遭主和派排斥。南宋乾道七年（1171），应四川宣抚使王炎之邀，投身军旅，任职于南郑幕府。此时的陆游已经年近半百才得以奔赴陕西前线，内心上是期望在铁马秋风的军旅中大展宏图。然而，一年后，幕府解散，陆游奉诏入蜀，由南郑（今陕西汉中）前线调任成都府路安抚使司参议官充任闲职，由前线到后方，由战地到都市，去危就安，这使陆游心有不甘。所以这次调任诗人内心充满了埋怨和不甘，这首诗便是他在南郑往成都途中，经四川剑阁剑门关时写下。

起句“衣上征尘杂酒痕”一语双关，表面上是说自己赴任的途中衣服上全是旅途的灰尘，夹杂着饮酒时遗留的酒渍，实际上联系当时作者的境遇和现状，这里还包含了两个意思：一是自己大半生追求抗金大业有成，好不容易在南郑报国有门却又要调任后方，回顾一路的艰辛，半生忙于四处奔走，自然衣上满是征尘；二是此次调任后方，不知未来是否还能再上前线继续抗金，内心充满不甘和愁苦，路途之中借酒消愁，难免落下酒痕。所以这句实为诗人希望表达自己为抗金大业奔走却壮志未酬的悲愁之情。

第二句“远游无处不消魂”，“销魂”二字是说自己的悲愁，这一路走来悲愁始终笼罩在身边，没有消散，所以是“无处不”，也就是“处处都”的意思。这样的伤心情绪令诗人踌躇难安，不知道未来如何继续的他不甘于现状又不得不依附于当时的统治集团，所以在第三句“此身合是诗人未”中十分无奈地反问自己：难道这一辈子只适合做一个诗人吗？作者怀才不遇，报国无门，仕途坎坷，屡历挫折，抗金的一腔热血难诉，壮志难酬，因此在抑郁中以这样的反问自嘲自己，这带着一丝苦涩的调侃其实充满了痛苦。

第四句是一个逆序，从顺序上讲应该是全诗的第一句，但那样的话读起来就其意平平了，诗人把它放在末尾，本意上是说路过剑门并非全诗的重点，自己的情绪才是诗人要表达的核心，以“衣上”句开头很好地突出了全诗的中心思想，而“细雨骑驴入剑门”作为结语，则描绘了一幅充满思考、疑惑、不解和未知的画面，令所有人深深地回味。

‖时光和弦‖

《过 剑 门》

山一程，水一程，
琵琶对襟话酒痕。

枯旅古道诗作伴，
白衣纸伞染征尘。

朝彩霞，暮黄昏，
半百金戈又一轮。
壮志未酬三万里，
无处黯然不伤神。

出幕府，入剑门，
细雨泯落英雄魂。
瘦驴难载满腔血，
衷情诉谁报国门。

柱石臣，牧羊臣，
闲赋不适我辈人。
铁马秋风挥北师，
不甘俯首作诗文。

‖说明‖

作者借用了纳兰性德的山一程水一程起笔，写法上句式排列很像古诗，但四个段落放在一起，又不符合任何古诗词的要求和规范。因此可以看做是一种尝试或者创新。这首作品将原作的诗意分解在不同段落中，每段讲述一个重点，合起来正好符合原作的诗意，所以是一首意译诗。

‖延展练习‖

1. 【时光和弦】是原作的一首意译扩写诗，试分段描述作者表达的主要内容。
2. 【时光和弦】第一句“山一程，水一程”，出自哪一首作品？作者是谁？

004

我在怀里，揣了一把隔夜的梦

【作品】《长安夜雨》

【作者】唐·薛逢

【人物小传】

薛逢（生卒年不详），字陶臣，蒲州河东（今山西永济市）人，唐代诗人。唐武宗会昌元年（841）辛酉科崔岘榜进士第三人，初任秘书省校书郎。崔铉罢相据河东，招其为从事。崔铉恢复相位辅政，奏授薛逢万年尉，直弘文馆，累迁侍御史、尚书郎，迁秘书监等。

薛逢因恃才傲物，议论激切，屡忤权贵，故仕途颇不得意。但另一方面，作为文人，其诗能不依靠人情关系入选《全唐诗》，文学造诣可见一斑。其由怀才不遇到愤世嫉俗，把自己人为地放到了别人的对立面，常以诗歌表达对腐败世事的不满，著有诗集十卷，赋集十四卷。《全唐诗》收录其诗一卷。《旧唐书》卷一九零，《新唐书》卷二零三皆有传。

‖内容‖

滞雨[1]通宵又彻[2]明，百忧如草雨中生。
心关桂玉[3]天难晓，运落风波梦亦惊。
压树早鸦飞不散，到窗寒鼓湿无声。
当年志气俱消尽，白发新添四五茎[4]。

‖注释‖

1. 滞雨：不停歇的雨。
2. 彻：直到。
3. 桂玉：昂贵的柴米。
4. 茎：量词，指长条形的东西。

‖赏析‖

这首作品的写作功底深厚，作者对文字借物抒情的运用出神入化，以一场夜雨将自己对生活的艰辛、运途的不顺、时局地不满都深刻地表现出来，全诗突出了一个“忧”字。

前面四句先是写景入情，描绘了一场一夜未停的大雨，作者在这雨中感到心中所有的负面情绪犹如杂草一样生长出来。作者所谓的负面情绪，主要是其经济条件不佳，而仕途之上也屡次被人所排挤，作者薛逢才气广为人知，但脾气也不小，为人孤傲，官场之上这样的性格常常为人诟病，得罪人而不自知。当身边许多人都已发达时，作者还在为生活奔忙，所以写出了“心关桂玉天难晓，运落风波梦亦惊。”这样感叹生活压力和未来造化的句子。

后面四句，颈联是即景描写，眼中所望是树上聚集的乌鸦，耳中所闻是沉闷的暮鼓，作者的“压”“早”“寒”“湿”用得巧妙，一方面表现出眼前景色的冷落萧条，另一方面由于这些所见所闻都是作者自己对景物的感触，所以反应的是其内心的愁闷苦楚，作者为人孤高，对他来说朝堂之中有些人和事如同乌鸦一般“压”在心头“飞不散”，自己空有一身才华，明明可以百尺竿头更进一步，可偏偏如同被淋湿了鼓膜的鼓，声音渐小，慢慢了无生息。未来和生活的不确定性让作者倍感失落，最终这些如同梦魇一般的压力迫使他在末联发出了无可奈何的哀叹：当年趾高气昂、少年得意，如今都已被消磨殆尽，头上的白发又多了几簇，自己已经有心无力。字里行间，透出对现状的不满和英雄迟暮的无奈。

‖时光和弦‖

《今夜，我已老去》

今夜，长安又下起了雨，
远处的青石路，
蘸着水雾里的潮湿，
泼洒出一阵扑朔迷离。
我在怀里，
揣了一把隔夜的梦，
傻傻的，站在墨蓝色的忧郁里。

今夜，我就这样老去，
落寞得像一个孤寡的老人，
在连绵的雨声里，
唤回飞散觅食的早鸦，

数落着不多的柴米。
这不是曾经的我呵，
那些风发的意气，
何曾连做梦都小心翼翼。

今夜，大雨目送我老去，
远处的更鼓，
一声声在我的心坎撞击。
亲手将梦想旗鼓偃息，
我只能傻傻的站着，
在窗口鱼贯而入的冷风里，
轻轻地抚摸，
染上霜雪的发髻。

‖说明‖

作者根据原作的写作背景，选择衰老作为本诗的主题，以原作的雨作为推波助澜的催化剂，描写了一个人从生理到心理的老去，表达出一种英雄末路的悲凉之情。尽管核心是写衰老，与原作写雨有很大区别，但原作中出现的意象都一一加以表现，表达的中心思想也基本相同，因此是一首意译诗。

‖延展练习‖

1．【时光和弦】的“诗眼”对应原作中的哪一句？
2．【时光和弦】的作者用“老去”的概念入题，应和了原作什么样的写作背景？

005

从春天最温柔的地方开始

【作品】《春日》

【作者】宋·汪藻

| 人物小传 |

汪藻（1079 — 1154），字彦章，号浮溪，又号龙溪，饶州德兴（今属江西）人。汪谷之子。北宋末、南宋初文学家。先世籍贯婺源，后移居饶州德兴（今属江西）。早年曾向徐俯、韩驹学诗，入太学。崇宁二年（1103）进士，任婺州观察推官、宣州教授、著作佐郎、宣州通判等职。钦宗即位，召为屯田员外郎，再迁太常少卿，后官至显谟阁大学士、左大中大夫，封新安郡侯，卒赠端明殿学士。与胡伸时称“江左二宝”。其诗初学江西派，早年曾向徐俯、韩驹学诗，入太学。后学苏轼。擅长四六文。有《浮溪集》。《全宋词》录其词 4 首。

‖内容‖

一春略无十日晴，处处浮云将雨行。
野田春水碧于镜，人影渡傍鸥不惊。
桃花嫣然[1]出篱笑，似开未开最有情。
茅茨[2]烟暝[3]客衣湿，破梦午鸡啼一声。

‖注释‖

1. 嫣然：美好的容貌。
2. 茅茨：茅草屋顶。
3. 烟暝：烟雨迷蒙。

‖赏析‖

这首诗约作于崇宁（1102-1106）年间，作者任职宣州之时，在一个春日里游览美景而作此诗。

汪藻的这首咏春作品写得十分缤纷靓丽，将春日的盛景以多元的形态呈现在面前，是一首见功底的作品。整首诗以白描的方式描绘，通俗易懂，起句简单交代春日里出现难得的好天气，作者外出春游。接下来就是春游途中的所见所闻：入眼有“野田春水”，旁边有水鸟栖息，见人也不惊恐。接着有桃花伸出篱笆外盛开，上面的花骨朵含苞待放。更有春日的雾气萦绕在茅草屋上，弄得路过的人一身湿润，这一切好像梦境一样美丽，随着一声鸡鸣而被打破。

乍一看，这首作品是两两成段，描绘的是好几个春日里的景色片段，相互之间并无太大联系，实际上，作者采用的手法接近现代戏剧中的“情意结构”，并不依靠上下句关联来获得整体感，每个情景碎片实际上具有一种内在关联，依靠情节的舒展联系。首句交代春天多雨，好不容易放晴，心随天晴的欣喜构成了出游的线索，在接下来的描绘中贯穿始终。而后面六句分别选择的水边、篱旁和屋外，则是随着作者的脚步在依次深入，如果想象出一幅全景画面，我们依稀可见最远处一座烟雾袅袅的茅屋，在四周种着大片的桃树，一圈篱笆隔开了桃花和近处的池塘，诗人站在池塘边与鸥鹭嬉戏，这种依靠内在关联的手法可以在最短的文字里放入最多的景致，而不显得繁复。而作者之所以采用这样的结构方式还有一层喻意，就是眼睛已经被眼前的美景所迷，应接不暇。短促紧密的多碎片描写恰好与作者的这种应接不暇相互呼应。张世南《游宦纪闻》说此诗是汪藻幼年之作，诗人早年诗学江西派，此诗通篇用拗句，全法黄庭坚，然而拗峭之中，自具清丽之致，可谓刚外柔中。用笔之劲健不及黄，而温润则过之。纪昀、吕留良分别评此诗“雅健”“有骨”，实足以当之而无愧。

‖时光和弦‖

《从春天最温柔的地方开始》

从山村的鸡鸣里开始，
请给我一个温暖的春天，
碧空万里骄阳如洗。
我要坐在云彩的蓬松里，
走过一池春水，
漫步春夜喜雨。

从春天最温柔的地方开始，
同归程的海鸥嬉戏，
送它一朵未开的桃花，

还有水面上我笑容的倒影。
请它告诉每一个路过的山村，
春芽在篱笆下翻新春泥，
春风在树枝上晾晒湿衣，
春天在陌生人的祝福声中，
拥抱含露的烟雨，
把所有的欢喜，
填满茅草屋的每一个缝隙。

‖说明‖

这首充满春天喜悦心情的小诗，将春的气息渲染到每一个句子，原作描绘的片段十分繁复，因此作者巧妙的用春连贯起原作中的景致和意象。从内容和思想感情上看，这首作品是一首意译诗。

‖延展练习‖

1. 阅读【时光和弦】，为这首诗另取一个名字，说说你的理由。
2. 根据题一，以你取的名字，写一首诗。

006

故乡会来寻我

【作品】《晚次乐乡县[1]》

【作者】唐·陈子昂

| 人物小传 |

陈子昂（约 659 —约 700），梓州射洪（今四川射洪县）人，字伯玉。唐代诗人，初唐诗文革新人物之一。因曾任右拾遗，后世称陈拾遗。青少年时轻财好施，慷慨任侠，十七八岁仍不识书，后因剑伤人而弃武从文。24 岁举进士，以上书论政得到武则天重视，授麟台正字，后升右拾遗，直言敢谏。曾因“逆党”反对武后而株连下狱。在 26 岁、36 岁时两次从军边塞，对边防颇有些远见。38 岁（698) 时，因父老解官回乡，不久父死。居丧期间，权臣武三思指使射洪县令段简罗织罪名，加以迫害，冤死狱中。

陈子昂是诗文承上启下的重要人物，其诗风骨峥嵘，寓意深远，苍劲有力，进一步发展了“初唐四杰”所追求的充实。刚健的诗风，彻底肃清了齐梁诗歌中绮靡纤弱的习气，对盛唐诗人张九龄、李白、杜甫等均产生了深远影响。其存诗共 100 多首，其中最有代表性的有组诗《感遇》38 首，《蓟丘览古》7 首和《登幽州台歌》《登泽州城北楼宴》等。有《陈伯玉集》传世。

‖内容‖

故乡杳[2]无际，日暮且孤征[3]。
川原[4]迷旧国[5]，道路入边城[6]。
野戍[7]荒烟断[8]，深山古木平[9]。
如何[10]此时恨，噭噭夜猿鸣。

‖注释‖

1. 次：停留。乐乡县：地名，唐时属山南道襄州，故城在今湖北荆门北九十里。
2. 杳（yǎo）：遥远。
3. 孤征：独自在旅途。孤，单独。征，征途。

4. 川原：山川原野。

5. 迷旧国；迷失了故乡。迷，迷失。旧国，故乡。

6. 边城：边远的小城。

7. 野戍（shù）：野外驻防之处。

8. 荒烟：荒野的烟雾。断：断绝，停止。

9. 平：此处指景象没有变化，模糊一片。

10. 如何：为何，为什么。

‖赏析‖

这首诗创作于唐高宗调露年间(679－681)。从诗中所写情况来看，是诗人由蜀入楚途中，从故乡蜀地东行，途经乐乡县时所作。

首联“故乡杳无际，日暮且孤征”从“故乡”落笔，点明了这一首作品的思乡基调，接着以“日暮”承接，描写出日落时分一个人赶路，离故乡越来越远，回首再望却倍感凄凉的落寞场景。首句中的“杳无际”，联系着回头望的动作，没有刻意去写却一定在画面里，从这个小手法中可见作者功底。

以下各联直到第六句都是在首联基调下的层层剥进，第三句承第一句，“川原迷旧国”是说故乡远在天边，眼前的河流山川全是陌生的景象，诗人迷失在时空的交错之中。第四句承第二句，“道路入边城”应和前面的“孤征”，说作者终于一个人来到乐乡城中。

颈联“野戍荒烟断，深山古木平”两句用情含蓄但非常深刻，表面上是写景之句，说夜色逐渐降临，野外荒原逐渐被夜色吞没，深山树木也被夜色荡平。这些景象是诗人路途之中所见，是诗人思乡愁绪的一丝安慰，此刻被夜色淹没，最后的慰籍也不见，乡愁之绪随着这样的剥离，在字面之外跃然出现，显得十分传神精彩。

以上六句，作者的情感一直蓄而不隐、含而不发，我们能够明显地体会到作者的内心情绪，却没有一个宣泄而出的突破口，诗人把情绪留在最后一次性爆发的意图非常明显，果然在最后一联中，一个抒情性的设问句“如何此时恨”，开启了作者情感的闸门，前六句满满的情感瞬间决堤，澎湃汹涌地向着我们涌来，但作者并没有任由这种情感失控，也没有顺水推舟在最后一句承接上意，而是另辟他径，以深山密林中传来的“噭噭”猿声来以景绘景，解答这是一种怎样的情绪。我们可以想象，入暮之后，夜色渐深，四周逐渐安静下来，此时的猿声必定嘹亮凄婉，这样的声音也是作者想要的，一声长啸，抒发胸意。这样的以景写情，声音和画面相互交融，画面质朴而形象风蕴，使诗意深长悠远。需要特别指出的是，末一句诗出于南朝沈约的《石塘濑听猿》诗，字面全同。陈子昂用人若己，妙过前人，因而这一诗句得以广为流传，沈约的原诗反倒少为人知。

‖时光和弦‖

《寻 我》

夕阳，
是天空最后的烟火。
模糊的城市，
是异乡小路最后的居所。
风烟，
从荒野的迷途里逃脱，
与自由的猿叫，
在入夜的深山里一唱一和。
我一个人，
走在一个人思绪上，
采摘每一瓣惆怅的花朵，
幻想着某个时间，
故乡会来寻我。

‖说明‖

这首作品相对于原作的写实风格，显得十分朦胧，尽管将原作中的意象纳入到作品之中，但也仿佛是另有所指，现代诗用语多寓意的特点在这首作品中有所表现。值得一提是最后一句，作者采用的手法将动与不动的角色进行了互换，读起来很有空间感。而这个写法显然也是受到原作以南朝沈约的《石塘濑听猿》诗“噭噭夜猿鸣”入诗的启发。从内容上看，这首作品与原作的释意差距较大，是一首唱和诗。

‖延展练习‖

1. 【时光和弦】的最后一句“故乡会来寻我”，你认为作者这样表达的原因是什么？

2. 原作的最后一句“噭噭夜猿鸣”出自哪首诗？作者是谁？原作的这种原文照搬的用法，在诗词写作里叫做什么手法？

007

从此间，花事葬了龙涎香

【作品】《鹧鸪天[1]·寒日萧萧 上琐窗》

【作者】宋·李清照

【人物小传】

李清照(1084—1155)，号易安居士，汉族，齐州章丘(今山东章丘)人。两宋之交著名女词人，婉约词派代表，有“千古第一才女”之称。

李清照出生于书香门第，早期生活优裕，后嫁于赵明诚。金兵入据中原，北宋亡，李清照随着流亡朝廷流寓南方，境遇孤苦。其作品早期多清新自然、婉约可人，后期因生活变化多悲叹身世，感伤别苦。

李清照著有《易安居士文集》《易安词》，已散佚。后人有《漱玉词》辑本。今有《李清照集校注》。

‖内容‖

寒日萧萧[2]上琐窗[3]，梧桐应恨夜来霜。酒阑[4]更喜团茶[5]苦，梦断偏宜瑞脑[6]香。秋已尽，日犹长，仲宣[7]怀远更凄凉。不如随分[8]尊前[9]醉，莫负东篱菊蕊黄[10]。

‖注释‖

1. 鹧鸪天：词牌名。又名《思佳客》《思越人》《醉梅花》《半死梧》。此调很像两首七绝相并而成，唯后阕换头处稍变。双调五十五字，前后阕各三平韵，一韵到底。上阕第三四句、下阕第一二句一般要求对仗。也是曲牌名。南曲仙吕宫、北曲大石调都有。字句格律都与词牌相同。北曲用作小令，或用于套曲。南曲列为“引子”，多用于传奇剧的结尾处。

2. 萧萧：凄清冷落的样子。原为象声词，如风声、雨声、草木摇落声、马蹄声。《诗经·小雅·车攻》有“萧萧马鸣”，《楚辞·九怀·蓄英》有“秋风兮萧萧”，《史记·刺客列传》有“风萧萧兮易水寒”。

3. 琐窗：镂刻连锁纹饰之窗户。多本作锁窗，当以琐窗为胜。

4. 酒阑：酒尽，酒酣。阑：残，尽，晚。裴骃集解曰“阑，言希也。谓饮酒者半罢半在，谓之阑。”

5. 团茶：团片状之茶饼，饮用时则碾碎之。宋代有龙团、凤团、小龙团等多种品种，比较名贵。

6. 瑞脑：即龙涎香，一名龙脑香。

7. 仲宣：王粲，字仲宣，汉末文学家，“建安七子”之一。其《登楼赋》抒写去国怀乡之思，驰名文坛。

8. 随分：随便，随意。

9. 尊前：指宴席上。尊：同“樽”。

10. 东篱菊蕊黄：化用陶渊明《饮酒二十首》的“采菊东篱下”句。

‖赏析‖

这是一首典型的秋愁词，应是李清照晚期作品。依词中“仲宣怀远”和“莫负东篱”两句，应该作于李清照南渡之后，时间大约是宋高宗建炎二年（1128），那时赵明诚正在江宁任知府。也有学者认为这首词是李清照“晚年流寓越中所作”，当时赵明诚已去世，“茶苦”和“梦断”二语是暗寓作者的亡夫之痛。故写作时间留有争议，本书采用第二种学说进行赏析，即认为是李清照“晚年流寓越中所作”。

这首词以醉酒入词，以醉眼看景，描绘醉后愁绪，开篇两句“寒日萧萧上琐窗，梧桐应恨夜来霜”，一是交代了时节，是在梧桐叶凋零，日出的阳光也开始不暖和的时候，这应该是秋天刚刚到来之时，二是以景寄情交代出了饮酒的原因，作者百般无聊看着太阳慢慢爬上窗棂，这是一个很长很缓慢的过程，而能长时间体验这个过程正好侧面写出了作者的孤寂，这种孤寂作者用“梧桐应恨”十分生动地表现出来。

寂寞孤寂和百无聊赖之下的心情状态可想而知，作者只好借酒排遣，三四句“酒阑更喜团茶苦，梦断偏宜瑞脑香”描写了饮酒醉后的情景，泡上一壶上好的团茶解酒，而且特别指明是苦茶，说明饮的酒特别多。醉后迷迷糊糊地睡着，忽然之间从梦里惊醒，却是闻到了屋里的龙延香。这里表面上是说瑞脑香气宜人，但是因为只有清冷的环境里香气才容易激发，可见作者实则是从侧面描绘自己生活的冷清寂寥。

下片叙情，写醉酒之后内心的所思所想，第一二句先是用“秋已尽，日犹长”描绘此刻对日子的感受，秋天这个让人悲凉的季节倒是很快就会过去了，但是以后的日子还很长，眼前的悲凉根本就不算什么，所以像“仲宣”在《登楼赋》中抒发壮志、怀远思乡那样，此时此刻更显凄凉。接下来三四句重在描绘乡愁的实感，是作者的自我宽慰：既然对家乡的一切回忆和归家的期盼都成了一种空想，不如对着美酒随意痛饮，也算不辜负眼前这菊花盛开的秋色。

李清照的这首词是其晚年流寓越中所作，词中表露的乡愁因和故国沦丧，流离失所的悲苦结合起来，故显得其中忧愤更深。

‖时光和弦‖

《温一杯酒，饮故乡》

我曾在，
小桥畔独饮苍凉，
在桃花林里抚琴吟悲伤，
岁月太悠长，
容我回眸望，
又见寒日里愁眉上琐窗。
难思量，
月下温酒杯透凉，
换盏更爱团茶香。
前尘里，
莫辩春秋故人远，
近眼前，
多情自古皆深藏。

我多想，
依着窗棂向外望，
望窗外梧桐夜夜染秋霜，
秋尽日悠长，
故乡终难忘，
经年旧岁里怀远更凄凉。
风波里，
不负篱下雏菊黄，
为君卷衣作淡妆。
从此间，
花事葬了龙涎香，
梦已断，
放轻风华醉一场。

‖说明‖

这首作品上下两段的句式完全一样，语言的用法也偏古韵，阅读起来有词的风格，但并不符合任何一首词牌。从内容上看，作者将原作的意象打乱重组，表达了与原作不同的思想感情，是一首唱和诗。

延展练习

1. 【时光和弦】是原作的一首追和作品，试描述两者在所表达的情感上有何不同。
2. 原作中用到了两个典故，请在【时光和弦】中将描述它们的句子找出来。

008

赋首新词为君歌

【作品】《浣溪沙[1]·一曲新词酒一杯》

【作者】晏殊

|人物小传|

晏殊（991—1055），字同叔，抚州临川人。北宋著名文学家、政治家。十四岁以神童入试，赐进士出身，命为秘书省正字，官至右谏议大夫、集贤殿学士、同平章事兼枢密使、礼部刑部尚书、观文殿大学士知永兴军、兵部尚书。1055年病逝于京中，封临淄公，谥号元献，世称晏元献。

晏殊以词著于文坛，尤擅小令，风格含蓄婉丽，与其子晏几道，被称为“大晏”和“小晏”，与欧阳修并称“晏欧”；亦工诗善文，原有诗文二百四十卷，原有集，已散佚，仅存《珠玉词》及清人胡亦堂所辑《晏元献遗文》。又编有类书《类要》，今存残本。

‖内容‖

一曲新词酒一杯[2]，去年天气旧亭台[3]。夕阳西下几时回？
无可奈何花落去，似曾相识[4]燕归来。小园香径独[5]徘徊。

‖注释‖

1. 浣溪沙：唐代教坊曲名，后用为词牌。分平仄两体，字数以四十二字居多，还有四十四字和四十六字两种。最早采用此调的是唐人韩偓，通常以其词为正体，另有四种变体。全词分两片，上片三句全用韵，下片末二句用韵。此调音节明快，为婉约、豪放两派词人所常用。

2. 一曲新词酒一杯：此句化用白居易《长安道》：“花枝缺入青楼开，艳歌一曲酒一杯”。一曲，一首。新词，刚填好的词，意指新歌。酒一杯，一杯酒。

3. 去年天气旧亭台：此句化用五代郑谷《和知己秋日伤怀》诗：“流水歌声共不回，去年天气旧池台。”“亭台”一作“池台”。去年天气，跟去年此日相同的天气。旧亭台，曾经到过的或熟悉的亭台楼阁。旧，旧时。

4. 似曾相识：好像曾经认识。形容见过的事物再度出现。后用作成语，即出自晏殊此句。

5. 独：副词，用于谓语前，表示“独自”的意思。

‖赏析‖

上片起句“一曲新词酒一杯，去年天气旧亭台。”写对酒听歌的现境，作者用词干练轻快，两个“一”字的叠用显得干脆流利，传达出现境之中作者轻松愉快的心情。但熟知中国诗词表现手法的人都知道，欲抑先扬是一种常见的手法，接下来作者要表达的内容应该是在轻松愉悦下的伤情，更何况，作者在这两句中已经用“去年”“旧”两个词埋下了伏笔。果然，接下来的“夕阳西下几时回”以一种自问的形式将作者内心的真实感受诱发出来，流逝的岁月让人怀念起旧时的时光，而此刻的夕阳却让人不禁流连美好的事物，景物依旧而人事全非，怀旧伤感之情随着作者的伤今之间油然纸上。特别是“几时回”三字，更是有着明知不可能却依然盈盈期盼之意，于绝望中萌生一丝希望，用得极妙。

下片开局“无可奈何花落去，似曾相识燕归来”是融情于景的笔法，将上片中抒发的情感融于现景之内，眼前的落花和归燕令作者分外感慨，春光消逝花朵凋零，归来筑巢的燕子似乎还是去年的那一只，至于是与不是似乎也只是似曾相识，可见一切美好的东西都会在时光中渐渐消逝，无法停留，不可挽留，只剩下无可奈何。但这一切又不是令人完全绝望的，因为既然有美丽的消失就会有美丽的开始，眼前一切即是消逝中的美好，也是去年美好的再现，也许它已完全不同，但却依然似曾相识，可见美好尽管不会原封不动地重现，却会以另一种形态打动人的内心。作者在此处二句的构思上富有巧思，蕴含无穷哲理，回味之中夹杂着眷恋、无奈、惆怅，而且对仗工整、浑然天成、流畅含蓄、寓意丰富，构成了整首词中的金句，流传千古。最末一句“小园香径独徘徊”，作者收句略显谨慎，说他独自一人在花间踱步，内心难以平静，前文极具哲理思考让作者陷入了深深的沉思之中不能自拔，伤春多过惜春，情绪落入低谷。但同时这种谨慎的收句也更加突出了金句的重要性，令人反复阅读反复回味。

‖时光和弦‖

《为 君 歌》

将进酒，
未及与谁喝。
亭台之上杂念多，

随手拾一朵，
再借半壶春风把琴拨。
去年新朋三两个，
今日旧词剩几何？
时光去不回，
问夕阳，
几幅流连成一桌。

似相识，
门前龙马车。
小径深处寂寞多，
袖手探幽香，
却把眉前沟壑以扇遮。
雏燕不知归来辞，
落花偏恋湍急波，
逝者如斯夫，
杯未停，
当赋新词为君歌。

‖说明‖

这首作品上下两段的句式完全一样，语言的用法也偏古韵，阅读起来有词的风格，但并不符合任何一首词牌。再看内容的表达，尽管作者有意将原作描绘顺序颠倒，但表达的逻辑关系却是一样的，思想感情也与原作一致，因此是一首意译诗。

‖延展练习‖

1. 原作的千古名句“无可奈何花落去，似曾相识燕归来”，在【时光和弦】中是用哪两句应和的？从句意上看，后者表达重点有什么不同？

2. 原作中“一曲新词酒一杯”化用的是谁的名句？出自哪一首作品？这一句的句意在【时光和弦】中是用哪一句来表现的？

第九章

时令节气

001

未见冬色临，倒似春华近

【作品】《早冬》

【作者】唐·白居易

| 人物小传 |

白居易(772—846)，字乐天，号香山居士，又号醉吟先生，祖籍太原，到其曾祖父时迁居下邽，生于河南新郑。官至翰林学士、左赞善大夫。公元846年，在洛阳逝世，葬于香山。

白居易是唐代伟大的现实主义诗人，唐代三大诗人之一。与元稹并称“元白”，与刘禹锡并称“刘白”。其诗歌题材广泛，形式多样，语言平易通俗，有“诗魔”和“诗王”之称。有《白氏长庆集》传世。

‖内容‖

十月江南天气好，可怜[1]冬景似春华[2]。
霜轻未杀萋萋[3]草，日暖初干漠漠[4]沙。
老柘[5]叶黄如嫩树，寒樱枝白是狂花。
此时却羡[6]闲人醉，五马无由[7]入酒家。

‖注释‖

1. 可怜：可爱。
2. 春华：春光。
3. 萋萋：形容草长得茂盛。
4. 漠漠：形容广漠沉寂。
5. 老柘：一种贵重木材，中国有四个品种。
6. 慕：羡慕。由于白居易是杭州刺史，不能随意入肆饮酒。
7. 无由：无需理由。

‖赏析‖

这首七言律诗写于长庆三年（823）十月，时白居易任杭州刺史。

这首作品用语直白，接近口语化，因此理解起来十分容易。描绘的早冬景色也十分常见，但作者用词精准，因此阅读起来会觉得描写十分到位。开句点明时间地点，是在十月的江南，接着作者直接入题，说眼中所见的早冬景色，反倒像春天一样生机勃勃惹人喜爱。

接下来的四句，作者用眼前所见来证明早冬的可爱之处，被霜打过的杂草依然长势十分茂盛，而太阳依旧炙热晒干了大地，拓木的叶子看上去像发了新芽，樱花更是开起了白花，这几句介乎于白描的写作手法将早冬时节描绘得一派生气勃勃，充满了新生感，而且对仗工整，言简意白，充分展现了白居易的个人风格。

最后两句由景入境，写作者的内心和现状，说这样的美景之中，自己羡慕饮酒人的一份闲情逸致，不知不觉走入了酒家。由于白居易是杭州刺史，不能随意入肆饮酒，所以最后两句中其实包含了作者为眼前景色所感，想要好好欣赏美景放松自己的欲望，却又因为身份关系不得不约束自己，充满了不能如愿的遗憾。

‖时光和弦‖

《早冬记事》

十月日晨，至园中，其草上，沾晨露，一秋虫附于其上，如饮珍珠。顾抬首，望远天，晨雾渐散，白日青天，朝日映红，霞光映云，满天绯红，凉风徐来，未见冬色临，倒似春华近。

晚秋残霜，厉酷未显，几簇冬草，飘零墙角，日照微暖，未萋反昂，其下沙土，石硬干竭。院有树两株，一曰穿破石，枝高叶大，霜降后，叶渐黄。又逢时雨时晴，寒风北来，不几日，落叶满阶。日复返晴，余叶伶仃，似焕春心。有雀鸟鸣于树间，约十数，激昂转歇，片刻应声四起，时高时低，时远时近，其声不一。另一樱花，闻风而芽，玉枝吐白，不依时序，易路狂花。

思绪间，日渐高，热灼惊袭，薄衫见汗，风干物燥，强光隔廊侵，影下见尘扬。应为寒入，却似暑来，掐指略思量，几近立冬，此曰小春，古人复不欺也。欣欣然取清酒一盏，连数饮。此时此地，有园景独赏，有鸟鸣做伴，有温酒小酌，作闲人慕煞，故记。

‖说明‖

这篇散文采用半白话，有文言文的精炼简骇，也有白话文的通俗易懂。半白话的体裁古代常见于小说，近代常见于散文杂记。这篇文章从内容上看描写的是院中的景致，使用这种半白话的形式阅读起来别有风味。

延展练习

1. 对于饮酒这个细节，原作与【时光和弦】在处理过程中的差异有哪些?
2. 原作所描绘的景色和【时光和弦】描写的景色，有哪些不同？又有哪些相似?

002

爱看那，冬雪点来水墨画

【作品】《大德歌·冬景》

【作者】元·关汉卿

| 人物小传 |

关汉卿（1219—1301），晚号已斋（一说名一斋）、已斋叟，汉族，解州人（今山西省运城），其籍贯有大都（今北京市）及祁州（今河北省安国市）等说。元代杂剧奠基人，我国历史上最伟大的戏剧家，与白朴、马致远、郑光祖并称“元曲四大家”，为“元曲四大家”之首。被誉“曲圣”。以杂剧的成就最大，今知有67部，现存18部。另存小令40多首、套数10多首。

‖内容‖

雪粉华[1]，舞梨花，再不见烟村四五家。密洒堪图画，看疏林噪晚鸦。黄芦掩映清江下[2]，斜缆着钓鱼艖[3]。

‖注释‖

1. 华：光彩、光辉。
2. 黄芦：枯黄的芦苇。
3. 艖（chā）：小船。

‖赏析‖

大德歌句式为三三五，五五，七五，凡七句七韵，是关汉卿在元成宗年间创作的新曲调，由此可推断《大德歌·冬景》作于元成宗大德年间。

首句“雪粉华，舞梨花”为即景，说大雪像白色的花海，一如缤纷的梨花。在视觉上，作者以抬头仰视天空的姿态描写天空之中的大雪，为下文写景留下了广阔的空间感。接下来的“再不见烟村四五家”，作者将视线由上向下放到平视的角度，描写漫天大雪之下远处的山村，此刻风狂雪大，迷雾笼罩，山村仅仅依稀可辨，所以作者用四五家来形容所见不实，可见风雪很大。联系下句的“密洒堪图画，看疏林噪晚鸦”可知，这是傍晚黄昏时的景色。这里将风雪进一步描写详尽，“密洒”说明雪的密集，后面的“疏林”又显出此刻广袤天地之中景物的渺小，而作者又高明的在疏林中取出“乌鸦”的意向，由于林木稀疏所以可见乌鸦，这由大及小的层层取景，展现出荒凉、凄婉的冬雪画面。

最后两句“黄芦掩映清江下，斜缆着钓鱼艖”写枯萎的芦苇倒映在清澈的水里，雪白而芦黄，在清冷的环境中形成鲜明的对比，此刻还有一条斜靠在岸边的小渔船独钓一江清景，给这荒凉的天地带来了一丝生活的气息。

由于元朝统一中原以后推行重武轻文政策，读书人处于“八娼九儒十丐”的地位，科举中断了达八十年之久，断绝了读书人的仕途，也把读书人推到生活的绝境。作者的这首小令，在荒芜之中蕴藏着一线生机，代表了读书人阶层的期盼和希望。

‖时光和弦‖

《画》

北风妍来西风姹，
冬久迎岁腊，
一路凛冽到天涯，
爱看那，风作妙笔雪作画。
画一个烟村远山下，
三两个樵人雪中踏。
画出茅屋四五间，
檐下几串越冬辣。
画一片老树村前挂，
引漫天寒鸦唱萧飒。
画轮夕阳倦归巢，
呱叫凄凄将雪压。
画一条小河林间跨，
拨几簇黄芦清水下。
画条鱼艖斜靠岸，
画个渔夫吹唢呐，
唢呐声声鸣空谷，

此时最无话，
瞠目欲穷苍天下，
爱看那，冬雪点来水墨画。

‖说明‖

这首作品的灵感来自赵雷的音乐作品《画》，作者将原作的景致一一拉入画布，并根据景色的远近做了排序，呈现出一幅冬日的山村雪景。这是一首原作的意译诗。

‖延展练习‖

1. 在互联网上搜索关键词“赵雷　画”，听完之后简要描述与【时光和弦】在创作思路上的同异点。

2. 【时光和弦】以画为题，是基于关汉卿的原作就是一幅美丽的画卷，请尝试讲述【时光和弦】中各个景致的远近关系。

003

青梅前，你恍然欠我一诺

【作品】《秋夕[1]》

【作者】唐·杜牧

| 人物小传 |

杜牧（803—约852），字牧之，号樊川居士，汉族，京兆万年（今陕西西安）人。唐文宗大和二年中进士，时年26岁，授弘文馆校书郎。约唐宣宗大中六年（852）冬天，病重逝世。

杜牧是唐代杰出的诗人、散文家，是宰相杜佑之孙，杜从郁之子。文学创作有多方面的成就，诗、赋、古文都身趁名家。因晚年居长安南樊川别墅，故后世称“杜樊川”，著有《樊川文集》。杜牧的诗歌以七言绝句著称，内容以咏史抒怀为主，其诗英发俊爽，多切经世之物，在晚唐成就颇高。杜牧人称“小杜”，以别于杜甫“大杜”。与李商隐并称“小李杜”。现存题为杜牧诗者共有486题524首。

‖内容‖

银烛[2]秋光冷画屏[3]，
轻罗小扇[4]扑流萤。
天阶[5]夜色凉如水，
坐看[6]牵牛织女星。

‖注释‖

1. 秋夕：秋天的夜晚。
2. 银烛：银色而精美的蜡烛。银，一作“红”。
3. 画屏：画有图案的屏风。
4. 轻罗小扇：轻巧的丝质团扇。
5. 天阶：露天的石阶。天，一作“瑶”。
6. 坐看：坐着朝天看。坐：一作“卧”。

‖赏析‖

此诗写失意宫女孤独的生活和凄凉的心境。

前两句“银烛秋光冷画屏，轻罗小扇扑流萤”描绘的是一幅深宫之中寂寞宫女的生活图景。作者描写了在一个秋天的晚上，银白蜡烛的微光在秋天的夜里闪烁，不断有景物的影子倒影在屏风上，给清冷的深宫平添了几分暗淡和幽冷。一个孤单的宫女用手中的小扇扑打飞舞的萤火虫。“轻罗小扇扑流萤”此句含义十分丰富且含蓄，包含三层意思：第一是萤火虫生活的地方常常是草丛冢间荒凉的地方，如今在宫中飞舞，可见宫女居住的庭院何其荒凉。第二是从宫女扑萤这件小事可看出宫女在夜里无事可做，因此以扑打流莺排遣寂寞，可见宫女十分孤独。第三是宫女手中的轻罗小扇具有象征意义，扇子本是夏天挥风取凉的，秋天无用，古诗里常以秋扇比喻弃妇。

后两句“天阶夜色凉如水，坐看牛郎织女星”。给出一个十分静寂画面，“天阶”指皇宫中的石阶。“夜色凉如水”暗示夜已深沉。夜已经很深了，孤单的宫女坐在石阶上，仰视着天河两旁的牵牛星和织女星。宫女安静的原因从天上的星星中得到答案，作为一个宫女，爱情离她很远，但挡不住她内心的向往，满怀心事的她久久地仰望天空，可见这有多么的不幸。

这首诗一、三句写景，把深宫秋夜的景物十分逼真地呈现在读者眼前。“冷”“凉”二字，把深宫之中的寂寞孤单形容得十分到位，也突出了宫女生活环境的深幽。第二、四两句写宫女的动作行为，“扑”“看”二字又传神地描绘出细节，含蓄蕴藉，很耐人寻味。全诗没有一句用于抒情，但宫女悲凉的生活状态和幽怨的期望却如此清晰地交汇在读者眼前。

‖时光和弦‖

《叙　世》

这故事曾从未与人说，
银烛灯火里有几过客，
秋光暖，执青螺，
取脂红将朱唇勾勒，
夕阳下，久长坐，
未见他夜来相思薄。

青纱帐里炉火正暖和，
执罗扇日晚倦看萤火，

灯花弱，流星落，
流年相思都束高阁，
屏前思，人在何，
听牛郎唱着织女歌。

睡梦里曾见他回来过，
醒来对镜芙蓉妆散落，
瑞脑香，染过客，
明朝空杯流霞独酌，
数繁星，有几多，
天阶如凉夜色如泼。

待梳妆戴落梅两三朵，
女儿酒在炉火上煨热，
妆半残，乌云遮，
附荣华他怎会来喝，
朱墙外，寒鸦过，
古来秋扇寂寞不过。

将尽萤火是否太炙热，
难取舍该否浓妆淡抹，
海棠开，桃花色，
如何问他如此洒脱，
不放手，又如何，
谁来怜惜半生执着。

公子啊，
可见那，门前石阶藏着青苔色，
十年回忆，似白纸染尽烟雨墨，
青梅前，你恍然欠我一诺，
犹只问，是不是一笑而过。
成全春闺梦空落，
明日花开醉阡陌，
自吟一首未名曲，
且由他，一别百年胭脂祸。

‖说明‖

这首作品根据原作的描绘，勾勒了一个深闺妇人的故事。从内容上看，尽管作者将原作的意象都融合到了作品中，但描绘的重点却不是秋夕的景致，而是妇人的内心活动和暗藏的故事，所以这是一首唱和作品。

‖延展练习‖

1.【时光和弦】虚构了一个深闺怨妇的故事,阅读后试分析她的爱人是什么原因抛弃了她?

2. 在【时光和弦】中找到关于原作中“天阶夜色凉如水，坐看牵牛织女星”的描述。

004

棋子不知何处落，傻等灯花渐渐弱

【作品】《约客[1]》

【作者】宋·赵师秀

| 人物小传 |

赵师秀（1170 — 1219），永嘉（今浙江温州）人，字紫芝，号灵秀，亦称灵芝，又号天乐。宋太祖八世孙。光宗绍熙元年（1190）进士，宁宗庆元元年（1195）任上元主簿，后为筠州（今江西高安）推官。仕途不佳，晚年宦游，寓居钱塘（今浙江杭州），逝于临安，葬于西湖。

赵师秀为南宋诗人，与徐照（字灵晖）、徐玑（字灵渊）、翁卷（字灵舒）并称“永嘉四灵”，人称“鬼才”，开创了“江湖诗派”一代诗风。有《赵师秀集》2 卷，别本《天乐堂集》1 卷，已佚，《清苑斋集》1 卷。

‖内容‖

黄梅时节[2]家家雨[3]，
青草池塘处处蛙[4]。
有约[5]不来过夜半，
闲敲棋子落灯花[6]。

‖注释‖

1. 约客：邀请客人来相会。
2. 黄梅时节：五月，江南梅子熟了，大都是阴雨绵绵的时候，称为“梅雨季节”。
3. 家家雨：家家户户都赶上下雨。形容处处都在下雨。
4. 处处蛙：到处是蛙声。
5. 有约：即为邀约友人。
6. 落灯花：旧时以油灯照明，灯心烧残，落下来时好像一朵闪亮的小花。落，使……掉落。灯花，灯芯燃尽结成的花状物。

‖赏析‖

与人相约而久候不至，难免焦躁不安，这大概是每个人都会有的经验，以此入诗，恐难以写得蕴藉有味。然而赵师秀的这首小诗状此种情致，却写得深蕴含蓄，余味悠长。

前两句写景，“黄梅时节家家雨，青草池塘处处蛙”，描绘的是一幅江南山村的雨中景。梅雨季节，细雨不绝，连连绵绵，家家户户都笼罩在湿润之中，村外池塘中塘水上涨，被雨水洗涤的青草更加清新，蛙声在雨声中此起彼伏，乡村之景显得清新恬静。然而这幅美景的背后，作者显然不会只是简单的抒情，从前两句的“家家语”和“处处蛙”已经可以看出埋有伏笔，这两种意向在视觉和听觉层面上可谓铺天盖地、连绵不绝，实际上是后文结果的造成原因，这种因果倒置的表现手法显得十分独特。那么这两种意向造成了什么结果呢?

在后面两句中作者终于给出答案，客人因为绵绵大雨“有约不来”，主人故作平静但却因处处蛙声而实际烦躁的“闲敲棋子”。第三句“有约不来夜过半”是本诗的点题句，同时还写明了时间，“夜过半”显然不是主客相约的见面时间，而是从相约以后主人一直等到了这个时间，可见等待的时间之长，主人家的心情在等待中渐渐从充满希翼变得烦躁，却偏要装作平静的闲敲棋子，实际内心却期望着与友人的对弈。

从作者的描述上看，第三句已经将欲诉之事说尽，但第四句“闲敲棋子落灯花”又燃起了一个小高潮，作者把等待中的细节作为结语描绘出来，结构上是交代了事情之后的内心活动，只不过这种内心活动作者是通过写物来实现的，“闲”字表现出此刻主人的无聊状态，“敲”是一个机械重复的动作，这两个字表现出主人尽管夜半了，依然在无聊中继续等待状态。“棋子”作为一个两人才能完成的游戏，在“闲敲”的过程中变成一个人的道具，主人家的苦闷、无奈、焦躁栩栩如生地浮现出来。“落灯花”同样是写物，但隐含的意思却不仅仅是说主人等待的时间已经很长，还包含着灯火将尽，客依旧不至，眼看等待成空，相约成影的既成事实，主人内心的怅然失望也抽丝剥茧的被揭露出来。这一句作者写得深刻含蓄，内涵寓意丰富，实属妙不可言。赵师秀作为“四灵诗人”之一，其结撰功夫，的确非凡。

‖时光和弦‖

《约　　客》

屋檐花落，约几个旧友来家坐一坐。
黄梅果未落，江南雨先来把天捅破。
淅沥沥慢慢落，池塘里蛙叫等来客。
棋子不知何处落，傻等灯花渐渐弱。

最怕约人空落，夜半时间早已等过。
痴呆看雨落，出门接又怕与客交错。
心情低落，这到底算天灾还是人祸。

‖说明‖

这是一首有趣的意译诗，每一句诗的字数一样，但断句则依次递增再递减。此外在韵脚上使用的是同一个字“落”，部分借鉴了独木桥和宝塔诗的写法。

‖延展练习‖

1.【时光和弦】运用和借鉴了部分独木桥诗和宝塔诗的写法，查阅资料，试阐述这两种诗歌写作形式的基本要求。

2.【时光和弦】作者在描写风格上加入了一丝诙谐，你认为是否符合原作所描写场景中人物的心态?

005

南朝楼台里，谁站了千年

【作品】《江南春》

【作者】唐·杜牧

| 人物小传 |

杜牧（803—约852），字牧之，号樊川居士，汉族，京兆万年（今陕西西安）人。唐文宗大和二年中进士，时年26岁，授弘文馆校书郎。约唐宣宗大中六年（852年）冬天，病重逝世。

杜牧是唐代杰出的诗人、散文家，是宰相杜佑之孙，杜从郁之子。文学创作有多方面的成就，诗、赋、古文都身趁名家。因晚年居长安南樊川别墅，故后世称“杜樊川”，著有《樊川文集》。杜牧的诗歌以七言绝句著称，内容以咏史抒怀为主，其诗英发俊爽，多切经世之物，在晚唐成就颇高。杜牧人称“小杜”，以别于杜甫“大杜”。与李商隐并称“小李杜”。现存题为杜牧诗者共有486题524首。

‖内容‖

千里莺啼[1]绿映红，
水村山郭[2]酒旗[3]风。
南朝[4]四百八十寺[5]，
多少楼台[6]烟雨[7]中。

‖注释‖

1. 莺啼：即莺啼燕语。

2. 郭：古代筑城，外城称为郭。此处指城镇。

3. 酒旗：挂在门前以作为酒肆标记的旗帜。

4. 南朝：指先后与北朝对峙的宋、齐、梁、陈政权。

5. 四百八十寺：南朝皇帝和大官僚好佛，在京城（今南京市）大建佛寺。据《南史·循吏·郭祖深传》说：“都下佛寺五百余所”。这里说四百八十寺，是虚数。

6. 楼台：楼阁亭台。此处指寺院建筑。

7. 烟雨：细雨蒙蒙，如烟如雾。

‖赏析‖

唐文宗大和七年（833）春，杜牧奉幕主沈传师之命，由宣州经江宁往扬州访淮南节度使牛僧孺途中写下这首诗。

这首诗的前两句“千里莺啼绿映红，水村山郭酒旗风。”仿佛是以快速的镜头在南国大地上推进，将广袤大地上的景色囊括在其中，江南美不胜收：黄莺欢唱，绿树红花，山村傍水，城郭依山，酒旗迎风招展，一派和谐春暖的景象，令人心旌摇荡。千里作为一个虚数的表达，在这里传达出的是广袤大地之上处处山重水复、层次丰富的美景，这种乘坐现代航空器才具备的视觉既视感为整个作品添色不少。

接下来的两句“南朝四百八十寺，多少楼台烟雨中。”同样是写景，说南朝以来在这片大地上新建的那些庄严、肃穆的佛寺，在烟雨之中显得迷蒙，此句意境已经转换，前文的明媚、清新忽然转折到朦胧、迷离，但却并不显得突兀，反而令画面显得丰富多彩，所谓十里不同天，在如此辽阔的画布上，不同地方的天气不同也属正常，但也恰恰反映出作者对细节的观察和描写十分到位。此外与前两句也形成鲜明的对比，两种不同的春色水乳交融，交相应晖，引人入胜。这里的“南朝”二字和“千里”一样用得十分出彩，富有浓郁的历史厚重感，瞬间将思绪引入悠远的时空沉淀之中，结尾句“多少楼台烟雨中”的感叹，也因为这两个字的运用变得不仅仅是写景，更饱含了对历史兴衰的无尽遐想。

关于这首诗的主旨，是否借古讽今是分歧较大的地方。有的研究者认为末二句是讽刺，也含有忧国忧民的思想，使得整首诗含义比较丰富。但有的研究者不以为然，认为这是一首单纯描绘江南美景的赞美诗。

‖时光和弦‖

《江　南　韵》

将墨蘸，
酒旗招展了谁的早江南，
几笔重彩面映红，
画不尽，

清风明月绿千山。

爱江南，
春雨唤醒了村中小渔船，
十里青鸟鸣远山，
唱不尽，
自古多少旧缠绵。

叹！叹！叹！
南朝楼台里谁站了千年，
朝者如云雨如烟，
听不尽，
晨钟暮鼓虔诚念。

‖说明‖

这是一首原作的意译诗，以江南入题，遣词偏古韵风格，较好的保留了原作的意思。

‖延展练习‖

1.【时光和弦】中，作者用了三个“不尽”，所用的“画”“唱”“听”的位置能不能相互替换，为什么？

2.【时光和弦】中最后一段，作者连用三个“叹”字，除了在格式工整上和前面两段保持一致外，还起到什么作用？

006

拿个弹弓打黄鹂，小心你爸揍你

【作品】《清明日》

【作者】唐·温庭筠

| 人物小传 |

温庭筠（约 812 —约 866），本名岐，艺名庭筠，字飞卿，汉族，太原祁（今天山西省祁县）人，晚唐时期诗人、词人。唐初宰相温彦博之后裔。温庭筠出生于没落贵族家庭，将近 40 岁时才开始应举，屡考不中，一生很不得志，行为放浪。他曾任隋县和方城县尉，官至国子监助教。后被贬方城，于咸通七年（866）冬抑郁而死。

温庭筠富有才学，文思敏捷，每入试，押官韵，八叉手而成八韵，所以也有“温八叉”之称。然恃才不羁，又好讥刺权贵，多犯忌讳，故一生遭受排挤，郁郁不得志。其精通音律，工诗，其诗辞藻华丽，浓艳精致，内容多写闺情，与李商隐齐名，时称“温李”。其词作刻意求精，注重文采和声情，艺术成就在晚唐诸词人之上，被尊为“花间词派”鼻祖。在词史上，温庭筠与韦庄齐名，并称“温韦”。存词七十余首，有《花间集》遗存，后人辑有《温飞卿集》及《金奁集》。

‖内容‖

清娥[1]画扇中，春树[2]郁金红。
出犯[3]繁花露，归穿弱柳风。
马骄偏避幰[4]，鸡骇乍开笼。
柘弹[5]何人发，黄鹂隔[6]故宫[7]。

‖注释‖

1. 清娥：一作“清蛾”。清，不仅写娥美，而且点出了日期是清明，时间是清晨。
2. 春树：春天里的树，这里指桃树。
3. 出犯：出，外出；犯，踏青。

4. 幰（xiǎn）：帐帏。
5. 柘弹：用弹弓发射的弹丸。
6. 隔：庭院的外隔墙。
7. 宫：庭院里的房子。在秦始皇之前，比较豪华的房子皆称宫。

‖赏析‖

清明是二十四节气之一。中国的传统习俗是清明扫墓，由于这期间又有寒食节，故两个节日的活动就同时进行。宋吕希哲《岁时杂记》云："清明节在寒食第二日，故节物乐事，皆为寒食所包。"除了扫墓外，人们在这期间还有游春、踏青、插柳、荡秋千等传统活动。温庭筠这首《清明日》就是写人们在清明那天外出踏青的喜悦心情。

开篇前四句重点写风景，说清明日的清晨，蝶蛾飞舞，景色如画。满园的桃花和郁金香竞相开放，一派春光灿烂的景象。人们呼朋引伴相约踏青，出发时拂落繁花上的甘露，归来时感受柳丝间的微风。后面四句重点描绘动景：马儿在帐帏旁昂首嘶鸣，鸡群争先恐后地窜出鸡笼，顽皮的孩子不知从何处发射飞弹打鸟，吓得黄鹂赶紧飞入隔墙的庭院，在房顶上鸣叫。

这首诗中出现的景色和景物数量繁多，但行文之间并不让人眼花缭乱，因为作者充分利用了视觉、听觉、感觉的交错来完成布局，特别是对鸡群和飞弹的描写，细腻地描绘出春天景色中人们的欢乐生活场面，喜悦欢愉之情将春天渲染得更加富有人情味。温庭筠用词的凝练和行文的排序功力极高，在历代一百余首清明诗中，很少有超过这首《清明日》的。

‖时光和弦‖

《清明日·村长很生气》

喂，谁家的孩子这么皮，
偷偷打开了笼子放出了鸡，
任它们在打花骨朵的桃林里，
捉着虫子填肚皮，
你看它左脚抓着枯枝，
右脚刨翻草地，
新种的豆苗被弄得全是泥。
喂，还有那个穿马褂的小痞，
别以为我没看见你，

拿个弹弓打黄鹂，
小心你爸揍你，
有这玩闹的功夫，
不如照看下围栏里嘶叫的马匹。
今儿个要过清明，
昨夜又下过小雨，
这么好的天气，
城里人最是欢喜。
小子被花露弄湿了鞋底，
还个个欢声笑语，
逛个破烂小溪，
嘴里还哼哼小曲。
柳树边的凉风又大，
就不怕寒气入体，
老头我年岁一把，
看了都替他着急。
这些都不咋地，
别踩坏地里的小米，
要是长不出庄稼，
我找谁去说理？

‖说明‖

这首富有乡村气息的作品，以村长的口吻描绘了原作中出现的景致和细节，但使用的调性却恰好相反，形成强烈的对比。口语化的表现手法和描述者的身份有关，同一个景色在城里人和农村人看来，是大不一样的，而这首作品将这种差异表现得十分到位。

‖延展练习‖

1. 【时光和弦】是一首乡野口语感十足的作品，令原作的美好画面瞬间逆转，尝试分析作者这样写作的理由？

2. 阅读原作和【时光和弦】，试着分析诗人和乡下农人在看待事物方面有什么不同。

007

一首少女才会懂的词牌

【作品】《浣溪沙[1]·淡荡春光寒食天》

【作者】宋·李清照

| 人物小传 |

李清照(1084—1155),号易安居士,汉族,齐州章丘(今山东章丘)人。两宋之交著名女词人,婉约词派代表,有“千古第一才女”之称。

李清照出生于书香门第,早期生活优裕,后嫁于赵明诚。金兵入据中原,北宋亡,李清照随着流亡朝廷流寓南方,境遇孤苦。其作品早期多清新自然、婉约可人,后期因生活变化多悲叹身世,感伤别苦。

李清照著有《易安居士文集》《易安词》,已散佚。后人有《漱玉词》辑本。今有《李清照集校注》。

‖内容‖

淡荡[2]春光寒食[3]天。玉炉[4]沉水[5]袅残烟。梦回山枕[6]隐花钿[7]。
海燕未来人斗草[8],江梅已过柳生绵[9]。黄昏疏雨[10]湿秋千。

‖注释‖

1. 浣溪沙:唐教坊曲名,因春秋时期人西施浣纱于若耶溪而得名,后用作词牌名,又名“浣溪纱”“小庭花”等。分平仄两体,字数以四十二字居多,还有四十四字和四十六字两种。最早采用此调的是唐人韩偓,通常以其词为正体,另有四种变体。全词分两片,上片三句全用韵,下片末二句用韵。此调音节明快,为婉约、豪放两派词人所常用。

2. 淡荡:舒缓荡漾之意。多用以形容春天的景物。

3. 寒食:节令名。在清明前一二日。相传春秋时,介之推辅佐晋文公回国后,隐于山中,晋文公烧山逼他出来,之推抱树焚死。为悼念他,遂定于是日禁火寒食。

4. 玉炉:香炉之美称。

5. 沉水:沉水香,一种名贵的香料。

6. 山枕:两端隆起如山形的凹枕。

7. 花钿：用金片镶嵌成花形的首饰。

8. 斗草：一种竞采百草、比赛优胜的游戏，参加者多为青年妇女与儿童。一名斗百草。

9. 柳生绵：即柳树长出柳絮。柳树的种子带有白色绒毛，故称。

10. 疏雨：稀稀落落的雨。

‖赏析‖

这首词为作者早年所作。据陈祖美《李清照简明年表》：公元1100年（元符三年），李清照结识张耒、晁补之及同龄诸女友，《浣溪沙·淡荡春光寒食天》等词当作于是年前后。

这首词是李清照早期的名篇之一。上片头两句先用倒叙，是第三句睡醒后的所见所感，所以理解起来先看“梦回山枕隐花钿”这句表达的内容，是说少女在暮春三月里，不知不觉沉沉睡去，一觉醒来发现闺中熏香已熄灭，自己妆未卸簪未取地不知睡去多久，看着枕形如山，不由出神，回想梦境看着窗外的春色。“淡荡春光寒食天。玉炉沉水袅残烟”写的就是此刻出神之时的眼前所见，窗外春景荡漾，屋里沉香袅绕，一派春光伊人春闺美好的绚丽景象。上片这三句不事雕琢，自然通畅，仿佛口语一般喃喃道来，别有情致。

下片由上片的少女之思入句，以眼前即景写照少女内心，“海燕未来人斗草，江梅已过柳生绵”对仗工整，动静相宜，先说女伴们快乐地玩着斗草游戏，可是斗草的时节都已经到了，海燕怎么还没有飞来呢？接着同样感叹江梅已经谢市柳树正在飞花。这两句即景的描写都同时指向同一个意向：春天过半，春闺寂寥，春天尚有少女惋惜，可是又有谁来爱惜少女的春天呢？这里作者将少女内心描写得非常细腻，心理活动的表达既含蓄又直白，为什么这样说呢？这要看第三句“黄昏疏雨湿秋千”中给出的意念：秋千本是寒食节少女们常常玩的一种游戏，此刻却恰逢黄昏时分，细雨淅沥，将秋千淋湿，快乐的游戏不能继续，美好的心情被细雨打断，就算百般不情愿也不得不接受这个结果，结合上面两句，可见作者要写的实际上并非是因不能游戏而懊恼，而是春闺寂寥，无人惜春，少女应有的灿烂和明媚却如这无法继续的秋千一样，被深深地困于春闺。

这首词全文写物，并不见写人，但通过物与景的交融，不着一字就把春日少女的姿态和内心写得惟妙惟肖，运笔的功力极深。

‖时光和弦‖

《惜　　春》

我从梦中醒来，

在梦里遗落了金钗，
闺房中香炉燃尽，
时隐时现的香气还在。
窗外邻家的女孩们斗起了百草，
可我是不是，
还在梦醒时分徘徊。
黄昏的小雨朦朦胧胧，
而我似乎，
还在梦的春光里寻那凤凰台。

我从梦里醒来，
梦见海燕讪讪归来，
江边的青梅已落，
缥缈不定的梦境还在。
窗外满天的柳絮尽是梦里情怀，
暮春里的青色呀，
悄悄越过我的窗台，
好像随风荡漾的秋千，
在我心里，
荡出一首少女才会懂的词牌。

‖说明‖

原作倒叙的手法在这首作品没有沿用，作者按照顺序修正了故事的时间轴，但在出现的景致上，却又做了打散重组，以符合新作品的语言逻辑关系。同样是描绘少女梦醒的所见所思，这首作品的结语将前文的所有内容描绘成少女才懂的词牌，与原作倒叙的不知是醒是梦遥相呼应。

‖延展练习‖

1．原作李清照以寒食节为题，但在【时光和弦】中并没有明确的语句说明是这个节气，那么，作者描写的哪些意象是属于寒食节前后才有的？

2．原作李清照开篇采用了倒叙，【时光和弦】则打乱了原作意向出现的顺序，试找出一个顺序和原作不符的意向。

008

牛郎对织女，不尽对无穷

【作品】《鹊桥仙[1]·纤云弄巧》

【作者】宋·秦观

| 人物小传 |

秦观（1049 — 1100），字少游，一字太虚，别号邗沟居士，学者称其淮海居士，江苏高邮人。北宋文学家、词人，被尊为婉约派一代词宗。宋神宗元丰八年（1085）进士。曾任太学博士（即国立大学的教官）、秘书省正字、国史院编修官。后数次被贬，在返还北归途中卒于藤州。

秦观 20 岁作《浮山堰赋》，24 岁作《单骑见虏赋》，为世人所重。其为苏轼之徒，为苏门六学士之一，天赋才情极高，文学成就灿然可观。有《淮海集》《淮海居士长短句》等作品传世。

‖内容‖

纤云弄巧[2]，飞星传恨[3]，银汉迢迢暗度[4]。金风玉露[5]一相逢，便胜却人间无数。柔情似水，佳期如梦，忍顾鹊桥归路[6]。两情若是久长时，又岂在朝朝暮暮[7]。

‖注释‖

1. 鹊桥仙：词牌名，又名《鹊桥仙令》《金风玉露相逢曲》《广寒秋》等，双调五十六字，前后阕各两仄韵，一韵到底。前后阕首两句要求对仗。

2. 纤云：轻盈的云彩。弄巧：指云彩在空中幻化成各种巧妙的花样。

3. 飞星：流星。一说指牵牛、织女二星。

4. 银汉：银河。迢迢：遥远的样子。暗度：悄悄渡过。

5. 金风玉露：指秋风白露。李商隐《辛未七夕》：“恐是仙家好别离，故教迢递作佳期。由来碧落银河畔，可要金风玉露时。”

6. 忍顾：怎忍回视。

7. 朝朝暮暮：指朝夕相聚。语出宋玉《高唐赋》。

‖赏析‖

这是一首咏七夕的节序词，讲述的是牛郎织女的故事桥段，不仅传说动人，作者更是写出新意，历来被痴男怨女奉为经典，在其写作上，手法凝练，直抒情谊，富有寓意，是难得的佳句。特别是其上下片各有流传千古的句子，颇为难得。

上片起句即写“纤云弄巧，飞星传恨，银汉迢迢暗度”，描写云彩和星辰，但各自的寓意却并不相同，云是轻柔多姿，说的是织女的手艺精巧绝伦。星却飞驰而去，喻意美好的一段爱情却没有好的结局，隔着辽阔的银河，牛郎织女的相见如此遥遥无期。作者在这里将相思相爱的深情化作了天各一方的切身之恨，对相恋的人来说这样的恨才是千里迢迢来相会的最大动力。对爱情的向往只能寄于每年七夕的相会，所以作者在三四句中对这样的相会给予了最大的赞美“金风玉露一相逢，便胜却人间无数”，银河之畔，鹊桥之上，与最爱的人相逢在金风玉露之夜，这一刻的美好抵得上人间千万遍的相逢。这一句可谓是千锤百炼的名句，深受喜爱，特别是这里的“金风玉露”化用的是李商隐《辛未七夕》的诗句，一方面是描写七夕相会的时节风光，另一方面作者以这样金风玉露、冰清玉洁的背景，来衬托出每年一次的相会极为高尚纯洁。

下片起句描绘相会的场景，“柔情似水，佳期如梦，忍顾鹊桥归路”，写出相会之时两人的浓情蜜意，温柔缠绵，只可惜这样的相会十分短暂，刚刚的相见如美梦般流逝惊醒，之后又将是长久的分离，两人相聚的鹊桥转眼成了分别的归路，怎不叫人心碎！写到这里作者可谓深深的道出了其中的无奈心酸，所以三四句在这种离别之情中发自肺腑的涌出胸口：“两情若是久长时，又岂在朝朝暮暮！”秦观这两句结语揭示了爱情的真谛：真诚的相爱才是爱情的最高境界，永远地爱着对方，不因分离而变心，比朝夕相伴更加难能可贵。这两句的感情深厚，直彻肺腑，成为人们评介爱情的至理名言。

‖时光和弦‖

《相　思　对》

清对淡，薄对浓，
细雨对斜风。
山对海，绿对红，
离影对芳踪。

云缓缓，日朦朦，

青梅雨里藕花风。
你对我，烛对虹，
愁望对相思，
浮萍对草蓬。

花灼灼，草茸茸，
君子竹下大夫松。
我对你，蝶对蜂，
痴心对闺怨，
倾慕对情衷。

奇对偶，叠对重，
咫尺对天涯，
白昼对青葱。
我对你，抱对拥，
牛郎对织女，
不尽对无穷。

‖说明‖

这首唱和作品借用了牛郎织女的典故，本身与原作的关联不大。其巧妙之处在于，作者借用一部分清代李渔《笠翁对韵》中的句子，组合出一首完整的爱情诗。

‖延展练习‖

1. 【时光和弦】引用了大量清代李渔《笠翁对韵》中的句子，经过重新排序和加工，使之成为一首具有完整含义的诗，那么这种借用前人已有诗句组合成一首新诗的诗歌形式叫什么？再列举几个同类的例子。

2. 为你心中的他（她）写一首《相思对》诗词，形式不限。

第十章

风景生活

001

罗裳沾翻了甜甜的桃花酒

【作品】《采桑子[1]·荷花开后西湖好》

【作者】宋·欧阳修

| 人物小传 |

欧阳修（1007 — 1072），字永叔，号醉翁、晚号六一居士，汉族，吉州永丰（今江西省吉安市永丰县）人，因吉州原属庐陵郡，以“庐陵欧阳修”自居，谥号文忠，世称欧阳文忠公，累赠太师、楚国公。天圣元年（1023）和天圣四年（1026）两次参加科举都意外落榜，天圣七年（1029）到八年，欧阳修连中三元，授任将仕郎，试秘书省校书郎，充任西京（洛阳）留守推官，后官至翰林学士、枢密副使、参知政事。

欧阳修是在宋代文学史上最早开创一代文风的文坛领袖，且在政治上负有盛名。后人将其与韩愈、柳宗元和苏轼合称“千古文章四大家”。与韩愈、柳宗元、苏轼、苏洵、苏辙、王安石、曾巩合称“唐宋散文八大家”。

‖内容‖

荷花开后西湖好，载酒来时。不用旌旗[2]，前后红幢[3]绿盖[4]随。
画船撑入花深处，香泛金卮[5]。烟雨微微，一片笙[6]歌醉里归。

‖注释‖

1. 采桑子：又名《丑奴儿》《罗敷媚》《罗敷艳歌》等。格律为双调四十四字，上下片各四句三平韵。另有添字格，两结句各添二字，两平韵，一叠韵。

2. 旌（jīng）旗：古代旗帜的总称，这里指旌旗组成的仪仗队。

3. 幢（chuáng）：古代的一种帐幔。

4. 盖：古代一种似伞的遮阳物。

5. 卮（zhī）：古代一种用于盛酒的器皿。

6. 笙（shēng）：古代一种簧管乐器。

‖赏析‖

宋仁宗皇祐元年（1049），作者时知颍州，趁着盛夏之季游玩西湖写下此词，记载了西湖风光及游湖之乐。

上片起句的作用一是点题，说荷花开后西湖景色更加美好，坐着画船载着美酒看荷，可谓美事。接下来两句是个倒装句，作者把荷花的枝叶花朵比作红幢绿盖，自己的游览变成一场颇具仪式感的出行，不用旌旗点缀，就已前呼后拥。这里作者似乎玩心大起，把花团锦簇的荷花描绘成自己的仪仗队，不仅写出了荷花的繁盛，也同时从侧面写出了自己内心的高兴和愉快。从第一句中的“西湖好”到上片结尾，我们可以通过作者的描写感受到清香扑鼻的浓浓绿意，湖水之上荷花叠嶂，小船穿行期间，美不胜收。

下片写画船行入荷花深处，作者饮酒听曲欣赏着美景，这里有听觉、有视觉、有嗅觉，乐曲、美景和香气的围绕让人放下一切不痛快，全身心的沉醉在美景之中。末句里的“醉里归”表现出作者放下一切直到喝醉才回的心态，可见眼前的美景非常吸引人。整首词寓情于景，写出了作者的洒脱情怀。

‖时光和弦‖

《醉行荷香间》

八月的荷花 把娇美开透，
画舫携酒 直驶到幽香尽头。
拈一片荷瓣 把碎雨轻承，
在微微细雨里，洗出翠叶的媚柔。
夏雨浇灌的西湖啊，
当得一醉方休！
来，唱一曲暗香浮动，
把这韶光挽留！
来，斟满这金色酒杯，
许未来长日无忧！
绿叶红花掬不尽一洼风流，
盈盈的水袖舞去那昨日烦忧，
星眸流转缠绵着湿润的天光，
淡粉的罗裳沾翻了甜甜桃花酒，
且醉，

且睡，
不急着醒，
不急着走，
任船儿缓缓悠悠。

‖说明‖

这首作品流露出的细腻与柔软，和原作欧阳修的柔中带刚形成鲜明的对比。最后部分作者有意的放缓节奏，将一句话分为多句表达，又与欧阳修干脆豪放的结尾呼应。从内容上这首作品在原作基础上有所新的演绎，思想情感的表达也辩若两人，所以是一首唱和作品。

‖延展练习‖

1．结合原作，谈一谈【时光和弦】中，值得“一醉方休”的理由。

2．相对原作写作者本人——一位男性的感受，【时光和弦】显然是写一位女性的感受，请找出支持这种说法的句子。

002

他已走，我还留

【作品】《登黄鹤楼》

【作者】唐 · 崔颢

| 人物小传 |

崔颢（hào）（约 704 — 754），汴州（今河南开封市）人，唐代诗人。唐开元年间进士，《旧唐书·文苑传》把他和王昌龄、高适、孟浩然并提，但他宦海浮沉，终不得志，官至太仆寺丞，天宝中为司勋员外郎。

崔颢秉性耿直，才思敏捷，其作品激昂豪放，气势宏伟，著有《崔颢集》。最为人称道的是他那首《黄鹤楼》，据说李白因之搁笔，曾有“眼前有景道不得，崔颢题诗在上头”的赞叹。《全唐诗》收录诗四十二首。

‖内容‖

昔人[1]已乘[2]黄鹤去，此地空余黄鹤楼[3]。
黄鹤一去不复返[4]，白云千载空悠悠[5]。
晴川历历[6]汉阳[7]树，芳草萋萋鹦鹉洲[8]。
日暮乡关[9]何处是？烟波江上使人愁。

‖注释‖

1. 昔人：传说三国时期费祎在黄鹤山乘鹤登仙，此处即指此人。

2. 乘：驾乘。

3. 黄鹤楼：故址在湖北省武汉市武昌区，民国初年被火焚毁，1985 年重建。传说仙人黄子安因其曾驾鹤过黄鹤山〔又名蛇山〕，遂在此建楼。

4. 返：返回。

5. 空悠悠：空荡荡。

6. 晴川历历：平原在眼前清晰无比。晴川：广袤的平原。历历：历历可数。

7. 汉阳：地名，湖北省武汉市汉阳区，与黄鹤楼隔江相望。

8. 鹦鹉洲：在湖北省武汉市武昌区西南，根据后汉书记载，汉黄祖担任江夏太守时，在此大宴宾客，有人献上鹦鹉，故称鹦鹉洲。唐朝时在汉阳西南长江中，现已经和陆地相连。

9. 乡关：故乡。

‖赏析‖

这首诗是借古怀乡之佳作。首句“昔人已乘黄鹤去，此地空余黄鹤楼。”写诗人登临古迹黄鹤楼，怀着对登仙之人的憧憬而来，可惜仙人驾鹤杳无踪迹，鹤去楼空，只留下眼前一座供人瞻仰的江楼。此句先说已经消失不见的东西，实则是为后文抒发乡愁情结做出相应的铺垫。

三四句描写江天相接的自然画面，在白云的衬托之下，这样辽阔的江景显得宏大而久远，“千载”二字道尽时空的长远，那么是什么让诗人发出“空悠悠”这跨越时间长河的感叹呢？黄鹤楼久远的历史和美丽的传说在这黄鹤楼上依然传颂，但曾经故事的主角却一去不复返，物是人非、鹤去楼空，岁月难再、世事茫然。“黄鹤一去不复返”是一种普遍性的情绪列举，读到这里我们可以肯定作者将要有所抒发，但究竟抒发何种情感还不明朗。需要接下来看五六句。

“晴川历历汉阳树，芳草萋萋鹦鹉洲”两句为眼前即景，作者笔锋一转，由写虚幻的传说转为写眼前的景物，晴空里一马平川所见及远，隔水相望的汉阳城清晰可见城中的树木，鹦鹉洲上芳草茂盛，而这一切不过是下句“日暮乡关何处是”的铺垫，再美的景色也不能阻挡作者对故乡的思念，因为眼前的美景不是故乡，悠长的岁月里没有故乡，太阳西下何处才是故乡？作者对故乡的无限愁思在时间和空间里都找不到对应的目标，不是故乡不在了，而是这个故乡并非特指作者的故乡，它代表天下游子的故乡，这是一种心系天下苍生的广义乡愁，问乡乡不语，思乡不见乡，作者为天下游子而忧伤，以至于身处“烟波江上”心却无处安放。

这篇作品音节响亮，笔触顺滑，内涵深远且抒情一泻千里。看似信手所作，实则精雕细琢，场景广阔宏丽，立意饶有风骨，一直都是历代所推崇的诗中珍品。

‖时光和弦‖

《往 复 返》

我想 他是否曾像我此刻一样，
穿过这长廊，

手抚过这缕花的木窗。
像我一样，
安坐光影里，
静听阶前槐花飘香。
像我一样，
倚在这栏杆，
看尽满城的花团锦秀，
轻掷了流年，熬老了时光。
到最后 他挥一挥袖，
这三千的繁华都没能把他挽留，
到最后 他驾鹤而走，
只留下缥缈的传说荡漾在身后。
白云悠悠天上流，
风铃檐下兀自响，
殿前青灯黄卷还依旧，
他已走 我还留，
在鹦鹉洲芳草萋萋的芦花里，
在满城的炊烟的黄昏里，
眺望家的方向。

‖说明‖

有着强烈画面感的一首唱和作品，作者的描绘游走在现实和臆想之间，如梦如幻，时虚时实，不仅给我们展现了电影镜头一般的既视感，更具有一种代入感，情不自禁的把自己当做“我”的角色。

‖延展练习‖

1. 【时光和弦】是以第一视角描写的作品，那么文中的“他”是指谁？

2. 【时光和弦】中的“我”，臆想了关于“他”的“故事”，这些“故事”与“我”有什么关联？

003

直入淡淡水云间

【作品】《酒泉子[1]·长亿西湖》

【作者】宋·潘阆

| 人物小传 |

潘阆（làng）（？—1009），字梦空，一说字逍遥，号逍遥子，大名（今属河北）人，一说扬州（今属江苏）人。北宋初著名隐士、文人。性格疏狂，曾两次坐事亡命。宋真宗时释其罪，任滁州参军。有诗名，风格类似孟郊、贾岛，亦工词，所制《忆余杭》多首，一时盛传，曾得苏东坡的欣赏，今仅存《酒泉子》十首。

‖内容‖

长忆西湖。尽日[2]凭阑[3]楼上望：三三两两钓鱼舟，岛屿[4]正清秋。
笛声依约[5]芦花里，白鸟[6]成行忽惊起。别来闲整钓鱼竿，思入水云[7]寒。

‖注释‖

1. 酒泉子：词牌名之一。有两体，一为温庭筠体，为词牌正格；二为潘阆体，又名《忆馀杭》。原为唐教坊曲，《金奁集》入“高平调”。一般以温庭筠体为正格。双片四十一字，全阕以四平韵为主，四仄韵两部错叶。潘阆体《酒泉子》，又名《忆馀杭》，双调四十八字，前段四句两平韵，后段四句两仄韵、两平韵。

2. 尽日：整天。

3. 凭阑（lán）：靠着栅门。阑：带横格的栅门。

4. 岛屿：指西湖中的三潭印月、阮公墩和孤山三岛。

5. 依约：隐隐约约。

6. 白鸟：白鸥。

7. 水云：云水交融，这里指西湖秋天的景色。

‖赏析‖

潘阆是把山水作为词的描写重点的早期尝试者，共作《酒泉子》十首吟咏钱塘地区的自然风光，每首词都以“长忆”起句，是宋词中最早的组词。

由于这组作品是作者后期所写，所以每一首的上片“长亿”一句都是指作者开始回忆。后面部分才是每一首的主干内容，这一首先是写一整天都在凭栏远眺，看西湖的美景，秋高气爽的时节，西湖水色清明，孤山秋高气爽，几只渔船在湖中荡漾，悠然自得。作者只用两句就勾勒了一幅远近相宜、意趣恬淡的秋天画面，且静中有动，动静相宜，所忆的西湖不仅仅有绚丽的景致，更多了作者本人沉迷于湖光山色之中的痴态，这种以己入画的描写极富诗情画意，引出对当年无尽的唏嘘，终日的流连，用情在现实与回忆之间转换，显得十分细腻。

下片写芦花丛里传来隐隐约约的笛声，惊起了一行行白鹭，不由得叫人想要立刻收拾钓鱼竿，马上奔入这美景之中垂钓。这里的“别来”二字是区分回忆和现实的关键，前两句所描写的记忆中的美景，到这里被拉回现实，但是人在现实中，心却还在回忆里，所以作者说“别来闲整钓鱼竿”，就是指自己急于再赶赴西湖。

根据作者这首词的写作背景，我们知道他曾经被贬谪，《酒泉子》组词中有相当一部分内容都表明作者有远离宦海的出世思乡，这首作品在下片中营造出钓翁渔隐的苍茫景色，正是作者以景寓情的表达。

‖时光和弦‖

《忆 西 湖》

闲了旧时的钓竿鱼线，
冷了当日的诗墨酒茶。
独自凭栏望，
依稀处波光滟潋。

思念，
那日的西湖 只应胜眼前，
好一幅清秋水墨画卷。
水色空灵清浅，
三两个乌蓬小船停驻，
芦苇轻轻摇，

有白鸟掠起，
直飞烟波深处 消失不见。

惆怅，
谁负了这西湖清秋风情无限，
负了水色天光沧浪画苑。
那坛西湖黄酒，
早已在楼头饮光，
暮色里，
老友的笛音依稀回响在耳边。

归去，
渐轻渐无渐寂念，
辞别凡尘俗里杂事冗怨，
携钓竿长笛，
直入淡淡水云间。
留那芦花丛里，
少年的歌声一片，

‖说明‖

这首作品是一首意译诗，作者将原作中表达的思想感情，巧妙的拆解成有着前后因果关系的段落，用思念过去，惆怅当下，臆想归去来表达对西湖美景的怀念之情。

‖延展练习‖

1. 试以《忆西湖》为题，写一篇短文。
2. 【时光和弦】三段的起句："思念""惆怅"和"归去"，在逻辑关系上是怎样的结构?

004

坐在时光的深处跟你话一话桑麻

【作品】《归园田居·其三》

【作者】晋·陶渊明

| 人物小传 |

陶渊明（352或365—427），字元亮，又名潜，私谥“靖节”，世称靖节先生，浔阳柴桑（今江西九江）人。东晋末至南朝宋初期伟大的诗人、辞赋家。曾任江州祭酒、建威参军、镇军参军、彭泽县令等职，最末一次出仕为彭泽县令，八十多天便弃职而去，从此归隐田园。他是中国第一位田园诗人，被称为“古今隐逸诗人之宗”，有《陶渊明集》。

‖内容‖

种豆南山[1]下，草盛豆苗稀[2]。
晨兴[3]理荒秽[4]，带[5]月荷锄[6]归。
道狭[7]草木长[8]，夕露[9]沾[10]我衣。
衣沾不足[11]惜，但使愿无违[12]。

‖注释‖

1. 南山：指庐山。
2. 稀：稀少。
3. 兴：起身，起床。
4. 荒秽：指野草之类。形容词作名词。秽：肮脏。这里指田中杂草。
5. 带：一作“戴”，披。
6. 荷（hè）锄：扛着锄头。荷，扛着。
7. 狭：狭窄。
8. 草木长：草木丛生。
9. 夕露：傍晚的露水。

10. 沾：打湿。

11. 足：值得。

12. “但使愿无违”：只要不违背自己的意愿就行了。但，只。违，违背。

‖赏析‖

这首“种豆南山下”的八句短章，描写的是诗人隐居之后躬耕劳动的情景。在四十个字的小空间里，表达出丰富深刻的思想内容。

全文主要中心寓意分为两层，前四句为第一层，借用杨恽诗意，反映劳动生活。先两句化用了杨恽的“田彼南山，芜秽不治”，点明了地点是在南山下，同时也说自己种豆的结果是“草盛豆苗稀”，这里用字寻常，不事雕琢，但反映的内容却很丰富，作为一个不事劳作的诗人，没有耕种经验，“豆苗稀”也不足为怪，但诗人显然对这样的结果没有丧气，他“晨兴理荒秽，带月荷锄归”，丝毫不因没种好豆而灰心，反而早出晚归，勤恳无比，这种乐此不彼的心态反应出归隐之后对生活的热情，

后四句寄情于景，作者以田间劳作为喻体，通过道窄草深，夕露沾衣的细节描绘，诉说劳作的辛苦与艰难，为最后两句的寄情做好铺垫。对作者来说，“衣沾不足惜，但使愿无违”是其心迹的直抒，人生的道路有许多选择，但归隐与田园才是自己想要的，哪怕辛苦艰难，也不愿世俗中的污秽沾染自己的操守。

这首作品写于作者归隐之后，当时他辞去彭泽县令解绶归田，只因看不惯世俗的尔虞我诈和腐败，他宁愿归隐田园也不愿同流合污，不做劳心治人的“君子”，偏做劳力自给的“小人”，其归园田居组诗就是反映其坚守内心，不违初心的系列作品。

‖时光和弦‖

《许多年以后》

许多年以后，
我想在山上建一间屋。
用青石垒起，
干净，
下雨时长青苔也好看。
盘一亩田，
一半种瓜 一半种豆，

冬天就让地荒着，
让冬虫儿安然睡在地下。
房前屋后，
养几个鸡 几条狗，
或者再有几只猫，
成日里听它们掐架不休。
我还会种几棵树，
会开淡粉色的花，
风过时，
花瓣就会纷纷落下。
春日 坝上放放风筝，
夏暑 瓜架下躲躲雨，
秋收 把箩筐装得满满，
冬雪 在屋里把温暖的火盆点燃。
这时 你要是来看我，
我就在火上，
为你烤一壶苦香的老茶，
坐在时光的深处，
跟你话一话桑麻。

‖说明‖

这首小诗恬静自然，用十分安静的语调和平静的句子再现了隐居生活中可能出现的场景。同时这些场景又出自作者的臆想，与原作有着隐居前和隐居后的区别。与原作不同的是，原作的隐居避世是坚守内心，不忘初心。而在这首唱和诗里，作者则表露出尽管隐居仍旧渴望与人交流的愿望。

‖延展练习‖

1. 与原作描写归隐以后的生活不同，【时光和弦】把时间设定在归隐之前，描写的是一系列臆想，请找出原作中没有出现的臆想。

2. 设想一下你未来 5 年后的生活状态，并简明扼要地表述出来。

005

悠悠心生白云意

【作品】《积雨[1]辋川庄[2]作》

【作者】唐·王维

| 人物小传 |

王维（701 — 761，一说 699 — 761），字摩诘，号摩诘居士，汉族，河东蒲州（今山西运城）人，祖籍山西祁县，唐代著名诗人、画家，有“诗佛”之称。开元十九年（731），王维状元及第。历官右拾遗、监察御史、河西节度使。唐玄宗天宝年间，王维拜吏部郎中、给事中。安禄山攻陷长安时，王维被迫受伪职。长安收复后，被责授太子中允。唐肃宗乾元年间任尚书右丞，故世称“王右丞”。

王维参禅悟理，学庄信道，精通诗、书、画、音乐等，以诗名盛于开元、天宝间，尤长五言，多咏山水田园。今存诗 400 余首，重要诗作有《相思》《山居秋暝》等。书画特臻其妙，后人推其为南宗山水画之祖。著作有《王右丞集》《画学秘诀》。王维是盛唐诗人的代表，王维精通佛学，受禅宗影响很大，佛教有一部《维摩诘经》，是王维名和字的由来。与孟浩然合称“王孟”。苏轼评价其：“味摩诘之诗，诗中有画；观摩诘之画，画中有诗。”

‖内容‖

积雨空林[3]烟火迟[4]，蒸藜炊黍[5]饷[6]东菑[7]。
漠漠[8]水田飞白鹭，阴阴[9]夏木啭[10]黄鹂。
山中习静观朝槿[11]，松下清斋折露葵[12]。
野老[13]与人争席罢[14]，海鸥[15]何事更相疑。

‖注释‖

1. 积雨：久雨。
2. 辋（wǎng）川庄：即王维在辋川的宅第，在今陕西蓝田终南山中，是王维隐居之地。
3. 空林：疏林。

4. 烟火迟：因久雨林野湿润，故烟火缓升。

5. 藜（lí）：一年生草本植物，嫩叶可食。黍（shǔ）：谷物名，古时为主食。

6. 饷：送饭食到田头。

7. 菑（zī）：已经开垦了一年的田地，此泛指农田。

8. 漠漠：形容广阔无际。

9. 阴阴：幽暗的样子。

10. 啭（zhuàn）：小鸟婉转的鸣叫。

11. 槿（jǐn）：植物名。落叶灌木，其花朝开夕谢。古人常以此物悟人生枯荣无常之理。

12. 露葵：经霜的葵菜。葵为古代重要蔬菜，有“百菜之主”之称。

13. 野老：村野老人，此指作者自己。

14. 争席罢：指自己要隐退山林，与世无争。典出《庄子·杂篇·寓言》：杨朱去从老子学道，路上旅舍主人欢迎他，客人都给他让座；学成归来，旅客们却不再让座，而与他“争席”，说明杨朱已得自然之道，与人们没有隔膜了。

15. “海鸥”：典出《列子·黄帝篇》：海上有人与鸥鸟相亲近，互不猜疑。一天，父亲要他把海鸥捉回家来，他又到海滨时，海鸥便飞得远远的，心术不正破坏了他和海鸥的亲密关系。这里借海鸥喻人事。

‖赏析‖

此诗是王维后期的作品。王维后期的诗，主要写隐居终南山、辋川的闲情逸致的生活。

起首一二句“积雨空林烟火迟，蒸藜炊黍饷东菑。”写的是诗人隐居山下的田家生活，诗人视野所及之处先有远景的天空积云细雨，再有中景上空林的炊烟烟火，又用一个“迟”字，将阴雨天炊烟缓缓升腾的样子描写得十分传神。接着作者写田头的早餐午饭，展现田间地头非常生活化的一面，其对生活的热爱以及浓郁的生活气息迎面而来，表现出诗人怡然自乐的心情。

三四句“漠漠水田飞白鹭，阴阴夏木啭黄鹂。”依然是写景，描绘水田边上飞舞的白鹭，以及田边树林中鸣叫的黄鹂，这里作者用“飞”描绘白鹭的态，用“啭”描绘黄鹂的音，整个画面有水田的广阔对比夏木的茂盛，有白鹭的清新对比黄鹂的浓艳，有飞翔的形态对比鸣叫的声音，可谓景象纷呈，相互映衬。

五六句“山中习静观朝槿，松下清斋折露葵。”作者由写景转入写己，描绘自己在这样美景下的生活状态：处空山，栖松林，参木槿而悟人生，采露葵以供清斋。这情调，只有看腻了尘世喧嚣的作者，才能从中真正领略到生活的韵味。而这个所谓的生活韵味，正是作者在诗的最后两句“野老与人争席罢，海鸥何事更相疑？”中，巧妙的借用了《庄子·寓言》和《列子·黄帝》中的两个典故，表明自己去心机断杂念，不陷与尘世纷争，只愿悠然于山林的隐世心态。

这首七律作品，立意高远，清新脱俗，形象鲜明，韵味深远，表现了诗人脱离尘世尔虞我诈隐居山林的闲情逸致，故有人推崇该诗为全唐七律的压卷之作，可见其艺术意境的超迈。

‖时光和弦‖

《三五七言·春雨忆》

看花落，落清溪，
空林晚，雾来稀。
草深春雨细，松高飞鸟低，
一束隔年草，月高过田基。
远远淡看炊烟起，闲闲静坐听黄鹂，
不与白鹭争水泽，自得一间玲珑居。
集叶露入汤，采松槿煮茶，
熬秋葵做羹，奉岁月为藜。
寂寂山中饮食淡，悠悠心生白云意，
恍忆从前玉阶下，打马仗剑无归期。

‖说明‖

古代三五七言体裁的诗作，始于李太白，仅规定一首诗作夹杂三五七言即可成诗。作者的这一首作品，由三五七言构成，但并不以李白诗作为准绳，而是采用了三三、五五、七七的结构。所以与其说是古体诗，不如说是一首偏古韵风格的现代诗。

‖延展练习‖

1. 三五七言以唐代李白的诗作为体裁，试以《雨》为题，模仿写作一首三五七言诗。
2. 在【时光和弦】中，“打马仗剑”是什么意思？它比喻原作中哪一句的诗意？

006

唱过人间好 又唱松间风

【作品】《下终南山过斛斯山人宿置酒[1]》

【作者】唐·李白

| 人物小传 |

李白（701－762），字太白，号青莲居士，又号“谪仙人”，汉族，绵州昌隆县（今四川省江油市）人，是唐代伟大的浪漫主义诗人，被后人誉为“诗仙”，与杜甫并称为“李杜”。为了与另两位诗人李商隐与杜牧即“小李杜”区别，李白与杜甫又合称“大李杜”。其人爽朗大方，爱饮酒作诗，喜交友。李白深受黄老列庄思想影响，有《李太白集》传世。李白所作词赋，宋人已有传记，就其开创意义及艺术成就而言，“李白词”享有极为崇高的地位。

‖内容‖

暮从碧山下[2]，山月随人归。
却顾所来径[3]，苍苍横翠微[4]。
相携及田家[5]，童稚开荆扉[6]。
绿竹入幽径，青萝拂行衣[7]。
欢言得所憩，美酒聊共挥[8]。
长歌吟松风[9]，曲尽河星稀[10]。
我醉君复乐，陶然共忘机[11]。

‖注释‖

1. 终南山：即秦岭，在今陕西省西安市南，唐时士子多隐居于此山。过：拜访。斛（hú）斯山人：复姓斛斯的一位隐士。

2. 碧山下：指从终南山下山。

3. 却顾所来径：回头望下山的小路。

4. 苍苍：一说是指灰白色，但这里不宜作此解，而应解释苍为苍翠、苍茫，苍苍叠用强调了群山在暮色中的苍茫之感。翠微：青翠的山坡，此处指终南山。

5. 相携：下山时路遇斛斯山人，携手同去其家。及：到。田家：田野山村人家，此指斛斯山人家。

6. 荆扉：柴门，以荆棘编制。

7. 青萝：攀缠在树枝上下垂的藤蔓。行衣：行人的衣服。

8. 挥：举杯。

9. 松风：古乐府琴曲名，即《风入松曲》，此处也有歌声随风而入松林的意思。

10. 河星稀：银河中的星光稀微，意谓夜已深了。河星：一作“星河”。

11. 陶然：欢乐的样子。忘机：忘记世俗的机心，不谋虚名蝇利。机：机巧之心。

‖赏析‖

关于此诗的创作时间，一种认为写于李白四十二岁左右，在长安供奉翰林期间，唐玄宗天宝元年（742）之后；另一种认为是写于唐玄宗天宝十一年（752）春，时李白五十二岁，隐居终南山期间。

这首作品以赋体写成。以“暮”开首，为“宿”开拓。中间夹杂着友人之间的真情流露，以相携言欢，置酒共挥，长歌风松，赏心乐事等几个关键的细节展开，表现出隐居终南山陶醉忘机的悠然心态。

从内容上看，作者描写的是在月夜到长安南面的终南山去造访一位姓斛斯的隐士。前面四句点题之余同时叙事，同时还兼顾了写景，一举多得，作者在傍晚时分从终南山下来去拜访友人，期间有山有树，有月有人，作者用浓厚的笔墨描绘了山月照耀下终南山苍翠的美景，其间用词精妙，借景抒情，以“随人归”“却顾”这五个字表达出自己对终南山美景的迷恋。

后面从“相携及田家”句，到“曲尽河星稀”句，作者描写在山中遇到了友人，携手共同回其家，然后主宾饮酒长歌。这一部分表面上仍旧是叙事，但作者紧紧地抓住了其中的细节：一是“相携及田家，童稚开荆扉。”二人一起回家，主人家的孩子来开门，其中的“相携”，表现出关系的密切，而孩子开门的描述也可以看出主人家对作者的不陌生。二是进门之后的景色描绘，“绿竹入幽径，青萝拂行衣”，写出了田家庭园的恬静，一个“拂”字流露出诗人对自然田园生活的亲近之情。三是“欢言得所憩，美酒聊共挥”，描写与主人相谈甚欢，饮酒助兴，其中“得所憩”是对主人庭园居室的赞美，流露出作者的羡慕和向往，这个细节很具有代表性。后面又用一个“挥”字写出了畅怀豪饮的神情。接下来第四个细节“长歌吟松风，曲尽河星稀”是酒醉之后放声长歌，直唱到天河群星疏落，凸显出这一场相逢十分尽兴。这些细节的描绘真情实意，流露自然，将欢聚场面描写得传神到位的同时，也将作者的内心情感透露出来，所以在最后两句“我醉君复乐，陶然共忘机”中，作者一吐胸中淤情，表示要陶醉在这无边的轻松和欢乐中，忘记一切世俗的机心。

‖时光和弦‖

《唱 东 风》

踏月影，听风栖，
分绿竹，穿紫玄，
花影深处有人语。

烛摇红，茶烟浓，
汤恰热，杯不空，
酒香仍与旧时同。

说旧事，道情同，
话今时，唱东风，
长歌一夜欢无穷。

天已白，歌未终，
情正好，笑语融，
只愿此生常相逢。

‖说明‖

【说明】旧体诗中有以三言为句的诗歌体裁，称为三言诗。作者以此为基础，尝试加入新的句子结构，产生这样一首阅读上去简洁有力，同时又余味悠长的作品。由于作者的创新，这首唱和作品仍旧不能归入古体诗的行列，只能看做一首颇有古韵的现代诗作品。

‖延展练习‖

【时光和弦】描绘的场景只有原作中的一部分，请问其场景是从原作哪一句开始描写的？

007

极目楚天，山河在列

【作品】《南乡子·秋暮村居》

【作者】清·纳兰性德

|人物小传|

纳兰性德（1655 — 1685），叶赫那拉氏，字容若，满洲正黄旗人，原名成德，避太子保成讳改名为性德，一年后太子更名胤礽，于是纳兰又恢复本名纳兰成德，号楞伽山人。清朝著名词人。自幼饱读诗书，文武兼修，十七岁入国子监，被祭酒徐文元赏识，推荐给内阁学士徐乾学。十八岁参加顺天府乡试，考中举人。十九岁参加会试中第，成为贡士。康熙十二年因病错过殿试。康熙十五年补殿试，考中第二甲第七名，赐进士出身。

纳兰性德于康熙二十四年（1685）暮春抱病与好友一聚，一醉一咏三叹，而后一病不起。七日后，于康熙二十四年五月三十日（公元 1685 年 7 月 1 日）溘然而逝，年仅三十岁。他的词以“真”取胜：写景逼真传神。词风“清丽婉约，哀感顽艳，格高韵远，独具特色”。著有《通志堂集》《侧帽集》《饮水词》等。

‖内容‖

红叶满寒溪，一路空山万木齐。试上小楼极目望，高低。一片烟笼十里陂。
吠犬杂鸣鸡，灯火荧荧[1]归路迷。乍逐横山时近远，东西。家在寒林独掩扉。

‖注释‖

荧荧：灯火闪烁的样子。

‖赏析‖

这首词在纳兰性德的作品中是少有的描写田园风光的作品，作者以轻灵清新的笔触描绘出一派安详优美、恬淡静怡的村野情趣，读之犹如欣赏一幅水墨山水画。

上片由近及远，近处红叶铺满小溪，远处青山之中绿树茂盛，登上楼台远望，一片烟雾笼罩着远处的山坡。

下片起句写近景，接近于特写，眼前有鸡犬相鸣，村野人家的灯火闪烁，让回家的路显得迷离，这时候本在远处的青山，已经到了眼前，而家就在山林之中，依稀可见半掩的柴门。

纳兰性德的这首词在景象上总体还是由远及近，描绘的层次分明，期间有动有静，有声有色，洋溢着作者对山野田园景色的爱慕。

‖时光和弦‖

《迷路的九月》

九月不小心从山顶掉下来，
跌落进白天，
还夹杂着一笼树烟。
顶着山林里郁郁葱葱的耀眼，
抱着一团轻盈，
在山坳的阴影里，
摘下一丫阳光，
躲进了林间的小溪。

我坐在临风的竹楼里，
听不见远处的犬啸鸡鸣，
喝一口茶，
听风穿过高高低低的竹篱。
看一行文字，
就这样自然而言想起了你。
你是山涧里的枫林，
种在我心的深处，
长满了整个秋季。
在这个九月已经迷路的时节，
恬静的躲在云朵里，
只在月影依稀时，
给我指明温暖居住的寒林。

‖说明‖

这首小诗是一首具有显著现代风格的作品，作者将原作一首充满田园风格的作品，意译得极有人情味。在没有明示的前提下，我们很容易将其看作一首爱情诗，但对照原作，就会发现两个在原作中一头一尾的意象，在这首作品中始终没有出现，而是变成了作者诗中的“我”和“你”，也就是分别指“家”和“红叶”。

‖延展练习‖

1. 【时光和弦】中，作者写道的“我”“你”，分别代表什么？为什么这样说？

2. 与原作歌颂田园美景不同，【时光和弦】更强调美景之间的内在关联，作者是用什么样的感情将这些景致串联在一起的？

参考文献

[1] 刘学锴．唐诗鉴赏辞典 [M]．上海：上海辞书出版社，1988.

[2] 彭定求．全唐诗（上）[M]．上海：上海古籍出版社，1986.

[3] 邓安生．王维诗选译 [M]．成都：巴蜀书社，1990.

[4] 于海娣．唐诗鉴赏大全集 [M]．北京：中国华侨出版社，2010.

[5] 蘅塘退士．唐诗三百首 [M]．北京：华文出版社，2009.

[6] 缪钺．宋诗鉴赏辞典 [M]．上海：上海辞书出版社，1987.

[7] 朱明伦．王安石《泊船瓜洲》考辨二则 [J]．辽宁大学学报 (哲学社会科学版)，1991（06）：88-90.

[8] 龚维敏．心在帝京身在江宁：王安石《泊船瓜洲》写作时间释疑 [J]．合肥学院学报 (社会科学版)，2008，25（04）：83-86.

[9] 彭定求．全唐诗（下）[M]．上海：上海古籍出版社，1986.

[10] 于海娣．唐诗鉴赏大全集 [M]．北京：中国华侨出版社，2010.

[11] 左成文．唐诗鉴赏辞典 [M]．上海：上海辞书出版社，1983.

[12] 萧涤非．唐诗鉴赏辞典 [M]．上海：上海辞书出版社，1983.

[13] 曹寅．全唐诗（上）[M]．上海：上海古籍出版社，1986.

[14] 赵崇祚．花间集 [M]．武汉：武汉出版社，1995.

[15] 吴迪．中国文学史（第三版）辅导及习题集 [M]．成都：西南交通大学出版社，2013.

[16] 徐中玉，金启华．中国古代文学作品选（二）[M]．上海：华东师范大学出版社，1999.

[17] 刘乃昌．唐宋词鉴赏辞典 [M]．北京：上海辞书出版社，1988.

[18] 陆林．宋词 [M]．北京：北京师范大学出版社，1992.

[19] 四川大学古籍所．宋集珍本丛刊 [M]．北京：线装书局，2004.

[20] 李静．唐诗宋词鉴赏大全集 [M]．北京：华文出版社，2009.

[21] 张国举．唐诗精华注译评 [M]．长春：长春出版社，2010.

[22] 赵其钧．唐诗鉴赏辞典 [M]．上海：上海辞书出版社，1983.

[23] 袁行霈．唐诗鉴赏辞典 [M]．上海：上海辞书出版社，1983.

[24] 任思源．元曲三百首 [M]．北京：中国华侨出版社，2013.

[25] 隋树森．全元散曲 [M]．北京：中华书局，1964.

[26] 齐义农．诗情画意品读元曲 [M]．北京：光明日报出版社，2007.

[27]《国学典藏书系》丛书编委会主编．宋词三百首 [M]．长春：吉林出版集团，2010.

[28] 邢学波．纳兰词笺注全编 [M]．天津：天津人民出版社，2013.

[29] 陈长红．精读宋词 [M]．北京：中国戏剧出版社，2007.

[30] 张草纫．纳兰词笺注 [M]．上海：上海古籍版社，1996.

[31] 张秉戍．纳兰性德词新释辑评 [M]．北京：中国书店出版社，2001.

[32] 陈国林．高中生必背古诗文 [M]．北京：龙门书局出版社，2012.

[33] 戴燕．历代诗词曲选注 [M]．杭州：浙江文艺出版社，2006.

[34] 汪艳菊．中国古典诗词精品赏读丛书 [M]．北京：五洲传播出版社，2006.

[35] 詹锳．李白全集校注汇释集评（五）[M]．南昌：百花洲文艺出版社，1996.

[36] 高惠瑢．唐代诗歌鉴赏 [M]．上海：上海文学出版社，2008.

[37] 于非．中国古代文学作品选 [M]．北京：高等教育出版社，2002.

[38] 刘征．唐诗随评 [M]．武汉：湖北文化出版社，1999.

[39] 叶嘉莹．唐宋词鉴赏辞典 [M]．上海：上海辞书出版社，1988.

[40] 范晓燕．宋词三百首赏析 [M]．长沙：湖南人民出版社，2000.

[41] 郁玉英．欧阳修词评注 [M]．南昌：江西人民出版社，2012.

[42] 唐圭璋．唐宋词鉴赏辞典 [M]．上海：上海辞书出版社，1988.

[43] 雅瑟．唐诗三百首鉴赏大全集 [M]．北京：新世界出版社，2011.

[44] 刘学锴．唐诗鉴赏辞典 [M]．上海：上海辞书出版社，1983.

[45] 代汉林．律诗绝句精品鉴赏 [M]．乌鲁木齐：新疆人民出版社，2004.

[46] 刘民红．对生命及其美的礼赞和眷恋：重读《诗经・秦风・蒹葭》[J]．名作欣赏：鉴赏版旬刊，2009，（16）：40-43.

[47] 陈雄，李之仪一生爱上两个奇女子．新商报网，2012-07-14.

[48] 袁行霈．中国文学史（第三卷）[M]．2 版．北京：高等教育出版社，2009.

[49] 徐培均．唐宋词鉴赏辞典 [M]．上海：上海辞书出版社，1988.

[50] 盛冬铃．纳兰性德词选 [M]．台北：远流出版公司，1988.

[51] 于在春．清词百首 [M]．北京：人民文学出版社，1984.

[52] 詹福瑞．李白诗全译 [M]．石家庄：河北人民出版社，1997.

[53] 吴小如．唐宋词鉴赏辞典 [M]．上海：上海辞书出版社，1988.

[54] 陈祖美．李清照作品赏析集 [M]．成都：巴蜀书社，1992.

[55] 上彊邨民，蔡义江．宋词三百首全解 [M]．上海：复旦大学出版社，2008.

[56] 吕明涛，谷学彝．宋诗三百首 [M]．北京：中华书局，2009.

[57] 唐圭璋．唐宋词鉴赏辞典 [M]．上海：上海辞书出版社，1988.

[58] 贾文昭．唐诗鉴赏辞典 [M]．上海：上海辞书出版社，1983.

[59] 王松龄，杨立扬．柳宗元诗文选译 [M]．成都：巴蜀书社，1991.

[60] 吉林大学中文系．唐诗鉴赏大典（二）[M]．长春：吉林大学出版社，2009.

[61] 张国伟，韩成武．唐诗三百首赏析 [M]．石家庄：河北人民出版社，1995.

[62] 周啸天．唐诗鉴赏辞典补编 [M]．成都：四川文艺出版社，1990.

[63] 王奕清．钦定词谱 [M]．北京：中国书店出版社，2010.

[64] 霍松林．元曲鉴赏辞典 [M]．上海：上海辞书出版社，1990.

[65] 李汉秋，李永祜．元曲精品 [M]．北京：北京燕山出版社，1992.

[66] 马致远．马致远—归隐的曲状元 [M]．北京：海豚出版社，2012.

[67] 马致远．东篱乐府 [M]．上海：上海古籍出版社，1989.

[68] 韩成武．唐诗三百首赏析 [M]．石家庄：河北人民出版社，1995.
[69] 沙灵娜译．唐诗三百首全译 [M]．贵阳：贵州人民出版社，2008.
[70] 纳兰性德．饮水词笺校 [M]．北京：中华书局，2011.
[71] 丁成泉．古今诗粹 [M]．北京：教育出版社，1985.
[72] 蓝光中．历代诗歌选读 [M]．广州：中山大学出版社，2011.
[73] 纳兰性德．纳兰词典评 [M]．北京：中国华侨出版社，2011.
[74] 何国治．唐诗鉴赏辞典 [M]．上海：上海辞书出版社，1983.
[75] 沙灵娜．唐诗三百首全译 [M]．贵阳：贵州人民出版社，1990.
[76] 赵昌平．唐诗三百首全解 [M]．上海：上海复旦大学出版社，2006.
[77] 韩成武．唐诗三百首赏析 [M]．石家庄：河北人民出版社，1995.
[78] 胡可先．杜牧诗选 [M]．北京：中华书局，2005.
[79] 周汝昌．宋词鉴赏辞典 [M]．上海：上海辞书出版社，2003.
[80] 王春庆．汤阴岳飞庙 [M]．郑州：中州古籍出版社，1991.
[81] 周汝昌，唐圭璋等．唐宋词鉴赏辞典 [M]．上海：上海辞书出版社，1988.
[82] 周汝昌．千秋一寸心：周汝昌讲唐诗宋词 [M]．北京：中华书局，2006.
[83] 李渗．杜甫诗集选 [M]．武汉：长江出版社，2009.
[84] 仇兆鳌．杜诗详注 [M]．北京：中华书局，2004.
[85] 马雅涵．<望岳>三首新释译考究 [J]．南宁：广西民联教育研究院，2007.
[86] 张燕瑾．唐诗鉴赏辞典 [M]．上海：上海辞书出版社，1983.
[87] 王英志．历代名家绝句评点 [M]．汕头：汕头大学出版社，2001.
[88] 魏丕植．爱国主义教育实用大典 [M]．成都：电子科技大学出版社，1997.
[89] 韩盼山．中华诗魂——历代爱国诗词选析 [M]．石家庄：河北大学出版社，2000.
[90] 杜力，刘家菘．英烈诗碑 [M]．北京：首都师范大学出版社，2007.
[91] 高志忠．刘禹锡诗词译释 [M]．哈尔滨：黑龙江人民出版社，1982.
[92] 傅明伟．中华千古名篇赏析 [M]．北京：中央编译出版社，2006.
[93] 范晓燕．唐诗三百首赏译 [M]．海口：南方出版社，2005.
[94] 孙艺秋．唐诗鉴赏辞典 [M]．上海：上海辞书出版社，1983.
[95] 海兵．杜甫诗全集祥注 [M]．乌鲁木齐：新疆人民出版社，2000.
[96] 古典诗文名篇诗意赏析朗读系统．小学语文资源网，2012-12-11.
[97] 王伟．品经典悟人生诗词撷英卷 [M]．青岛：青岛出版社，2010.
[98] 李承林．中华句典 [M]．北京：高等教育出版社，2011.
[99] 谢真元．唐诗 300 首鉴赏汉英对照 [M]．北京：中国对外翻译出版公司，2006.
[100] 薛晴，常建新．中华美德古诗选读 [M]．北京：科学普及出版社，2002.
[101] 张广明．中国古典文学名篇精粹 [M]．呼和浩特：内蒙古文化出版社，2010.
[102] 李承林．中华句典 [M]．北京：高等教育出版社，2011.
[103] 徐卫东．粗犷豪放语短情长——王翰<凉州词>赏析 [J]．语文天地，2005（4）：9-9.
[104] 朱德才，杨燕．中国文化精华文库唐宋诗词 [M]．济南．山东人民出版社，1992.

[105]. 吴小如．汉魏六朝诗鉴赏辞典 [M]．上海：上海辞书出版社，1992.

[106] 中国大百科全书总编辑委员会．中国大百科全书•中国文学（第Ⅱ卷）[M]．北京：中国大百科全书出版社，1986.

[107] 郑福田．唐宋词说 [M]．北京：北京大学出版社，2013.

[108] 缪钺．宋诗鉴赏辞典 [M]．上海：上海辞书出版社，1987.

[109] 鹤鸣．陆游经典作品选 [M]．重庆：西南师范大学出版社，1995.

[110] 钱钟书．宋诗选注 [M]．北京：三联书店，2002.

[111] 缪钺．宋诗鉴赏辞典 [M]．上海：上海辞书出版社，1987.

[112] 杨海明．李清照作品赏析集 [M]．成都：巴蜀书社，1992.

[113] 程帆．唐诗宋词鉴赏辞典 [M]．长沙：湖南教育出版社，2012.

[114] 潘峰．寒而不冽淡而有味——关汉卿小令《冬景》赏析 [J]．阅读与写作杂志社，2003（6）：16-16.

[115] 吴昌恒．古今汉语实用词典 [M]．成都：四川人民出版社，1989.

[116] 尚作恩．晚唐诗译释 [M]．哈尔滨：黑龙江人民出版社，1987.

[117] 黄瑞云．两宋诗三百首 [M]．郑州：中州古籍出版社，1997.

[118] 王树海．通赏中国古诗 [M]．长春：长春出版社，2014：190

[119] 张长青．中国古典诗词名篇文化鉴赏 [M]．北京：北京大学出版社，2014.

[120] 徐山琦．经典唐诗 300 首 [M]．长春：吉林出版集团有限责任公司，2013.

[121] 杨传明．景美情切 事微理幽：杜牧 < 江南春 > 绝句意境层次赏析 [J] 名作欣赏，2012（29）：67-69.

[122] 中国大百科全书总编委员会．中国大百科全书·中国文学（第Ⅱ卷）[M]．北京：中国大百科全书出版社，1986.

[123] 高原．唐宋词鉴赏辞典 [M]．上海：上海辞书出版社，1988.

[124] 欧阳修．欧阳修集编年笺注 7[M]．成都：巴蜀书社，2007.

[125] 林兆祥．唐宋花间廿四家词赏析 [M]．郑州：中州古籍出版社，2011.

[126] 李振国．宋词译评 [M]．北京：光明日报出版社 ，1990.

[127] 徐培均．唐宋词吟诵 [M]．上海：汉语大词典出版社，2001.

[128] 谢真元．一生必读宋词三百首 [M]．北京：中国对外翻译出版公司，2007.

[129] 王禹偁．宋词三百首鉴赏大全集 [M]．北京：新世界出版社，2011.

[130] 杨义总．唐宋名篇—唐宋词卷 [M]．济南：山东教育出版社，2003.

[131] 龚望．陶渊明集评议 [M]．天津：南开大学出版社，2011.

[132] 刘继才．陶渊明诗文译释 [M]．哈尔滨：黑龙江人民出版社，1986.

[133] 曹明纲．陶渊明鲍照谢灵运诗文选评 [M]．上海：上海古籍出版社：2002.

[134] 唐满先．陶渊明诗文选注 [M]．上海：上海古籍出版社，1981.

[135] 郭维森，包景诚．陶渊明集全译 [M]．贵阳：贵州人民出版社，1992.

[136] 蒙万夫．千家诗鉴赏辞典 [M]．西安：世界图书出版西安公司，2006.

[137] 沈熙乾．唐诗鉴赏辞典 [M]．上海：上海辞书出版社，1983.